U0147323

福建少年儿童出版社

图书在版编目（C I P）数据

我们班的同桌冤家：精华本/伍美珍主编. —福州：福建少年儿童出版社，2008.5（2010.7 重印）

ISBN 978-7-5395-3179-3

Ⅰ. 我… Ⅱ. 伍… Ⅲ. 儿童文学—长篇小说—中国—当代 Ⅳ. I287.45

中国版本图书馆 CIP 数据核字（2008）第 069634 号

我们班的同桌冤家·精华本

主编： 伍美珍

出版发行： 海峡出版发行集团

福建少年儿童出版社

http：//www.fjcp.com　e-mail：fcph@fjcp.com

社址： 福州市东水路 76 号 17 层（邮编：350001）

经销： 福建新华发行（集团）有限责任公司

印刷： 福州德安彩色印刷有限公司

地址： 福州金山浦上工业园区 B 区 42 幢

开本： 890×1240 毫米　1/32

字数： 265 千字

印张： 11.5　**插页：** 6

印数： 25121-30150

版次： 2008 年 5 月第 1 版

印次： 2010 年 7 月第 3 次印刷

ISBN 978-7-5395-3179-3

定价： 25.00 元

- “花衣裳组合”中的“美美姐姐”
- 小读者熟悉的“阳光姐姐”
- 喜欢简单和真诚，留恋童年和青春
- 在全国多家青少年杂志开通“阳光姐姐”热线
- 知名青少年图书品牌“花衣裳”创始人之一

- 在大陆及港台两地共出版60余部校园题材作品，代表作有《同桌冤家》、《最美的夏天》等，作品风格幽默和深情兼具，曾登开卷调查全国少儿图书畅销榜
- 曾获文化部蒲公英儿童读物奖、新闻出版总署全国优秀少儿图书奖等
- 中国作协会员
- 希望自己写的每一部作品感动读者

- 信箱 ygjjxsf@126.com
- 网站 http://www.hysts.com

目　　录

整人girl遇到整人boy

张馨月

既然你诚心诚意地问了，那我就大慈大悲地告诉你：偶（我）就是举世无双、人尽皆知、无法无天的宇宙超级无敌小魔女——原子弹。

吾奉行为人处世之道乃：逢人必整，整了再整，整死了还要整——总之一句话：大整特整。

感谢妈咪给了偶这么一个聪明的脑袋，让偶有足够的能耐与“敌人”周旋到底，结果当然是……

嘿嘿，要不怎么叫小魔女呢？

在偶漫长的整人生涯中，最难应付的便是同桌兼死敌——许旱蚊。他的整人技术与偶不相伯仲，把偶也整了好几回。

告诉你们，偶与他的事情是这样发生滴（的）——

1

“如果佛祖让我离开这里，我愿将佛经念一百遍……”我正深情投入地唱着自编的小曲，荷包蛋一脸菊花地跑过来。

“喂，原子弹，好消息，好消息……”她扯着我的衣袖显得激动异常。

“What?”我不解。

“本人刚才从老班口中得到内部消息，明天第一节课——调位！绝对可靠！”

“Stop！Stop！……”不等荷包蛋说完，我已是心花怒放，高兴得眼睛 and（和）鼻子都挤到一起了。老班真是仁慈啊，总算可以让我离开这个鬼地方了。

不说不知道，一说吓一跳！本人的位置乃全班最烂的位置：前面的“体积”大，后面的爱说话，左右两边成绩差，哎～～～从我坐在这里的第一天起，就幻想着能在我这痛不欲生的日子里的某年某月某日某时某分某秒得到老天的恩赐——调位。

如今，终于“守得云开见月明”啦！：）

第二天在我的呼唤声中来了，由于我兴奋过度，一宿未眠，现在都还带着黑黑的眼圈，而且破例 7:20 就到了教室（第一节课时间为：8:50）。

一个半小时终于熬过去了，最关键的时刻到了，我的心跳立即从每秒 60 次提升到每秒 60000 次。只待老班的金口御言，我便可以离开地狱，飞向天堂咯！^_^

“Five，four……”我紧张地倒计时，随着铃声一响，老班进来了。

不知咋的，我顿时觉得老班气质出众、魅力无限、倾国倾城、沉鱼落雁、闭月羞花、人见人爱、花容月貌、美若天仙、美丽动人……再加上她那颗仁慈、善良的心，我坚信，像这样的老师已经濒临灭绝了。

老班拿着那张新编的座次表，宣布新的座位。

Oh，太好了，和老航同桌！我与旧同桌“洒泪告别”，只见旧同桌留恋地望了我的作业一眼，然后兴奋地握着我的手，说：“以后有机会我一定要和你再坐在一起！”

我强迫自己点点头，然后转身，与新同桌问好。

“Oh，老航……！”

"Oh，老月……!"老航也不失时机，笑呵呵地迎上来。

正当我们为老班的英明决策感到 happy 时，老班朝我奸笑了一下："3 组 6 号，许××……"

My god?! 我立刻把绿豆眼瞪成了胡豆眼（示意图：⊙_⊙），许××神气活现地坐在了我的身旁。

Oh，上帝、佛祖、观世音菩萨，我平时没少给你们烧香拜佛，没少叫阿门呢！为什么这次，这次我会断送在老班的一句话里呢？

Oh，我可爱（可怜没人爱）的老班，你为什么要这样打击我脆弱的心灵？我才 12 岁啊！

2

数学卷子发下来了，我正伤心欲绝，偏偏左边有一只苍蝇（而且是修炼成精的苍蝇精）在我耳边施展他的"嗡嗡功"。

只见那苍蝇使尽全身力气，大声吼道："Oh，不会吧！式子上得 23，答时写成了 32？我都没有错，你怎么说也是班上的'才女'吧，竟会出这样的低级错误，真是的，还有……"

"你有完没完?!……"忍无可忍，无须再忍，"我这叫智者千虑，必有一失！蛋白质，连这个都不懂……"

"不止一失哦！我数数，这里把单位'克'写成'千克'，呃，还有这里，正比例看成反比例，为啥错这么多哩？难道是近视眼度数太高？不对呀，你那时明明戴了眼镜的呀！哦，我知道了，肯定是你那聪明的脑袋被什么东东撞到了而造成严重性脑震荡，因而智力急剧下降，这么严重的事怎么不给我说呢？左邻右舍的，也好有个照应嘛！你说是吗？……"

"@＃￥％－＊～＃！……"平时那个伶牙俐齿的小魔女不

见了，取而代之的是一个脑袋超慢，嘴巴超笨的宇宙超级大白痴原子弹。

打嘴仗虽是我的强项，但山外有山，人外有人，强中自有强中手。我生平第一次被人气成这番模样。

不过请各位读者放心，故事绝对不会以我的失败告终，否则就没看头了。我这个人一向坚持原则，被人欺负绝对会加倍报复的。

以至于晚餐，我食之不能下咽也，狂翻自编自创的《葵花宝典》，费了九牛二虎之力，拈出了几条奸计。

第二天。

“你好，许××！”

“昨天被老妈 K 了，我不好。”

我没理他，继续我精彩的演讲：“许××，昨天晚上我整夜未眠。”

“哦，难怪你有黑眼圈。”

“你知道是为什么吗？”

“不知道，也不想知道。”

“就是为了你的名字！”

“名字是我爹妈给的，有意见找他们，我做不了主。”

“不是真名。”

“假名吗？我有名字，还要个假的干吗？”

忍无可忍，我一把揪住许××的耳朵：“死——姓——许——的——我——看——你——是——存——心——捣——蛋——！”

“好了好了，我错了，张大姐饶命啊！”哈哈，许××也有求饶的时候！我大人不记小人过，放他一马吧！

“对了，你到底要给我说什么啊？”他问我。

“给你取了个跟我的‘原子弹’一样响亮漂亮的外号。”

“What？”他似乎很期待的咧！嘿嘿。

“许旱蚊，意思就是许××是只要干死的蚊子，十分讨厌，而且，跟《白蛇传》里的男‘猪脚’（主角）的名字同音哦！Oh，说实话，现在没几个起外号的像我这么有深度了（超级自恋）。对了，你觉得这个名字好听吗？”

各位亲爱的、敬爱的、可爱的、惹人爱的读者，不管许旱蚊怎样回答，希望你们能支持我，永远永远站在我这方，说一声“很好听，非常好听，好听极了”，谢谢合作！

咯咯，只见那许旱蚊怒视着我，嘴都气歪了，鼻子像个大烟囱，冒出“缕缕青烟”（示意图：⊙：⊙），连话都说不出来了。

“嘿，许旱蚊同学，俗话说得好：‘自作孽，不可活。’一个人被气的滋味是不好受的，既然知道了，以后就请‘勿施于我’吧！请牢记这句人生格言，阿弥陀佛！”

我双手合十，朝他鞠了一躬，只见他突然倒地……晕了。

哈哈，总算出了口恶气！

3

次日，当阿 sir 眉飞色舞、唾沫横飞地讲着马克思主义时，突然，教室外一飞机飞过，许旱蚊的 mouth 顿时成了“O”字形：“Oh，oh，此声莫非原子弹爆发前的预兆？”

“@＃￥％－＊～＃！……呃，你还真猜对了……＞_＜”我紧握拳头，尽量抑制心里那种想 K 人的冲动（因为冲动的惩罚）。或许是因为站在台上的阿 sir，否则许旱蚊现在将不在教室里，而在“二门诊”的急诊室里（F 话，被 K 扁的）。

看来老虎不发威，许旱蚊非得把我当成病猫！既然不能动

手，就将就将就，动口吧！

我皮笑肉不笑地问许旱蚊："喂，阿 sir 的课最无聊了，玩占卜吗？"

许旱蚊立刻来了兴致："就是那个街头算命的小把戏？"

"F 话……你到底玩不玩？"

"好吧，反正没事干！"

咯咯，他上当了！我按捺住笑，把题目写成纸条，扔到左边。

"No. 1：如果一列火车从你身旁经过，你希望它是多久？"

漫长的 30 秒后，许旱蚊从左边用"一阳指"射出一团纸球来袭击我，正中我的小小手。我忍着"剧痛"摊开纸条，只见许旱蚊答："5 分钟。"

哈哈，我大笔一挥："这就是你还能存活的时间，英年早逝不值得啊！阿门！"

我边笑边递出纸条。许旱蚊大呼耍赖，要我再出一题，于是，我便搬出了第二题："如果现在打雷，你希望是多大声？"

许旱蚊沉思片刻后，曰："888 分贝！"

我差点没被口水呛死："这就是你放屁的分贝！下回制造二氧化硫之前千万要打声招呼，我还真想听听这天籁之音！"

这次，许旱蚊又气又恼，哭笑不得。

"肺气炸了没？"我一脸胜利的喜悦。

许旱蚊岂是轻易认输之人，于是乎，他"哼"了一声，说："再出一题，保证不上当！"

"哦，好吧，听好了。No. 3：你一天减肥，愿意减多少斤？"

许旱蚊谨慎起来，"验算"了大半天，把可能的结果列了 2 大篇，一直过了 20 分钟，他才把那张有答案的纸条递给我，却见："20斤。"

我的肌肉都笑到抽筋了，差点没把前天的早点吐出来："哈哈，这是你拉大便的斤数，吃了泻药了吗？提醒你一下，下次上WC的时候，带好水泥，否则学校的WC会被你拉崩的！哈哈！：)～～"

哎，看许旱蚊气的，脸色比吃了泻药还难看。

4

今天清晨太阳很好，阳光很暖，小鸟在枝头唱《七里香》，蝴蝶在花丛里哼《园游会》。但美好的早晨，不一定有好事发生，果然……

我背着书包来到教室，只见许旱蚊毫不吝啬地深情地唱着新版《同桌的你》："明天你是否会想起，昨天被扁的事情……"

My God！如果眼神可以杀人的话，那眼前这个超级大烂人、人中败类一定尸骨无存了。

"你不要这样的看着我……"我此刻只想对着老天爷大叫："Why（为什么）?!"

"许……许旱蚊，为了我，不，为了大家ear（耳朵）的健康，请你把想当super star（超级明星）的美好愿望暂时收起，OK?"我一脸"乞求"。

"要想让我收起嗓子很简单，只需要你的亲笔签名!"

"Why?"

"我昨天翻了888本法律书，写了一份契约。"

郁闷，原来那家伙早有预谋。不过为了大家的ear，我就当一次雷锋吧，谁叫老师让我们把月月都当March（3月）呢？

"好吧!"

只见许旱蚊拿出一张纸，上面工工整整地写道（平时写作业

也不见这么认真，晕……）：

“三八线”契约书

No.1　甲、乙双方以桌子间的缝隙为“三八线”，头、身、手、脚、心脏、肝、肺……反正，全身上下每个部位（除呼出的二氧化碳）都不准超线。有效时间：上课期间。

No.2　一旦超线，则让对方线23cm。有效时间：一周。

No.3　若超线不让线，则请对方啃冰淇淋一个，若再不愿意便翻倍计算，以此类推……

甲方：许旱蚊

乙方：（等待着原子弹的大名）

“Why？23cm是咋来的？”我问许旱蚊。

只见许旱蚊拿出一张paper（纸），操起一支pen（钢笔），认真地算道：“通过我的口算＋心算＋笔算＋计算＋验算，已得出I and you（我和你）的桌子一共为99cm，按‘五五’分线，一人为44.5cm，既然是‘三八线’，就将99cm按比例分配，超线者则为3份，没超者则为8份，那么，超线者的地盘为99×3/11＝27（cm），即该让出44.5－27＝22.5（cm），四舍五入约等于23cm。就这么简单，OK？”

My God（特别申明，此为我有生以来第一次这么大声叫my God）！其原因为，没想到许旱蚊的数学成绩还真不是一般的good（好），而是very very good（非常非常好）！这么有水平、有质量的数学题，他也能想得出来，佩服，佩服……

我提起笔，在那张契约上签了我可爱的大名。

5

没想到签下了那张该死的契约书，第二天就出事了……

“2组6号，请你上台把这个问题的答案写在黑板上！”

Why? Why！怎么会是现在？去讲台，许旱蚊的地盘是必经之路，那便要兑现与许旱蚊的约定；不去，后果会更坏，绝对会被阿 sir 请去喝茶的，哎……

许旱蚊朝我奸笑，还做了个“请走”的姿势。老天，难道你真的要灭我?!

经过了3秒钟的心理斗争，我还是选择了去。天灵灵，地灵灵，上帝，我乞求你，下辈子绝对不能让我和许旱蚊认识，拜托了！

下课后，许旱蚊忙拿着尺子把我的地盘割去了23/44.5，可恶！

“你干什么？练喷火功？”死党牛魔王用奇怪的眼神望着我。

“来，K根又大又甜的 banana！”风风也顺便递过一根香蕉。

“可恶，我又不是猴子，别讽刺我的地盘被瓜分！我，我迟早要连本带利地讨回来！”我抢过 banana，狂啃一口（倒还真的蛮像猴子的），然后为自己打气：“革命尚未成功，同志仍须努力，原子弹，要加油啊！我要为民除害！”

瞧，我是多么伟大的救世主啊！

听到我的话，只见牛魔王和风风一脸疑惑地望着我。

6

经过好一番周折，“三八线”契约终于取消了。

许旱蚊已是第N次把他的猪蹄搭到我的凳子上了，还哼着怪调（好像是 Jay 的《将军》，晕，原本这么好听的歌，哎……）。

“许旱蚊，麻烦把你的‘散魂铁爪’（犬夜叉的爪子，犬夜叉又名狗夜叉）放回到地球上，别脏了我的手提袋！”

“手提袋？你的垃圾袋还坏了我的鞋呢！”

我气得心肌梗塞，低头把他的鞋带扯成了死结，然后飞快地抓起他的笔袋。

许旱蚊直呼遭暗算，去解鞋带时又和桌子狠狠地 kiss 了一下。他摸摸头：“起大包了，痛死了，哎，我本来就所剩无几的智慧细胞都被撞掉了！”

我忍住笑，把许旱蚊的笔拆成笔头、弹簧等几十个小零件，再装回笔袋：“让你见识见识什么是真正的垃圾袋。”

老航好奇地拉开笔袋，看到许旱蚊的“笔”，不禁仰天长笑：“哈——哈——”

许旱蚊抬起头，问老航：“练功走火入魔啦？”当他瞄准自己的笔袋时，立马晕倒在桌子上。

据说，许旱蚊用了 1 小时 1 分零 1 秒才装好那几支笔的。

7

终于，老班又宣布调位。

“呀！终于逃出那个女魔头的掌心啦！”虽然声如蚊吟却飘到我的顺风耳里。

“骂我什么？找死！”我阴森森地恐吓他。

“K 我？不识抬举，哪山来的猴子滚回哪山去！”这时，可怜的许旱蚊，想抢救他的笔袋已经来不及啦！

第二天调位，可怜的许旱蚊夹着书包，从我的左边调到了我的右边。“哎！魔掌难逃啊！”只见右边传来沉重的叹息和撞墙声。

宝贝同桌

吴佳佳

瘦是我同桌的特点，好卖弄是他的个性，遭殃是他的命，自作聪明是他的“优点”……

写写他吧，给六年的小学生活描上一道亮丽的风景，画上一个不灭的句号！

破　车

“各位父老乡亲、男女老少，走过路过不要错过！”

我的同桌操着那“哐啷哐啷”的嗓门，不亦乐乎地推销起了他的破车。

我仔细打量了一番，哈，那绝对是上个世纪 70 年代的精品，“除了铃不响什么都响”！

只见他在自行车旁摆了个叉腰扭臀的造型，说是某某形象代言人，使得那破烂车从上到下都平添了一番“韵味”，对，是寒酸的韵味。

我凑过去挖苦道：“你那宝贝车还能骑？”

“行！当然！”他回答得干脆自信，“不信来试试？”

我想我是不敢靠近的，众目睽睽之下我可不想破坏了我的淑女形象。

他不死心，敏感地发觉我的矜持是对他宝贝车的贬值，忙撇撇嘴说要来个示范，正中我下怀！

他装模作样地在胸口画了个“十”字，牵着车狂奔几步就骑了上去，身子在风中好似一根瘦弱的豆苗秆。他这副模样我已屡见不鲜，所以不会同情。

他开始绕圈，昂着头甩着发，一副陶醉的样子。能陶醉到最后吗？

这不，一块碗大的石子像拦路抢劫的山贼横在他面前，我为他捏了一把汗。幸好他猛地回过神来，龙头一转，避开了。

不幸的是转折太突然，车后架受不了折磨，背井离乡了。周围一片惊呼。

他闻声转过来的脸上写满了无奈，本想显示自己脱俗的风采，可这会儿却露了丑，他实在是心有不甘，但怎能为了一个车后架折腰？于是毫无留恋地扭转过头，又风驰电掣地前进了。

这一路真是坎坎坷坷，这样吧，离开舒服的车垫，挺身前行！

糟糕，前行不远，车垫开始蠢蠢欲动，还没等我喊出声，它就以一秒几米的速度下坠，想必是要赶上先落地的车后架吧。

我连忙捂住了张大的嘴巴。他还认为自己风采依旧，毫无顾忌地坐了下去，我绝望地闭上了眼睛。

“啊……”尖叫声让人耳不忍闻，多可怜，那就剩一根光秃秃的铁杆子啊！

他悻悻地下了车，可谓赔了夫人又折兵。

当我再睁开眼时，他已被他的两个“下尉”搀着，早没了先前的风采，却仍要强装英雄：“感谢各位的捧场，令我大添光彩……”

真是说得比唱得还好听，我的不屑又上来了，横挑鼻子竖挑眼，警告他下次别再兴风作浪，谁让他平时里横征暴敛，搜刮民膏民脂？

这样一来，也解了我的心头之恨！

甘为卡折腰

同桌今天由魔鬼摇身一变成了菩萨，对我恭恭敬敬堆满笑容，就是挖苦他几句，也不跟我顶嘴不跟我抬杠。夸他几句呢，就一副文人书生的样子，举手作揖："哪里哪里，吴大人过奖了过奖了！"

他平时那骄傲的气焰能把整个校园都吞了，今儿个怎么了？一副低眉顺眼的样儿。

我托腮凝思，黑眼珠做了几次圆周运动，累得够呛仍无收获，也罢也罢！

最近的课间十分钟成了卡的世界，那一张张脏兮兮圆溜溜的纸在他们的手里成了宝贝。

老师忠告"小心玩卡丧志，学习为重"，答应得倒是震天响，但还没等老师的后腿迈出教室，卡影便立马出现，引无数须眉竞折腰。

卡场如战场，我好奇地凑近过几次，那场面真是惊心动魄。鹬蚌相争，渔翁得利的有；步步紧逼，痛打落水狗的有；蚂蚁似的挪步，然后来个出其不意攻其不备的也有……

真是够帅！孙子兵法无师自通啊，我看得张大了嘴巴合不拢。唉，战场的阴险怎是我这种小女子能理解得了的，快撤退。

再看我的同桌呢，本来技术就低劣，听说最近一个人主宰了输的天下，想必现在已是囊中羞涩，两袖清风了吧，不然怎会乖乖地坐在座位上任我数落？

顿时我如刘备遇见了诸葛亮一般，拨开了云雾见到了青天，

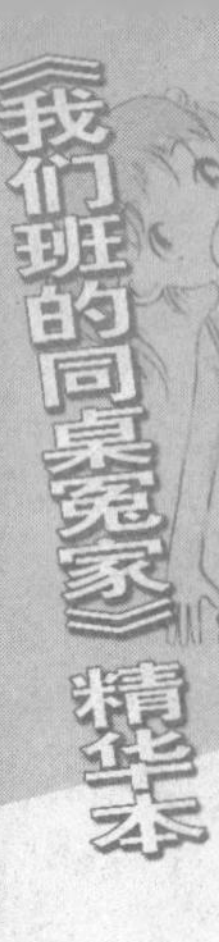

恍然大悟。

忘了交代几句，灭卡的任务老师托付给了我，几叠厚厚的家伙正在我的台仓里睡觉呢。

我下意识地把手伸进台仓，还好都在，松了口气。转头瞅见同桌贼兮兮的小眼，我连忙正襟危坐，知道大事不妙，他盯上了。

还没等我想出计策，他就开始死缠烂打："吴大师，你那叠卡可否借我一用?"

见我不开口，他开始不择手段，又是求啦又是拜，让我想到沿街乞讨的乞丐。

看在同桌一场，我抽出两张："算了算了，拿走拿走，今儿个我就大发慈悲，免费送你了!"

我像打发下人一般，扔了两张给他。

"大师，送佛送到西嘛，送两张和送 20 张不一样是送……"同桌边斯文地说着边趁我不备把那叠卡抢了个精光，然后溜了。

望着他钻进卡族的背影，我只能默默祈祷他卡场失意学业得意了……

挑战书

如果没有那可恶的同桌，那天将会是太平盛世!

先前他还在我旁边念儿歌，边唱《星星点灯》呢，然后又头顶文具盒，身披麻袋，手持彩带扮演《笑傲江湖》里的角色……接着又吹开了，说他是山东吹无霸、国际巨星，无人能比，1 岁就能下地走路，10 米×4 往返跑 5 秒而已，3 岁踢倒了门前的大松树，当然没通知环保局，不过新闻媒体都前来采访，水泄不通；还有 4 岁参加联合国安理会，拿破仑为他牵马更衣……简直可笑之极！

我听他昏天黑地地乱吹一气，除了白眼还是白眼。

“不服气吗？下回让你见识见识。”看看，那卖弄劲儿又来了！

中午放学前，一封挑战书飘到我的眼前，署名“不要命”。我没拿正眼瞧一下，想必又是我的那些死党怕我成了书呆子耍的诡计。

再仔细瞧，这字怎么别扭得厉害，而且分外眼熟，不会是他写的吧——我可怜的同桌？我又前后左右上下看了3遍，没错，是他的字！我瞪大了眼足足3分钟，他来真的了？

离开战的时刻一分一秒地近了，我也禁不住揪心揪肺的。小女子虽说闯荡江湖多年，但实在不算是高手，武功秘籍也多年失修，难道拿着这支破笔去与他试比高？

但一想起他那豆苗秆的样儿，心里又踏实了点。豁出去了，关键时刻就用那份三脚猫的功夫上了。

熬过一个囚禁般的中午，他来了，简直是全副武装：耐克鞋，厚棉衣，肥肥的牛仔裤。再看看自己，被他反衬得很是单薄，估计被他甩一拳定会痛得咬牙，失了我吴大人的风采。

没容我多想，他把挑战书一晃，就在一旁开始预演，一会儿使个冒牌的“太极拳”，一会儿又出个不正经的“九阳神功”，接着又来了个四肢不全的“乾坤大挪移”，真的当自己是江湖高手了。

我嗤之以鼻，他却仍然自我陶醉，看来他是坏男，跟我斗定了。

我铁了心不投降，使出多年不见天日的武功，真的是失修了，使出来威力也不大，骨头也硬了，吱呀作响。

战事的过程我就不多加描述了，当然是你一拳我一脚的，打住打住，还是别破坏了我在大家心目中乖乖女的形象吧。

结果呢，他的实力略胜一筹，赢我是绰绰有余。识时务者为俊杰，我整整衣袖，给了个白眼，准备留下几句酸酸的话溜之大吉。

“好了！好男不跟女斗，多保重!”他双手抱拳，酸酸的话比我先甩出，然后昂首挺胸准备扬长而去，不料迎面撞上了我的死党——冯女侠。

我的死党无人能敌，必杀绝招——扔本子。

“好男不跟女斗，你说的!”桌上的乱摊子应声落地，冯女侠挤眉弄眼，潇洒地点头摆腿。

他只能自认倒霉，一张苦瓜脸拉得老长，我却笑弯了腰。“笑到最后的人才是胜者”这句话是谁说的，真是够棒！

战败之后，他开始潜心研究，只要等到冯女侠一出手，什么书都赶紧装进书包……我呢？有女侠撑腰，乐得清闲！

我的同桌也野蛮

倪　捷

瞧！那副吊儿郎当、满不在乎的样子，你们猜，他是谁呢？他是魏斌辉，he is my 同桌，非常野蛮。如果你们 look 完了《我的野蛮女友》，应该也会知道我同桌的模样了吧！

较　量

中午，我风尘仆仆地走进教室，只见他风度翩翩地递给我一张挑战书，上面写着："今天中午 12：15，在花坛碰头，让你见识见识我'降龙十八掌'的厉害！"

呵！不就区区一个"降龙十八掌"嘛，有什么厉害的？我轻松地随手一扔，挑战书被我抛入"深谷"中。

当我准时来到大花坛，只见他两手一捏，脚不停地转圈，一副精神抖擞的样子啊！Oh，my God！"降龙十八掌"突然迎面飞来，打得我"一级吐血"。

我也不甘示弱，使出我的"必杀绝技"——"九阴白骨爪"，猛地给他一击，正当他要使出魏家的绝世武功时，又被我抢先痛打了一拳。

哈哈！我心里暗暗高兴，沉浸在得意中。就在那时，魏斌辉趁我没有丝毫防备之时，用力反击。

我毫不示弱，亮出我的祖传武功——"凌波微步"，"刷刷刷"，将他打倒在地。

地上传来了哭爹喊娘的叫喊声：“倪大侠，饶了我吧！小弟以后再也不敢了！”他泪流满面。

我嘘了一口气，用手轻轻一拂刘海，压低声说：“好，暂且饶你一次，下次我决不会放过你了，决不会，记住！”

他一溜烟似的跑了。

同桌是个爱哭鬼

经历了那次“武艺”上的较量，我现在不怎么佩服他了，几乎天天都欺负他，他每次也都被我捉弄哭。告诉你们吧，其中有一次，那是在课间活动时间——

这天阳光灿烂，天空格外蓝，空气格外清新，花儿格外红艳，校园的操场也像洒了金子一般的耀眼。我怀着欢快的心情跨入教室。

我走到位子上，和同桌一起安静地做作业。就在这安静的时刻，同桌的一只脚踩入了我的“统治界”，我眼疾手快，“啪”的一下，同桌被我打个正着。

同桌也毫不示弱，给我一拳，我敏捷地还了一掌；他用力地踢了我一脚，我接着又重重地还了一掌。没想到同桌禁不住我的殴打，竟像娇弱的女孩子一样哇哇大哭。旁人左劝右劝也不起作用……

同桌考试成绩不错

“噢！发数学试卷喽！”同学们激动地叫了起来。但我并不开心，因为我的数学一般都是“感冒”，虽然我的语文一向都是“健康”的。如果我考得好，爸爸妈妈会和我一样高兴；如果我考得不好，爸爸妈妈就会跟我一起难过。“唉！唉！……”我一口接一口地叹气。

同学们传言，我的同桌魏斌辉考得不错。这次我不管了，因为我没心情去管。

第一节数学课，试卷准时发到每人手中。70 多分，这个刺眼的分数永远映在我的瞳仁里。再瞄瞄同桌的试卷，啊！都是一个个鲜红的勾，而我的却是一个个死气沉沉的叉，真难过。

只见同桌笑眯眯地凑过来说："哈哈！我的分数比你高，你 73，我 96。"看他那得意样儿，活像一只骄傲的公鸡；瞧那红彤彤的脸颊，简直比 8 月的柿子还要红。

放学了，我独自走在回家的路上，心里像打翻的五味瓶一样不是滋味。再想想同桌的数学成绩，确实不错。

同桌被罚站了

"丁零零——"铃声响了以后整整半个小时，也不见同桌的身影，他的位置被一缕阳光照着，金灿灿的，还飘着花的芳香。就在大葛老师（数学老师）走进教室的 0.000001 秒，同桌不知从什么地方钻出来的，神不知鬼不觉地坐到了位置上。我简直是丈二和尚——摸不着头脑。

"啪！"只听教鞭一声"怒喊"，全班立刻鸦雀无声，就连一根针掉在地上也能听得一清二楚。

"开始上课！"大葛老师像河东狮吼一般大声说着。

这时我同桌反而安静不下来，他左动动铅笔盒，右碰碰橡皮擦，一阵手忙脚乱，教室里都是他制造的噪音。

不用说，同桌立刻被大葛老师锐利的眼光逮个正着，紧接着，教鞭落到了他那雪白粉嫩的手上。

"站到后面去！"大葛老师发怒了。

同桌就像一只被驯服的羊，乖乖地走到了后面。

我趁大葛老师不注意，笑嘻嘻地转头望望同桌，只见他耷拉着脑袋，一双红肿的眼睛还滴着一颗颗晶莹剔透的泪珠。嘻嘻！笑死人了，笑得我肚子都有些“累”了（嘿嘿，我是偷偷小声笑的）……

吵 架

同桌很烦，为了一件小得不能再小的事都要和我吵架，就比方说那一次吧！我没超线，他硬要说我超线，还和我吵得你死我活。

“你干吗超线？”

“我没超线啊！”

“你超了！”

“没有！”

“有！”

“就算你这一次没超线，但在昨天离上课只有0.009秒时超线了，难道你想赖账吗？”

“我不可能超线！”

“不可能没超线！”

“反正就没超线！”

……

最后这场“战争”被张起通制止了。他还苦口婆心地唠叨了一遍又一遍：“退一步海阔天空，你我都能快乐，何必像现在这样水火不相容呢？这样对你们又有什么好处呢？我想是没有……”

他像老太婆念经一样，说了一大堆。我心中似乎明白了一些，但又有些不明白。好了好了，不去管了，反正就是同桌之间要和睦相处。

同桌不识好人心

这件事发生在语文课上。

徐老师上完课，留出 20 分钟让我们订正刚刚发下来的《同步练习》。我是 100 分，就悠然自得地坐在位置上看看书、画画儿，还不时抬头观察正在订正《同步练习》的同学们。他们有的兴趣盎然地和同学讨论着；有的咬着笔杆，在那里左思右想，就像罗丹的思想者；有的突然拍一下脑门，兴奋地说："哦，我知道这题怎么做了！"……

我的同桌鼓足了勇气问我一道阅读题怎么做，我细细地告诉他，他也认真地写了下来。可一会儿，他竟有点生气，紧皱着眉头，怒气冲天，令我莫名其妙。

"倪捷，你告诉我的错了！"

"不可能，反正我是这样写的！"

"我觉得你很会骗人！"

"我看你是狗咬吕洞宾——不识好人心！"

"我才不听，你跟我说的就是错的。"

我不语，打算告诉老师去。虽然我知道告状的行为不好，但同桌的话太让我生气了。这个状，我一定要告。

结果，同桌又一次流泪了，这是他第 111110 次流泪，而且这一次他的眼睛很红很红……

野蛮姐妹

储琼琼

战争开始

新的班级，新的桌椅，新的课本，还有那位新来的班主任老师，新学年开始了。

我们六（3）班可是出奇疯狂，对新来的班主任老师，当然要先给他个下马威。瞧，大家正在热烈地讨论着“整师计划”。正在这时，教室门口出现一个身穿黑色西装，脸戴黑边眼镜，手提黑色公文包，稍长的头发梳得乌黑发亮的男士。

“哇！不会是黑客帝国吧?”捣蛋大侠王凯说道。

“天呀，他好帅呀！好像苏有朋!”

“不，像金城武!”

“哎呀！我看应该是苏有朋加上金城武!”

刚刚还拼命提倡“整师计划”的那群女同学，顿时成了花痴。

只见“黑客帝国”慢慢走上讲台，整了整领带，清了清嗓子，亲切地说：“亲爱的同学们！小朋友们！大家好!”还带着东北口音!

全班沉默 1 分钟，狂呕!

“我是新来的班主任老师，姓葛名有福，希望我们在最后一学年里好好相处!”

%#*Q・・・

老土！才在同学心目中树立的帅气形象顿时破灭，“整师计划”要死而复生了。

“好了，大家的新课本都拿到了吧？接下来我们——”

“Oh，my God！亲爱的葛老师，我少了本语文作业本！”

嘿嘿，计划开始了。

“什么？同学，请你再找找，每位同学的作业本都是数好的！”

“真的没有语文作业本！”王凯装成受委屈的样子。

葛老师轻快地走过去，往王凯桌板里一摸，变魔术般地拿出了语文作业本。

“看，不在这儿吗？”说着又小声地在王凯耳边轻叹，“小样，跟我斗，太嫩了！”

说完，他又轻盈地走上讲台，用他那独特的嗓音说：“好了，游戏结束！希望同学们以后不要开这样的玩笑。接下来，我要给你们调整座位。请班长、副班长起立！”

被全班公认为中非混血儿的班长马丽丽和班草金航站了起来。

“好了，我们就按你们的个人简历来排座位，请两位班长把这张名单抄到黑板上，请同学们自己找座位。”

话音刚落，大家一窝蜂涌到黑板前，我也拼命搜索着我的大名。突然，熟悉的三个字映入眼帘——徐沁怡。嗨！是我的名字。我会和谁同桌呢？我顺着横线朝右边看去……

“妈呀！不会吧？怎么会是潘沁沁啊！”

要说潘沁沁和我是什么关系，很好说：我们俩身高一样，发型一样，爱好一样，特长一样，连名字也差不多……本来说，什么都一样应该是相亲相爱的好姐妹，可我们不但不是姐妹，而且是一对冤家。以前没有做同桌时就整天吵个不停！现在坐在一起，我可怎么活啊！要说我俩的关系坏到什么程度，就是她一哭，我就笑；她遭灾，我乐祸……

求求你们安静点儿

为了让以后的学习生活正常点儿，一大早我就一直在练笑。对，看着沁沁笑，什么都帮她，应该可以了吧？

可不知为什么，我俩一见面，便开始大眼瞪小眼，刚酝酿出的笑意顿时烟消云散。

除了同桌不理想以外，我现在的地理位置其实蛮不错啊！我坐在第二大排第三桌，前面是班长马丽丽和吴嘉，后面是林傻和汪允关翔。据我所知，他们应该算得上班级里最好相处的人了。

“早上的课可真烦！怎么会安排两节数学课？”我坐在椅子上一边抄黑板上的数学算术题一边想。

潘沁沁似乎看出了我的心事，一边习惯性地划着刘海一边说：“哟！谁让你平时不好好地上数学课！”

“嘿！我想我的，关你什么事啊？”

“哟！我刚才没和你说话，你干吗对我嚷嚷？！”

“你……”

“徐沁怡，安静，安静！”周老师板着张扑克脸说道。

潘沁沁得意地甩甩了马尾辫，继续抄算术题。

“呵，不和你这种小人计较。”我不服气地说。

可是，怎么能不和她计较？潘沁沁也太过分了，一会儿装作看不见黑板故意往我这边挤，一会儿把我心爱的铅笔盒撞到地上，没过 10 分钟又把我的橡皮扔到了“千里之外”，还假惺惺地抿着嘴说“对不起”！还好我的“飘移”技术“出神入化”，要不然，刚买的橡皮就“命丧黄泉”了。

“好了，同学们，待会儿我有事出去，把这些抄好的算术题做完，请大家自觉一点，保持安静!”说完，周老师就“拂袖而去”。

现在老师不在，我就可以尽情地和潘沁沁 PK 了。

“潘沁沁，请你过去点，你超过三八线了!”我扯开嗓门。而对方却一点儿反应都没有，好家伙，敢不理我!

“亲爱又美丽的潘沁沁大姐，请你过去一点儿!”我边笑边说。

“喂，请你 stop!”

哈哈，炸弹终于开始冒火花了。

我又接着说：“哎！大姐，您刚才说什么来着？我的英语不太好的!”

“我说请你安静。”

“那您为什么又说英文又说中文的？难道您不是中国人?”

“我是中国人!”

“那您为什……”

没等我把话说完，潘沁沁便急忙接过话说：“徐沁怡！现在正在上课！我可是班上的尖子生，请你认真学习，不要打扰我，OK?”

“喂！你也太小瞧我了吧？我的成绩在班上也不烂呀!”

“那我问你，你在班级里能排到第几啊?”

“不管排到第几，总比王凯好!”

“哈哈哈哈……”

“唉！你……”我顿时气得说不出话，最后才挤出一句我的经典名言，“真是的!”

"哈哈！吵不过我了吧？"潘沁沁见我这样，一边扮鬼脸，一边嘲笑着。

我终于忍无可忍，一拍桌子站了起来，居高临下地对着潘沁沁嚷嚷："姓潘的，你别太过分！"

像是提前安排好的，顿时四周的同学对着我和潘沁沁大吼："求求你们安静点儿!!!"

追星大行动

"得飘得飘得咿的飘……"

一大早，我抓着书包，听着 MP3，嘴里哼着周杰伦的《飘移》冲进教室。

"你就不能正常点儿?!"潘沁沁站在座位上对我大叫。因为 MP3 音量开到最高，我完全听不到潘沁沁说什么，还以为她说要求换一首歌。嗯，本小姐心情好，就给你再来一首："为你弹奏肖邦的夜曲，纪念我死去的爱情，跟夜风一样的声音，心碎的很好听……"

没等我唱完，只见潘沁沁气得全身发抖，走到我面前，摘下我的耳机，对着我的耳朵大吼："Stop!"

顿时我失去听觉……

六年级毕业班的生活，除了读书考试、吃饭睡觉上网 QQ 外，就是追星了。要知道，明星的力量不可小视，能使千年寒冰瞬间溶化。

"哇！明道好帅啊！啊！怎么办？太帅啦!"这杀猪般的吼声，就是潘沁沁见了明道的海报后发出的。

自从那以后，她便疯狂地迷恋上了明道。

"天，买一送一啊!"我打开笔记本的包装纸，从里面拿出了本子和外送的一张明信片。

“什么东东？”好奇心使我打开了明信片。

“天，怎么是明道！”一听这话，刚刚还趴在桌上啃书的潘沁沁顿时双眼发光。“让我看看？”

我故意说：“没什么，只是很普通的明信片。”

“就让我看看嘛！”

“留着没用，送人吧！”

“什么，送人？！”潘沁沁一听这话，千年寒冰般的脸顿时流露出了万般柔情，讨好地向我靠来，“徐沁怡啊！我们可是好同桌，如果你不需要这张多余的明信片，就给我吧！”

“为什么？”我憋着不笑，故作自然地说。

“因为我们是好同桌加好朋友啊！”说着，还朝我抛了媚眼。

“不见得。”我继续一脸的冷漠。

“求求你了！”

看她好像要哭了，我终于忍不住大声笑起来：“哈哈哈！潘沁沁，你也会撒娇啊！”

这一举动引起了全班同学的不满，大家瞪着眼睛大吼：“徐沁怡，你给我闭嘴！”

“哈哈哈哈……”

“闭嘴！”

“哈哈哈哈……”

潘沁沁实在受不了明道的诱惑，野蛮地抢过明信片，冲出教室，而我还在那儿捧腹大笑：“哈哈哈……”

我们能成为好朋友吗

“丁零零……”刺耳又烦人的上课铃在常识课结束 10 分钟后

再次打响。

“这节什么课啊?”我睁开蒙蒙欲睡的眼睛看向课程表。“班队?”说着我拍了拍前桌的马丽丽，“黑人同志。”

“你再说一次!”马丽丽提高音量。

“伟大的、亲爱的班长大人同志!”

“这还差不多。”马丽丽又放轻了音量。

“班队课干啥子呢?”我依旧是那般没睡醒的样子。

“看情况吧，如果学校没有别的安排，我们可以搞些小活动。”

“又是幼稚的游戏，也只有你想得出来!”

“你说什么?”

“亲爱的同学们，小朋友们，下午好!”仍打扮得像黑客帝国、外带东北口音的葛老师站在讲台上自恋地说，“这节班队课学校没有安排，我们也不另外搞活动，就是一起聊聊天，话题是——朋友。”

教室里顿时又沸腾起来。“真是的，当我们还是一年级小朋友啊!”“朋友?不就是有福同享，有难同当吗?”“和对方关系很好就是朋友。”“朋友就是能互相保密的人。”

正当同学们谈得起兴时，班级的一些“败类”在那儿大喊:“老师!朋友就是有福同享，有难他当的!”“老师!我建议这节课改为自由活动。”

葛老师瞟了这群“败类”一眼，拍了拍手表示安静，然后接着说:

“友谊不是金钱，不是利益，不是相亲相爱成天抱在一起，也不是你打我我打你。我相信你们一定有很多朋友，但真心朋友有多少?看看你们周围，仔细想想，到底谁对自己才是真

心的？”

葛老师的话一说完，我便抬起头向四周望去，那几个成天和我泡在一起的死党连看也不看我一眼。这时，潘沁沁却盯着我看个不停。

其实也是，虽然几个朋友平时都和我很要好，我一有好东西便会和她们分享；可如果不给她们，一转眼她们便会在背后说你的坏话。有时想想，她们还不如潘沁沁，不如她的爽快、她的有话直说、她的干净利落。或许，我俩才适合做好朋友——毕竟我们身高一样，发型一样，爱好一样，性格也一样。

经过了心里的万般犹豫，我转过身来对潘沁沁说：“我们能成为好朋友吗？”

话一说完，我便立刻塞住耳朵，等待她的狮吼功。可潘沁沁没有对我大吼，却甜甜地说：“好啊！我也是这么想的！”

啊！太好了！我们俩什么都一样，连想的也一样！

尾声：不一样的友谊

我：大姐，你又过三八线了！

潘沁沁：……

我：你没听到我说话吗？

潘沁沁：……

我：潘沁沁！

潘沁沁：你猪叫什么？

我：我不是猪！

潘沁沁：……

我：怎么又不理我！

潘沁沁：懒得理猪！

我：你……真是的！

……

我和潘沁沁虽然已是好朋友，但是每天还是照样吵个不停，内容也次次翻新。这就是我们不一样的友谊。

我们是一对“不一样”的野蛮姐妹！

同桌爱耍酷

奚　爽

偶　遇

一次偶然的机会，我换了一个同桌……

主角档案

姓名：与老舍同姓，名朋荣

年龄：度过了13个“六一”儿童节

性别：和妈妈相反——男

血型：不是B，不是AB，也不是O，而是A型

星座：处女座

外表：纯属植物人——滴溜溜转的黑豆眼，怒发冲天的洋葱头

优点：搞笑——擅长给别人带来快乐

弱点：怕冷——最不情愿冬天的到来

爱好：罗纳尔多的职业——踢足球

　　　表现自己——耍酷

初次见面便耍酷

今天是换座位的日子，王老师早早来到学校，开始换座位。我的同桌竟是舒朋荣！说着，舒朋荣如同旋风闪电，已经坐上了

新位子。

我打量着他那滴溜溜转的黑豆眼，怒发冲天的洋葱头。这时，对方突然用右手做了个枪的动作安到下巴下，浓眉往上翘了翘，天真幼稚的双眼故作深沉地眺望远方……

好笑！

和弱点针锋相对的外号

“舒朋荣！”

一听就知道是“暴牙妹”应乐从暴牙缝里挤出来的海豚尖音。

“北极熊！”应乐继续施展“暴牙功”。

舒朋荣啥时在北极安家了？天气冷一些，他就要把自己裹成“千层饼”，除非他做了皮肤再生手术，不然怎能抵挡风雪呢？

我朝舒朋荣坐的三条腿的凳子看了一眼，没人！过一会儿，才发现他已经被“北极熊”三字吓得蜷成刺猬了。

看，他脸颊通红，眼睛眯成一条缝，恨不得以刘翔百米跨栏的速度冲上前去打应乐一拳。可人家一叫他外号，他就动弹不得。

哈哈，我知道舒朋荣的弱点喽！

三大招牌动作

班队课上，我知道了舒朋荣的三大招牌动作。

这节课是让同学们来回答关于 2006 年多哈亚运会的题目，乃抢答题是也！

“请问，亚洲飞人刘翔 110 米跨栏决赛用了多少时间？”主持人一声令下，全场轰动，71 只手举起，组成一片森林，相当的

壮观。

舒朋荣被点到了名字，“荣幸”地站起来回答：“13秒15!”

“正确!”

“嗷——”他先是一声“熊吼”，接着跳起了霹雳舞。只见他扭动着屁股，转动着身子，时而又跺跺脚，疯狂至极。

主持人又念了一道很难的题目，茫茫人海中竟无人举手回答。忽然，同桌冤家再次举手！此时，他被无数目光炽烤，顿时感到无比闷热。原来，眼光真能杀死人，恐怖!

但是，舒朋荣一时答不上来，就做了个“朝天阙”的可笑动作，切!

“倒计时开始。”舒朋荣越来越着急。

“5、4、3、2、1!”

他不管三八二十四，用手朝外做了个“杀”的动作，接下来便是舒朋荣的独创语言：“@＃＄%^&＊……”

没有一句听得懂。我真怀疑，他说得那么快，竟能保住舌头!

不一会儿，他咬着指甲坐了下来，从大拇指开始，咬到食指、中指、无名指，直到小拇指。

他在磨牙吗？反正挺滑稽，怪哉!

“孩子，不要紧!”

正在上语文课，王老师要求一位同学读课文中的一段，内容是这样的：

一进门，我一头倒在床上，一动也不想动，饥饿和疲劳把我压倒了。母亲走过来轻轻地问道：“孩子，你怎么啦?”我说煤没挑到站，都扔在半山腰了。母亲含着眼泪，给我打来洗脚水。我怕母亲见了我的伤又要难过，不肯下地洗脚。我对母亲说：“妈妈，不要紧，我明天还去挑。”

王老师突然“飞”到舒朋荣面前：“请读吧!”

同桌开始读了：“……孩子，你怎么——啦!”忽然，这头“北极熊”吼了起来。

“哈哈!”全班都笑倒了，这叫连词不成句!

过了5秒后，舒朋荣继续读：“我对母亲说：‘孩子，不要紧……’”同学们愣了一会儿，原来这位“编辑”把课文剧本都改啦!

“哈……”这是男生在狂笑。

“嘻……”这是女生在窃笑。

睡觉能避寒

中午上自修课的时候，同桌冤家舒朋荣昏昏欲睡，正贪心地占据着我的桌子。

想争夺地盘？没门！别看我是一个girl，但绝不是好惹的，班上男生可是见了我就跑。我故意扭动着手腕，发出“咯咯”的响声，这可是我K人的预兆!

见他不听，我一巴掌结结实实打在他的手背上，他却懒得动一下，我差点气昏过去。怎么办？面对这个睡得像死猪一样的舒朋荣，我的鬼点子都被他的必杀技——“鼾声”震碎了。

忽然，我想起他的弱点——怕冷！我兴奋极了，在他耳边说：“北极熊!”他竟然没反应。

一计不成，又生一计。我从桌板下抽出一瓶冰冻矿泉水，朝他的手上、脖子上滴水……

还是没反应。

睡觉竟能御寒？我忍无可忍，但实在又没办法。

雪花喷漆和电子表

最近几天，班里下“雪”了，都是舒朋荣搞的鬼。

为了证明自己已经克服了最大弱点——怕冷，他用好几张崭新的 5 元钞票买来雪花喷漆，庆祝冬天的到来。

我大步向他走去，想把他的神气劲儿杀得片甲不留。可舒朋荣能 360 度旋转的耳朵已经把信息传递给了大脑，他忽然敏捷地转身，轻轻一按，只见雪花喷漆向我喷来。

“呲——”顿时，我的脸上、嘴上、眼上、鼻上，甚至整个头上，洁白一片。可有什么办法，总不能喊冤把他告上高级人民法院吧！

偏偏，上课铃响了，我的这副模样让王老师瞧见了，被训了一顿，苦啊！

为了报仇，我想在舒朋荣的桌板底下找出雪花喷漆，可里面只有个电子表。这电子表说来也怪，只有一个表盘，连套在手上的带子也没有。这时，一个绝妙好计在心里萌发了……

现在是数学课，数学陈老师比王老师还要厉害，同学们都非常认真地听讲。陈老师在同学们身边走来走去，到了我们这一桌的时候，有一个声音响了起来：“嘀嘀，嘀嘀……”

这个声音一直重复着，被陈老师听到。

“老师，”我边说边拿出一个电子表，“他的。”

“舒朋荣，站到外面去！”陈老师的唾沫星子可不比雪花喷漆差。

哈哈，有你好受的了！

足球场上的一脚射空

我对同桌“北极熊”的样子 look 了又 look，不禁暗自好笑——

不是特别强壮的身材，个子中等，略高一筹而已嘛！偏偏爱好是罗纳尔多的职业——踢足球。而且我们六（1）班足球队和六（2）班足球队 PK 的时候，舒朋荣还是个中锋。

一想起他在那次球赛上的“卓越”表现，就令人哭笑不得——

绿茵场上，足球滚动着；塑胶跑道上，拉拉队在助威。现在两队比分是 0∶0。忽然，球到了我的同桌冤家舒朋荣脚下。此时，他在对方大禁区附近，后卫被远远甩掉，只有唯一的阻力——对方守门员！

“加油！”同学们大声鼓舞，希望能给他带来无穷的力量。他摆出了个优美的射门动作；守门员也全面武装，准备防守。

这个射门还可以嘛，我想。

只见舒朋荣把全身的劲儿凝聚成一个动作，右脚向足球狠狠踢去。好久，才听到“砰”的一声，球没踢中，径直往前滚，他自己却摔在了地上。全场顿时鸦雀无声……

突如其来的换座位

这天，王老师似庄重非庄重地宣布了一个消息：马上要换座位了！刹那间同学们都感到很震惊。

看看同桌舒朋荣，我再也无法叫他冤家了。在说长也长、说短也短的一个月里，欢乐、悲伤难以言表……

而舒朋荣却仍像初次见面一样，用右手做了个枪的动作，安到下巴下，浓眉往上翘了翘，天真幼稚的双眼故作深沉地望着远方……

誓与你周旋到底

赵士婷

“我们能不能不分手，亲爱的别走……”

“帅哥，知道您歌唱得好，可是……我可以拜托您停住您的金口吗？那个……我的耳膜稍微有些……咳咳……”

“啊……怎么，怎么，怎么会这样？”

“这你个头，有话就一次性说完，别这个那个的！”

“你真的希望我说吗？啊？”

“有话快说！”

“啧啧，没想到啊！原来我的唱歌技术已经到了这等炉火纯青的地步了，连一头母猪都知道我在唱什么啊！我好好激动哦！”

“你……你……”

“走了，拜。”

同桌潇洒地甩了甩他那几根可怜的头发，直奔篮球场。只剩我一人气呼呼地坐在座位上，哎……刚才那位不知道该用什么词儿形容的同学便是我那神经质的同桌了。

细观我俩的同桌史，真是“往事不堪回首”啊！不信？待我细细道来。

“大姐，求你了！”

上课铃刚响，试卷就开始满天飞了。

“89 啊，惨喽。”

“你还算好了，我呢，82，直接撞死算了。”

“妈妈咪呀，79哦。”

“……”

教室里全是此起彼伏的抱怨声，哎……

身为同窗，深感同情，节哀顺变吧。

接过自己的试卷，95。心里喜滋滋的。

“哎呀妈呀，62呀！惨了，今天又有‘劲爆鸡米花’吃了，真有口福啊！呜，死翘翘了。”

不用说，又是我的那位活宝同桌在哭爹喊娘了。

我指指他那可怜的分数，说：“大哥，有时候真的很佩服你啊，考试小纸条满天飞还考个62。”

“失误失误，大姐，知道你良心最好了，帮帮忙吧，签名这一关可全靠你了。”

我摆好沉思者的样子，说：“这个嘛，让本大小姐考虑考虑。”

哪知他一下子双手合十，用“楚楚可怜”的眼神紧紧盯着我：“美女，知道你的心地最最最好了，你一定不忍心拒绝我的，我求你了，你就可怜可怜我吧。”

我一下子呆住了。还没等我反应过来，他又恢复了那副吊儿郎当的样子，用每秒5个字的速度说完了以下这段话：

“不说话就等于默认，默认就等于承认，承认就等于答应，答应就等于你肯为我签名了，你肯为我签名就等于我解放了。OK，谢谢了，我就知道你是一位像天使一样的MM，加油，模仿好我爸爸的笔迹啊，我在精神上支持你。嗯，相信你，没错的！”

说完，他又做了个招牌式的动作——把几根头发一甩，接着就没影了，只剩我一人傻傻发呆。

哎……可怜啊！

谁动了我的橡皮?

笔笔的新歌《谁动了我的琴弦》正值热门，我的活宝同桌又上演了一场“谁动了我的橡皮”。

“谁动了我的琴弦唤我到窗前……”正当我专心写作业时，耳边又传来一阵“天烂之音”。

“拜托，停停吧，我还要写作业呢。”

“我知道，就你是好学生，我们班就数你厉害对吧?好好好，我才懒得和你吵。”

我向他摆摆手，说：“滚得越远越好。”

一会儿沉寂后，教室里突然发出一声怪叫：“我的橡皮呢?”

我抬起头，没好气地说：“谁知道啊，自己的东西不保管好还来质问别人，哼。”

“说，是不是你拿的?”

“你很无聊啊，谁拿你那块破橡皮了，本小姐才不会那么没品位呢。”我递过去一块橡皮，“看你可怜，送你吧。哎……现在的孩子……真是的。”

“本来还愁又要花钱买橡皮了，不过轻而易举又骗到一块，看来我的骗术又有长进了。哈哈，拜拜，我越来越傻的‘霉女’同桌，抄答案去喽。”

话刚说完，人早已跑得没影儿了。

我只有仰天长叹：“苍天啊，大地啊，请你发发慈悲救救我吧！我的一世英明就毁在他手上了！我可怜的橡皮……”

呜呜呜……谁动了我的橡皮?

砸你没商量

“人是人他妈生的，妖是妖他妈生的……”某日清晨，活宝同桌忽然念起了唐长老的名句，足足念了10分钟之久。

终于，在10分零1秒后，我的耐性到了极限，我摆出了花和尚鲁智深的架势，一拍桌子，大喝一声：“给我住嘴!”

他却若无其事地继续说着。

“喂，说你呢，耳朵聋了啊?”

“嗯?你是在和我说话吗?对不起，我只听见一头猪在号叫，就没有听你说话了。”

我紧握双拳，扭扭脖子，对他说：“‘衰哥’，人的忍耐是有限度的。”

“我知道，可您不是人，是猪嘛！哈哈。”

我气得抄起新华字典就朝他身上砸。哪知他轻松躲过，并使用了“空当接龙”法准确无误地接住了字典，气得我咬牙切齿。

“瞄准，射击。”他正说着，只见一道红光闪过，字典正中我的头。

“耶，射中了，命中率100%。”

我摸摸头，拿起旁边的一本《辞海》向他砸去……“砸你没商量”正式开幕!

领教到我这位活宝同桌的厉害了吧，是不是“同桌史不堪回首”呢?

“邻居”是活宝

符一尘

我是一班之长，同桌是谁我无所谓，只要乖一些就好。但是，天不遂人愿，我自从上学起，没碰到一个好同桌，别人既叫我“母老虎”又叫我“符大姐”，说是模仿那啥“范大姐帮忙”栏目给起的外号，虽然“母老虎”这个绰号不雅，但被人称为“符大姐”我倒是很乐意。

五年级了，我祈祷上苍给我分配个好同桌，但老师还是将一个“活宝”交到我手中，我好命苦！那同桌，根本不认我的威信，整天嬉皮笑脸地对着我，惹了不少祸，有时还将我牵扯进去。

此时此刻，我深切理解了“冤家路窄”这个词！

三八线

两个冤家，两个仇家，就这样并排坐着，本来嘛，坐就坐喽！谁知他还是一个蛮爱折腾的男孩，用这儿的方言讲，就是“花头精很透”！非但不让我安安稳稳地上好一节课，还拿笔和尺子在桌面上画了一条直线，叫啥“三八线”，叫我“三八婆”。谁都不准超线，各有各的领地，超了谁都不甘心！

习惯性地，我上课将腿放在椅子一侧的栏上。忽然，只觉得腿被猛地撞了一下。是他！我条件反射般地还给他一脚，不偏不倚，正好踢中他的小腿。

“噢！”他想叫，又没胆儿叫，手舞足蹈地打哑语。

老师猛地一拍我的桌子：“站起来！”

我乖乖地站了起来，好像是孤独的守望者，无人陪伴。我脸“刷”地红了起来，那红色迅速蔓延开来，一直红到了脖子根，整个人像喝了三大壶白酒的关羽。

下课时别人告诉我，我的脸像烧熟的煤炭。我还不时地用眼角的余光瞟向同桌，他正捂着嘴，一个劲儿地笑。我眼睛一瞪，他立即坐好，做出一副认真劲儿，捧着课本读起来，还夸张地摇头晃脑，时隔不久，又对着我偷偷地笑。

下课时，我真想一把把他塞进猪窝，让他与那些好吃懒做的家伙生活在一起，吃了睡，睡了吃。

不过，他要去我家的猪窝是不可能了，我爷爷和外公家的猪窝上都挂着一张牌子：客已满！

唉，还不是“三八线”给闹的！

拿“旗”环游

体育课，当然是活宝同桌的最爱，因为他是体育精英，除了体育老师夸他好，其余老师都没给他好脸色。这节课测 60 米快跑，我快晕了——其他什么老师都夸我好，可就体育老师对我痛心疾首，扼腕叹息。跑步是我的大弱项啊！

最后，我脱了外衣，只剩一件毛衣，跑出了 11 秒的“好”成绩，突破了个人纪录，我不禁鼓掌为自己喝彩，我成功了！

刚跑完，下课铃声便响了。我跑回教室，下节是语文课，随即同桌到了。

“你跑了多少？”这是他的第一句话。

“11 秒！”我漫不经心地答。

"Yeah！我成功了！"他双手握成拳头状，向空中一下一下地举着，接着拿了一条红领巾在教室里一圈一圈地跑着，口中念念有词，等他走近些我才听清楚，"中国！我亲爱的中国！我为你争光了！"

"咯咯"的笑声从我那缺了大门牙的嘴里爆发出来。

待我再去看时，他正站在一把椅子上，扫帚倒着拿，像关羽耍大刀似的，忽而又拿扫帚当吉他，唱着："五星红旗，你是我的骄傲，五星红旗，我为你自豪……"

他用力拨动着扫帚丝，就像拨动着吉他弦，显得那么投入，他沉醉在歌声中……

旁人一个个都咧着嘴，被他逗乐了。

忽然，活宝一脚踩空，从高空落到了地上，首先落地的当然是屁股。在空中，他还有意识地拨了一下"琴弦"，这才捂着屁股，一瘸一拐地坐到位子上，口中念念有词，似乎在抱怨着什么，内容嘛，当然是你不知，我也不知，只有他一个藏在心底儿深处啰！

哼！谁叫他是个活宝！

掰不开他的嘴

活宝虽在体育课上被列为"精英分子"，英语成绩却是绝对的低，简直比地平线还低好几倍。说起体育，他总是拍拍胸脯，神气十足；说起别的，就低着头，一语不发，半天，抬起头来，那张小红脸的颜色简直像刚开的玫瑰花。

今日读新课文，课间我兴趣大发，作了一首诗。上课时，英语老师捧出新卡片读一遍，我们跟读一遍，挺有节奏感。大家读得起劲儿，活宝却一字不读。我知道咱班有许多漏网之鱼，他们很狡猾，嘴动，而喉咙里却没发音，活宝倒挺老实，嘴也不动，这连“滥竽充数”都不算呀！

“你冷吗?”我轻声问。

他冷冷地回答：“回答错误！No!”

“那你干吗不读?”我急了性子。

“我就是不读，关你啥事儿?”他有些不快了。

“没事快读，别耽误时间!”我推了推他的胳膊。

“超线!”他的声音比猪的尖叫还高两个八度。

我置之不理，他依旧我行我素。

我是个急性子，几次想打他，但都一忍再忍。终于，我靠近他，手慢慢地，像一只魔爪伸向他……

好不容易地掰开他的双唇，露出他那洁白而又可爱的牙齿，可门牙紧咬着，我想将铅笔塞进他的嘴里，可还是白费劲。

“超线!”他用尖厉的声音叫道，随即脸上又变了一种神情。

“想在英语课掰开我的嘴，没门儿！要知道，我的嘴可是钢铁也砸不开的！你慢慢磨吧！希望你细细品味，精雕细琢!”

我不服气!

“外号工厂厂长”

9月10日，“五一外号工厂”隆重开业。

下面请老总来讲几句话。

活宝严肃地站在讲台上，拿出一张纸，其实是一张白纸，说道：“同志们！职工们！我们‘五一外号工厂’隆重开业了！我们以后要多多生产产品，所谓‘多多益善’嘛。我们要很好地为民服务，做好工作，这是我的目标，也是大家的目标。让我们努力将我们的产品推向全世界！我的讲话结束，谢谢大家!”

台下响起了零零散散的掌声，我在写作业，没把他当回事儿。顺便说一句，此话中所谓的“全世界”是指整个五年级。

这是简单的开业典礼。不知是否还有倒闭仪式，我倒希望有。

从那一刻起，“五一外号工厂”便在班里掀起一股热潮，也证明了这个“公司”以后会发扬光大。可不是吗？你瞧——

第一节课，我就觉得他有些不对劲儿，一整节课都在纸上涂涂、画画、写写。什么内容，我当然一无所知喽！但看他那副样儿，可以略微猜到一点点：他正出谋划策呢！谁知道这一次葫芦里卖的又是什么药？

我可真是“诸葛孔明第二号”，料事如神，这只老狐狸，底细全被我摸清了。下课了，同学们个个精神抖擞——老师都说了，我们班下课时喊“再见”的声音绝对要比上课时喊“您好”高出好几倍。不瞒你说，上课同学们叹息声比老师的讲课声还要大。

同桌活宝走到后桌的老高（外号）身边，咯咯傻笑着，好像要对他“图谋不轨”。

忽然，活宝贴着老高，一屁股坐下去，引发老高“哦”的一声尖叫。而趁老高不知发生什么事情之际，活宝再次“无力”地倒在老高的怀里，老高又是一声大吼。

活宝触电般站起来，趁其不备，与老高热情地拥抱在一起，叫着：“熊猫！熊猫！熊猫！I love 熊猫！”再次引发老高“噢”的一声呐喊。

老高便从“老高”变成了“熊猫”，进化得可真够快的——“老高”这个外号历时 10 天。

活宝如愿以偿了，他生产的“产品”被成功推向国际（年

级）……

近几日，“熊猫”这个外号在年段一传十，十传百，所有人知道后都觉得是经典之作，有人还来采访活宝，下面一段是采访实录：

“赵广一，你好！请问你这个外号怎么取出来的？”

“我只是一时来了兴趣，来了灵感。”

“那你能说说灵感到来之际，你有什么样的感受？”

他搔搔头皮，随便找了句答复：“中午12时。”

这完全是答非所问，真不知道他在想些什么？

“你对这个外号有什么样的评价？”

“我觉得很可爱。”

可“熊猫”——高一乘却被这所困扰。就在今天放学，他生了大气，气得把铅笔盒从二楼扔到一楼，“啪”的一声，“血肉模糊”，面目全非了，幸好没砸伤人。

活宝怔了怔，愣住了，他们俩大眼瞪小眼的，在做眼力斗争，最后还是迫于我的威力，他们才不甘心地说：“母老虎，三八婆，我求你，饶了我吧！”

我举起拳头，他俩早已逃之夭夭了。

可是，这段安稳的日子并没有持续多久。而后，活宝又旧病复发，给我们改名了，叫我什么“活蹦乱跳的小麦饼”，叫金毅“发霉的麻菇金毅”，叫胡怡恺呢，更离谱——“童子鸡”，还顺便捎了一句顺口溜“童子鸡拿着肯德基淋成落汤鸡”！现在回忆起来，倒还挺有乐趣！

“五一外号工厂”的最早创业者、我的同桌赵广一真是伟大呀！

“五一外号工厂”以每日两个产品的速度运作，真是神速呀！

比兔子跑步还要兔子跑步，而且那可是免费供应哟！

希望“五一外号工厂”以后多多为人民服务——这是活宝让我代表他发言的。

“牛皮站站长”

至于“牛皮站站长”嘛，顾名思义，自然是偶（我）的活宝同桌了。吹牛皮可是他的一大强项，有时吹得过大，像泡泡糖吹出的泡泡那样“啪”地破了。偶时常与他相互攀比，还是他获胜。

我在写这文稿时，他又在一旁自顾自地吹：“这不废话吗！白 K!”

我习惯了，耳朵长茧了，这是他的口头禅！

以下是他的吹牛记录。

早晨，发下一张资料，同学们陆陆续续地大声诵读起来，他却拍拍胸板：“我在这之前早就读过了！”

我们的目光一齐投向他，他又说：“干吗看着我呀！没看见我这么帅的帅哥吗？”

我反应过来：“去……像你这样的男人，大街上随便拉一个，就那踏三轮车的，也比你好！”

“哼！”他头也不回，白了我一眼，轻轻一掠前额翘起的丝发又自夸了几句，“算了吧！算了吧！大人不计小人过，这叫做‘君子风范’！你们几个呀，是小肚鸡肠！要多向我学习学习！”

其实我心底儿早就在骂：去去去去去，去你的！还君子风范，喝你的西北风去吧！只不过那时老师正注视着，我不敢说罢了。

中午，老师听写了，我不是很有把握，又听见同桌在吹了。

结果发下来，我“B”他“A”，我第一次惨败在他的手中，哭得云里雾里……

他问老高：“你对下午的数学测验有把握吗？”

“不知道！”

“这不废话吗？白痴！”他带点儿讥讽的语气，接着又说，“我可不会犯那么低级的错误！”

“去去去去去！去你的，你连不知道都不会说，啥都不懂，小孩儿！”对付他的吹牛，最好的方法就是“去去去”。

“你们呀，是小孩儿，我是老狐狸，精得很，你们终究赛不过我的！”他“语重心长”地教导我们。

结果，那一日下午的测验，同桌“如愿以偿”地拿了个“第一”，不过是倒数第一——这是他吹牛“得逞”的结果。

“呜呜呜……”我听见了他在哭泣，肩膀一耸一耸的，就像一只风雨中受惊的鸟儿……

牛皮站站长的日子是快乐的，今天却在哭泣。

可这是一个啥人呀，好了伤疤忘了痛，刚放学就旧病复发了。

大概是吹牛吹上瘾了，放学时他又吹了一个：“看我明天不用大拇指摁扁你！”

活宝的“风采”

最近，我班掀起了好几股热浪，不停地起伏、翻滚，浪声可是“一声未息，一声又起”，吵得我的耳膜都破了，也该歇一歇了吧！

我循着浪声寻找浪源，寻来觅去，浪源远在天边，近在眼前——竟是活宝！

先说第一股热浪。

听说活宝家境还算是富裕，只见他每日花钱大手大脚。

一日，他忽然拿出一本豪华的同学录，引来全班 68 道好奇的目光，他有那么大的吸引力吗？害得我也不好意思起来。

第一节下课，我就看见那本同学录上面多了几个名字，不过还是稀稀疏疏的。

第二节下课，更是疯狂，所有的人都过来看他的同学录，在上面留言，形成了一个大圆圈，将我们这一桌围了个水泄不通，外班同学望见了也进来凑热闹。

今日依旧这样。

下午，小 N 在看同学录时，恰被胡老师看见，同学录这头“羊”就被胡老师顺手牵走了，还没写的同学拼命地捶胸顿足：“错过，错过，也许命中注定！”摇着头走了。

那本同学录再也没有出现过。

但我知道，同样的同学录很快出现在其他同学的手中，是新买的。

“同学录事件”还没有处理完毕，又有一浪袭来。

活宝的口袋外面挂着一大串的东西，琳琅满目，让人眼花缭乱。不看不知道，一看吓一跳，原来是他的“大头贴”。随意地翻了翻，大为震惊，扭着屁股，叼着香烟，戴着眼镜儿呀，哦不，是墨镜……极尽模仿之能事。

看见这一状况，我赶紧举报老师，还立了个一等功呢！

老师进行“捕鱼”，准备一网打尽，先铺好了网——让同学们把拍过的大头贴自觉地交给老师，大多数同学还挺老实的，如数上交。

只是还有几条漏网之鱼，老师恐怕还不知道呢！

个人资料

相处了几个月，我为同桌整理了一份个人资料，如下：

姓名：赵广一

出生年月日：1996年7月1日

性别：与爸爸相同

绰号：活宝

死党：高一乘（老高）

活党：符一尘（本人）

优点：运动健将

爱好：吹牛

口头禅：这不废话吗！白痴学学偶。

整理完这份资料，我将它夹进《同桌记载》。

礼尚往来，他也写了一份我的资料，气得我在路上快要晕倒！如下：

姓名：符一尘

姓（性）别：No男

名号：符大姐、母老虎、小“卖”（麦）饼

死党：彭丹丹

活党：赵广一

忧（优）点：企（迄）今为止末（未）发现

爱好：I don’t know。

口头禅：秘密。

出生年月：1996 年 7 月 31 日

我想吐血，这错字连篇的，读都读不懂，什么“姓别”呀、“忧点”呀、“企今为止”呀、“末发现”呀——这已经是第 n 次写错了，我提醒他多少次了，他还是屡教不改。唉！我真想上吊去，吃大量安眠药去……

BYE，活宝

几个月过去，老师又要换同桌了，也就预示着我和活宝将各奔东西了，这也是我最期盼的。几个月下来，我已经受了许多罪，有些事儿被牵扯进去，哪怕我有着三寸不烂之舌，也分辩不清。

哈哈哈哈哈哈哈哈哈哈！我仰天大笑了 10 个哈。

Bye，活宝。

我提前与你说再见。

Bye，活宝。

后　记

哦，可怜，星期三下午安排座位，我又与活宝坐在同一张二人桌上。可怜的我！我不由得想起一首歌：“也许命注定，我和你在一起，与你天天吵架，三日小吵，五日大吵，啊（延长至 1 分钟），我真倒霉！”

我摇摇头，叹了口气，我好可爱（可怜得没人爱）。

可总司令发的命令，我要服从，我也不得不服从呀！

一个他，一个感觉

黎　雨

我认了个儿子

当时，全班都听到他叫我妈，那会儿我倒被他弄得束手无策了。

——心里的话

“儿子”姓张，是我在小学同桌时间最长的男生，直到现在，我对他那段“认妈”经过还记忆犹新呢。

那是星期一早晨，身为小组长的我正在忙忙碌碌地收本子。每周一，我们组长的任务就特别重，什么家庭听写本啦、作文本啦、练字本啦、数学本啦、积累本啦……乱七八糟的一大堆。

“组长，本子！”五本本子一本接一本从空中画着弧线，然后安全地落到地上、椅子上，桌上和我的头上。

“功夫太烂了，没事别显摆。”我气急败坏地说，弯下腰捡起本子。

这时候，张同学来了。他一副特没精神的样子，显然是睡眠不足。

“你，快交作业。”我高声朝他嚷道。

“哦～”他的声音里明显透着疲惫的感觉。

过了五分钟了，他的本子还没到我手中。我已是一头大汗，

啊～～!!

见他还在那里窝着头不知道在做什么。我叫起来："你干吗？一天到晚都慢吞吞的，跟不上速度。你瞧你，一点精神都没有，还怎么学习？啊？不知道脑袋装了什么？是不是没写呀？平时就见你没怎么努力，是不是写不出来呀……"

我不知道什么时候变得这么会讲，一下子不间断地冒出如此多句话来。

这个时候，张同学抬起头来了，手开始在书包里乱摸。

哈，自己的铁齿铜牙真是管用呀！

他还是像脱了水的菜叶子一样蔫蔫的，拿过本子，仿佛拼尽了力气叫了声："妈，你拿去吧，再让我睡会儿。"

顿时，班上"刷"地静下来，大家都往我这边看。张同学头一歪，彻彻底底地趴在桌上流起口水闭起眼来。

"妈，妈。"调皮的男同学立马模仿起来，还叫得兴高采烈的。这下，我倒束手无策了，只得愤愤地望着同桌。

这时，早读铃响了。我乘机一拉这只笨拙的睡虫，发出恐怖的叫声："起来，死小子，早读了。"

听到了铃声，再听到了我的号叫，他不得不振作精神，找出书本端起来。我的眼睛始终怒视着他，眉头锁得紧紧的。

"喂，你今天怎么这么像我妈呀？"他很不理解地问。

我叉起腰，反问他："你有这么年轻又漂亮的妈吗？"

他竟还不知天高地厚地说："这样更像了，又爱吹牛又喜欢叉腰。记得小时候，她老对我爸叫：'你娶了我是有福气，当年我可是学校一枝花呢！'你看，吹不吹？"

我听着，想生气却怎么也气不起来，只好斜眼瞟着他。

"而且，我妈特爱对着我叫，什么不好好学习啦，脑袋那么大知识那么少啦。我早上赖床，她还说我赶不上时代的步伐。你

说我晕不晕……”

同桌把他苦难的往事“津津有味”地告诉给我。我拿来比较比较，确实，收本子时的我好像有那么点点点点像她妈。

很快，在班上人的打趣下，同桌开始很乐意地叫我妈，而且叫得越来越勤。

“妈，我的作业。”

“妈，教我这道题。”

“妈，零花钱！”

同桌以儿子之便占去我不少便宜，我终于知道：原来妈妈不是好当的。

当然，我这个妈也不甘于被儿子整得死去活来。

“儿子，帮妈洗抹布去。”

“儿子，今天扫地的任务交给你了，平时我可是天天给你吃牛肉干的。”

“做儿子要晓得孝敬长辈，尤其是要体谅母亲。去，帮我倒杯水啦。”

Hoho！乐趣无穷。

不过，基本上我们不分长幼，一律平等。在学习上也争得厉害。

世界上可能没有比我更宽容的“母亲”了吧！：）

我们爱讲好玩的东西

每到这个时候，我们都是颇有灵感，好玩的故事和智力题一道接一道地如趵突泉的泉水般涌出，止都止不住。其实，这也是我们的一种娱乐方式。

——心里的话

严同学是我的另一个同桌。

说实话，他一点也不严肃，天天咧个嘴从早笑到晚，也不知道他那不好好刷而导致黄里吧唧的牙齿令多少人晕倒。

我和严同学开始没怎么说话，只是他天天对我咧着嘴笑。日久天长，我再也受不了啦，于是乎，吾苦苦求他：“你别笑了行不？”

“为什么？笑是人类最美丽的符号呀。”

我欲哭无泪，只好一脸悲伤地望着书桌发呆。

“你别老是一副病恹恹的样子好不好。我给你出道题，你来答怎么样？”

想不到这个家伙还有题目来难我。

“老掉牙的别出啊。”我来了点精神，得意的心情溢于言表。

“听好，用一句歌词来形容家长会后的情景。”

???

一句歌词？这下，我开始在自己脑中搜索歌词。

“我想不出来。”搜肠刮肚，我还是想不出来，只好垂头丧气地作罢。

“答案是，”说着，严同学手臂一弯，拳头紧握放在胸前，激昂地唱，“风在吼，‘妈’在叫，黄河在咆哮。”

呵，有点意思！我忍俊不禁，咯咯笑起来。严同学又报出一道题目：三过家门而不入，这是谁在什么情况下所做的举动？

这题太简单了，我第一个想到的就是大禹治水的故事。

我飞快地 answer：“是大禹在为治水事务操心时所做的举动。”

“No！”严同学的食指左右摆动，“是学生书包里有一张不及

格的成绩单时所做的举动！”

我突然反应过来，仔细想想，确实蛮恰当的呢！

两次问答都惨遭失败，我当然是心有不甘。左思右想，说出一道题目：何为“相见恨晚”？

“分别两地的情侣？”严同学也绞尽脑汁狂想答案。

“错啦。”

“那是 Ms. 刘和 Mr. 孙？”（当时偶们老师正在恋爱中）

“错得没边了。”

“好啦，认输啦。”最后同桌拉下脸求我告诉答案。

“笨笨，每次考试后拿到标准答案时的感受就是‘相见恨晚’撒。”

“啊！太衰了，这个都没想到，555……”

以后，我们俩之间的话就多了，黄牙男生的笑话和脑筋急转弯都特别合我胃口。有时候，我为了听他讲这些好玩的东西，就勉勉强强地包容了他实在不堪的笑容和黄牙。：）

“课间，用一条成语形容。”

“是什么啦？快说！”

“一寸光阴一寸金。”

“哈哈哈哈……我问你一个，考卷是什么？”

“是学生考试用的呀。”

“大叉送上！Hoho，是考试前学生最想得到的复习资料！”

“……”

课余休息时，我们总是这样互相出题，两个人都是兴致勃勃的，周围的人总是会听到我们俩无休止的大笑，一个是不停的“哈哈哈”，一个是断断续续的“呵呵呵”，的确有趣。

记得那时，我们都是颇有灵感，好玩的故事和智力题一道接

一道地如趵突泉的泉水般涌出，止都止不住。其实，这也是我们的一种娱乐方式。

从小学到初中，我和十多个男生做过同桌。在他们当中，有成熟得像老男人的，有搞怪得无可救药的，有温顺善良的，也有神经兮兮的。这里，我写了印象最深的两个男生，把我和他们的开心时光同大家一起分享。

幼儿园时代的同桌

欧阳晓芝

我今年上六年级，我叫芝芝，别人喜欢叫我 Jean，这是我的英文名。

我的同桌是我幼儿园的 friend——金枫，我和他现在也是朋友，只是经常吵架。

唉！照这样下去，那我的淑女形象可就要毁于一旦了！不和他吵吧，显得我胆怯；和他吵吧，我的淑女形象……

哎～～想到这个我就头疼！

考试分数

哈～～欠～～好困哪！昨晚上竟然做梦考试只考了 60 分！衰～～而金枫那小子竟然考了 94 分！更衰！

上课了，不知道昨天的考卷改完了没有，我很想知道分数，妈妈说，考得高的话呢，肯德基、麦当劳、德克士、必胜客……任你吃；如果考得不好的话：扣掉一个月的零用钱！～^一^～势利哦！～～

今天上午第二节课是数学，我们的张 sir 抱着一大沓考卷走进教室，哈！今天果然公布成绩。p（^0^）q

“同学们，这次的数学考试大家考得不怎么样，最高分是 99，下面我就把卷子发下去。我叫谁，谁就上来拿。张秀秀，95；蔡小幽，90；金枫，94……”

⊙0⊙天哪！这小子竟然真考94，天哪！今天太阳从西边出来了吗？

“欧阳晓芝，98……”

～T－T～菩萨呀！佛祖呀！没有想到你们这么爱开玩笑，哈哈哈哈！\（^0^）/必胜客到手喽！我亲爱的老班菩萨佛祖，爱死你们了！哈哈!!! 金枫，你S定了！^o^

第二节是语文课，我亲爱的老班也抱着一大沓卷子走进来，哈哈哈！今天偶可真走运，语文可是我的强项。

“同学们，这次考试我们考得不好，最高分96，下面我来发卷子：蔡小幽89、韩齐93.5、吴星云90、金枫93……”

⊙0⊙开什么玩笑，金枫这小子语文能考93，今天怎么怪事连篇。

“丁哲88、欧阳晓芝94……”

T_TT_T菩萨啊！真主啊！我爱死你们了!!! 你金枫今天绝对S定了!!!! 哈哈哈哈哈哈……：—>

下课时，我跑到好朋友蔚的面前，高兴地说：“蔚，我高兴死了！蔚，今天我请客，去唱歌好不好？”

“OK！OK！没问题！我们聪明蛋请客，当然得赏脸喽！呵呵！～^0^～”

今天正好是星期五，晚上我和蔚、小朋、阿媛来到飙歌城，偶老妈已经定好包厢，呵呵！老妈真好！

“哎哎哎！你看那是谁？”

小朋用胳膊肘碰碰我，我回头一看，差点没把我吓死!! 金枫、韩齐、张逸正向我们这边走来，韩齐眼尖，看见了我们，正向我们挥手。蔚也朝他们挥手。

“欧阳晓芝～～～”韩齐拖长了嗓门喊我，我们不得不停下来等他们。

“芝芝，你今天来这里干什么?”

又是金枫的公鸭嗓子。

“你来就不准我来呀!!”一见他我就满肚子火。

“我们来唱歌!”阿媛赶紧回答。

“我们也是哦！那咱们定一个大包厢好了，这样可以省钱来买吃的!”

张逸你就知道吃。

“这主意不错，芝芝你同意好吗?”蔚也跟着起哄。

我没办法，只好同意了。我把定好的中包厢换成了大包厢，我们 7 个人浩浩荡荡进了包厢。

我一进包厢就率先点歌，当然是我最爱听的《快乐崇拜》。

张逸说他会唱，所有人就要求我和他合唱，哎哎哎！开什么玩笑，这一群人，真受不了他们。我唱完了，阿媛点了一首《祈祷》，这么老的歌她也唱?

金枫这公鸭嗓子也点歌，还点了一首林俊杰的《江南》，呕呕呕呕～～～天哪！当初我怎么会答应??? T0T～T0T～T0T～

韩齐是班上的乖宝宝，他今天点了一首周杰伦的《我的地盘》，唱得还不错哦！张逸又点了一首情歌《白月光》，我也毫不示弱，点了一首张韶涵的《猜不透》……

我们一直玩到很晚才回去，阿媛有事提前走了，所以我们一个男生和一个女生走。蔚和张逸、小朋和金枫（幸好这个讨厌鬼不和我一起走!)、偶和韩齐，呵呵！太好了！＼（^0^）／

“哎，韩齐。”路上还是我打破了沉默，“你觉得金枫讨厌吗?”

“嗯～～还好啊！”

“我怎么觉得他那么讨厌？”

“呵呵！其实金枫这个人并不那么讨厌。以前，金枫老是对我说你其实心肠很好，只是太凶了……”

原来金枫也知道说我好话呀！3Q你了韩齐。

辩论会事件

今天，我们班要举行一场辩论会。这次的主题是“开卷有益，还是开卷未必有益”，我是反方，支持“开卷未必有益”。

那个金枫偏要与我作对，他支持“开卷有益”。

可恶！这个金枫真是讨厌，什么都跟我作对！

辩论会开始了，由正方先发言：“我认为开卷有益，因为，我们的知识都是由书上汲取来的。没有了书我们从何处汲取知识呢？”

“我反对，”反方发言，“我认为开卷未必有益，因为，如果看那些不健康的书的话，不仅会影响我们的学习，还会影响到我们的思想道德，我曾听说过一句话‘凡读无益之书，皆是玩物丧志’。”

“我认为开卷有益，因为书籍是人类进步的阶梯，没有了书，我们的知识从何而来？我国的大文学家孔子，他的知识不都是从书本上学到的吗？”

天哪！孔子都出来了。：P

哦！下面该我了：“我认为开卷未必有益，择书如择友，一个人选择一本书就像选择一个朋友一样得慎重，一不小心就会误入歧途。刚才有人说过‘我们的知识都是从书本上得来的’。那么，我想问一下：牛顿也是从书本上发现万有引力的吗？”

～－0－～累死我了！

“下面开始自由辩论。”主持人装深沉了很久终于发话了。

“我认为开卷有益，因为我们所学到的知识都是从书本上来的，如果我们只顾着实践，而不去看书，那么爱迪生从哪了解电光学？”

“我反对，如果爱迪生整天捧着个书本来钻研，并不去做实验，那么，我们现在哪来电灯？”

“……”

呵呵呵呵！被我说噎住了吧！哼哼！跟我斗没门！

“我们正方请求韩齐帮助。”

⊙0⊙天哪！竟然玩阴的，谁不知道韩齐那张嘴能把死人给说活了！

“我认为开卷有益，因为好书是人类最纯洁的精华，没有了书籍我们的灵魂也将是空虚的。”

“……”

天哪！韩齐讲完我们反方竟然一个个张口结舌，糗大了！

“我反对，”没办法，我上，“书是人类最纯洁的精华，话是没错，但是，我们也不能整天抱着书看，而其他什么也不做吧？”

“我不认为这样，”韩齐还对我不依不饶，“多读书对我们也没有坏处。”

“我想请问一下韩齐，”我也好不示弱，“你平时是不是一有空就读书呢？”

“对呀。”

呵呵呵！看来韩齐中了我的圈套了。

“可是，读太多的书，往往会造就一些自以为是的书呆子！”我毫不留情地回道。

“……”

这下轮到正方张口结舌了。没想到，我的口才也不下韩齐。~^_^~

……

20 分钟以后。

主持人：“这次辩论会到此结束，反方胜利。”

“耶……”我们击掌欢呼。死金枫，看你猖狂到什么时候。

后　记

转眼间，两个月过去了，毕业考试完了后，我、金枫、韩齐、阿媛、小朋、张逸又去了飙歌城，我们即将分离，有千言万语要说，如果不说，以后就有可能再也没有机会说。

为了将来，我们干杯……

希洁VS诚飞

金洁雅

我从来没有佩服过什么人，可这次我却不得不佩服这么一对同桌——

希洁：女，此乃文艺委员，对歌词特感兴趣。

诚飞：男，此乃平民百姓，不足挂齿，不过爱玩点小刺激。

这个故事就发生在他俩的身上。

与美术老师较量

随着优美的上课铃声，诚飞潇洒地走进了教室，从容地坐到位置上，白了希洁一眼，带了几许轻视。

“你……”希洁刚想抱怨几句，就在这时美术老师 Miss 胡开口了：“今天我们来上新课，翻至第 19 页——《我的同桌》。那么今天呢，我们就来画一画同桌，怎么样?”

Miss 胡兴奋地问完了问题，期待大家的欢呼，但她等来的却是一阵阵的叹息声，这就足够让 Miss 胡拉下脸来了，而诚飞还不识相地加了一句：“什么呀？同桌？就不能新鲜点!”

他这声音可不低，传到了 Miss 胡的耳里，顿时 Miss 胡的脸拉得更长了，比那中央电视台主持人李咏的脸还长，真够吓人的。

最后 Miss 胡还是败下阵来，甩门出去了。

教室里顿时沸腾起来，而这时，诚飞已经安稳地坐在座位

上，画起他那可爱的同桌——希洁来了。

小玩笑，闯大祸

美术老师刚刚被诚飞气得出去了，但没过多久又回来了。

老师毕竟不是那么好惹的，进来时，Miss 胡还不忘抛一个白眼给诚飞，可诚飞画得太认真，没接着。

上课 40 分钟，还是比较宝贵的，不过诚飞算是抓紧了。

下课，趁老师不在，诚飞便拿着他的画到处宣扬，并大喊道："图中此人乃偶（我）本人同桌，请大家欣赏欣赏。"经他这么一叫，果然吸引来一大批人，个个看一眼就笑得人仰马翻。

然而，这一场景没逃过希洁的眼睛，当然也包括他的那张画。

希洁跑到诚飞的面前，看了一眼那张画，又狠狠地瞪了他一眼，夺过画，撕了个粉碎。然后又跑回自己的位子，放声痛哭起来，还说要向班主任——Miss 叶报告这件事。

看来诚飞这下很难收场了。

希洁 VS 诚飞

俗话说：君子一言既出，驷马难追。希洁虽然是女的，但也不是什么好欺负的主，她说告就告。

果然，今天上午早读课一下课，她就已向 Miss 叶的办公室走了去，但诚飞可不愿让希洁把自己好不容易在老师眼中树立的好形象给拔掉，于是便如箭一般地冲了出去，挡到了希洁面前。

"怎么，怕了？怕了也要告，你这叫自作自受——活该。"

诚飞被希洁骂了个狗血淋头，要不是有把柄落在她手上，他早就发威了。

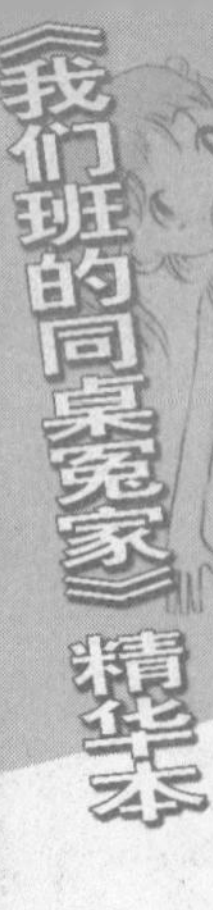

而诚飞今天却不得不忍气吞声。

“我是怕了，我是自作自受——活该。请女侠饶命，小的下不为例，好吧？”诚飞装出一副可怜样。

“好……”

“真是多谢了！”

“……个屁！”

“……”诚飞做晕倒状。

希洁得意地瞟了诚飞一眼，正准备从诚飞身上跨过去，却被一只大手给抓住了。

希洁低头一看，正是该死的诚飞抓住她的脚不放，希洁被迫使出她的独门秘诀——踢踢功。只见她双手按在桌上，后脚一蹬，前脚就不偏不倚地踢在诚飞那只可怜的手上，诚飞一阵大叫……

绝 交

上次诚飞被希洁一顿好打后，心中怀有恨意，随时都想报复。

终于在一节音乐课上，希洁被他好好戏弄了一把。

音乐课的内容是唱歌考试。

“27号，唱。”音乐老师叫道。这可是冲着希洁来的，谁让她是音乐课代表呢。

希洁充满信心地站起来，她准备唱的是《丁零零》。

“高山坡上啰，飘白云……”希洁摇头晃脑地唱着。

“丁零零，丁零零……”诚飞也故作认真地在下面和着。

“小河清清啰，丁零零，鱼儿叮……”希洁不知是怎么了，竟也跟着诚飞走调了。

“好了，坐下，及格，21号。”音乐老师显得有些失望，自己的得意门生竟会在这时出丑。而希洁呢，低着头，小声嘀咕着什么，差点哭了出来。

下课铃很优美，但希洁却不感兴趣。

回到教室，她才一字一顿地对诚飞说：“我们绝交。”

再生事端

要知道，同桌绝交可不是什么好受的事情，两人整天不说一句话，闷死了。

但诚飞却不把绝交当回事儿，整天依旧嘻嘻哈哈的，全然没有把希洁放在眼里。

数学课上，老师要同学们先写作业，他出去一下。

诚飞待老师出去后，忙将头趴在希洁的手上，边看希洁的作业，边记着答案。

希洁的手被诚飞压得都快扁了，但她不好意思叫出声来，上音乐课时就已经让她够丢脸的了，所以现在，也只好强忍着痛，等数学老师回来。

“嘭！”数学老师一甩门而进，见教室里那么安静，脸上没表露，其实心里偷着乐。

“写好的交上来。”

希洁第一个冲了上去，边交作业，边向老师说刚才诚飞的表现，数学老师点了点头。

诚飞知道希洁又去打小报告了，心里便萌发出了一点恶意……

诚飞把脚伸了出去，等待希洁的到来。

近了，近了，终于，“嘭”的一声——希洁被绊倒了，这一跤可不轻……

当油条和鸡蛋成为同桌

梅　楠

油条和鸡蛋

上苍啊！

是否命中注定我的遭遇如此悲惨！

是否命中注定油条一定要和鸡蛋同桌！

是否命中注定胖与瘦一定要成为鲜明的对比！

命运待我如此不公！

当我第一眼见到小J的时候，就被他那满身的肥肉和耷拉下来的脂肪惊呆了！确实，他那130多斤的体重对于一个五年级的学生来说有点不正常，他那满身的泡泡肉没能分一点给非洲儿童不得不说是全世界人民的一种遗憾。我觉得，他的体重和脂肪大概能破中国的吉尼斯纪录，我建议他应该去申请了。

当得知他——小J就是我这学期的同桌时，要不是因为我生性胆小懦弱，我肯定会哭爹喊妈地叫老师给我换另外一根“油条”——而不是他这样胖胖的“鸡蛋”！

可谁叫我这样舍己为人呢？把欢乐带给别人，把痛苦留给自己。可怜我这根瘦瘦的油条，却要和鸡蛋成为同桌。谁知道是坏事还是好事？在心不甘情不愿的情况下，我开始了与小J同桌的命运……

"Cool!"耳畔响起了憨憨的声音。

我猛地抬起头，看见小J那眯成一条缝的眼睛正盯着我刚才在细细品味的小樱桃漫画。

俗话说"防人之心不可无"，更何况是我这个认识还不太久的同桌小J，更是要防上加防。

"你干什么?"我警惕地问。

"嘻嘻（笑得这么奸，一定有阴谋）!"小J扭捏地做着动作（那样子看得我简直要吐），小心翼翼地问我，"中午借我看一下吧?我知道你是很慷慨的，别人借书你一般都会给，面对你'至亲'的同桌，你总不会说'不'吧……"

吐血！没想到小J还有这么娘娘腔的一面。

我按着自己的脑门，思考了片刻，再看看小J那期待的眼神以及他那满身的肥肉，他今生今世要把这身肥肉减下来怕是很困难的事了，可怜的人哪，如果他的一生充满了减肥失败的不幸，一定会很在意这片刻的幸福吧?

"拿去吧。"我说道。

"真的?"小J瞪大了眼睛，我从未看到过眼睛瞪得如此之大的小J，那样子还真有点阴森森的。

我说："真的。你不要就算了。"

他飞快地一把抢过我手中的漫画，脸立刻笑成了一朵花，我看见他脸部的肌肉在颤抖，那样子多少有点让人恶心。

他甩着我的手，嗲声嗲气地对我说："同桌！交到了你这样的同桌实在是我八辈子修来的福分啊！你不用担心的，这辈子我不能报答你，来世我一定会还……"

呕，为了一本漫画书这么肉麻的话他居然也说得出口，我怜悯地看着小J。

小J拿着漫画，翻开书，津津有味地读着，时不时地还吹两声口哨，看着他那全神贯注的表情，千万不要出什么乱子啊！

“上课！”

随着班长的口令，我们“刷刷”地站成一片森林。

咦！怎么我的身边空空如也，小J呢？

我一低头，看见小J捧着放在桌板下的漫画笑得花枝乱颤。

天！我上辈子造了什么孽！交到了这样的一个同桌！他简直是用我的慷慨铸造罪恶！

老师炯炯有神的眼睛向我们这边瞟了瞟，我顿时觉得身上的汗毛全都竖起来了。我嗅出了危险的信号，赶紧提醒小J：“快！快把书收起来！”

可是已经来不及了，老师大声说：“看来平时懒惰的J同学今日上课还蛮用功的嘛！”

说罢，便走到我身旁，“刷”的一声——我那可怜的小樱桃漫画在老师手里像秋风中瑟瑟发抖的落叶。

结果只有一个——我的漫画被老师收缴了，有去无回。

课间，我用杀气腾腾的目光瞪着小J，瞪得他心里直发毛。

“大姐，别用这种目光看我嘛……”

不过他的哀求很快被惨叫声所替代。

因为此时的我，像雌狮子一样向他扑了过去。

“大妈！轻点！哎哟！痛死我了！”

当鸡蛋和油条成为同桌

之前就提到过，鸡蛋和油条成为同桌是没有什么好事的。我们刚认识不久，就牺牲了我的一本漫画，他的一克脂肪。

不过，这也许是人海茫茫中的一种缘分吧，虽然这种缘分之间时常摩擦出争吵的火花，有时结成误解的冰块，但至少，鸡蛋和油条都生活得快快乐乐的，就让这快乐的春风去融化冰块，让这种同桌之间浓得化不开的情义持续到永远……

PIG一样的小Y

戴怡人

“哈哈~”哟！原本教室就很吵了，被他这位大爷一笑，汗！简直“锦上添花”呀！声音撞击在墙壁上，嗡嗡作响，似乎整个墙壁都在微微颤抖。

这不，他正露着那个可和宝贝兔比拼的大门牙，唾沫如同从洒水壶中洒出的水，可怜的是我，“幸运”的还是我。

可怜的是我和他是同桌，“幸运”的是我每天都有口水的灌溉，早早“发芽”呀！

我同桌叫小Y，他这人堪称衰神，但是有时傻人有傻福，差不多所有问题，都能蒙对。他发型一般般，平头一个。个子嘛，比我还矮。不过，他那大门牙则实属罕见呐。

他呢，常常好心办坏事，闲事又特会管，而这闲事要是被他插上一脚，得了，就越解越结了。

李大嘴的徒弟？

不知大伙有没有看过《武林外传》？我跟你们说呀，俺同桌，就是小Y，他可是名副其实的李大嘴的傻徒呀。

“吧唧，吧唧”，瞧！又来了，这节课我至少听到十多次了。不用说，还是他，肯定在桌板下吃虾米了。老师老师，快把他揪出来呀！不然我会带着遗憾翘辫子的。

可惜，平时手脚快、眼睛非常灵敏的王老师今日却没发现他的小动作。Oh，不！

"丁零零~"下课铃响了，小Y双手一摊，嬉皮笑脸地说道："快点，交出钞票，你打赌输了，想赖吗？"

"啊？我有过吗？"我故装回忆，想尽办法赖一次皮。

"切！"小Y做鄙视状。

"你这什么眼神？我还没跟你算账呢！上一次的上一次，跟俺打赌，输了10元，你还了吗？嗯哼？"我应对道。

"算你狠！"小Y无可奈何，谁叫我是胡搅蛮缠的高手呢！

第二节课，还是王老师的课，小Y因为上一节课没被发现而得意扬扬，这次，他又放了一片口香糖进那贼大的嘴中。

"小Y同学，上次我没说你什么，你竟然不识相，把嘴里的口香糖吐到垃圾筒里去！"

Oh，耶！太棒了！

傻乎乎的小Y正沉浸在香味十足的口香糖里无法自拔，被王老师那一吓，变得更傻了，只见他先是一愣："啊？哦！"紧接着像背着壳的蜗牛，慢吞吞地走向垃圾筒，回来时的样子可想而知："呜~可怜哪，我那还没咬几口的口香糖呀！你走得好惨呀……"

这回该轮到俺乐了，不停地笑，结果笑到打嗝了："我说呀，嗝，你该不会是李大嘴的徒弟吧？"

正心疼得直捶胸的小Y听我这样问，眼睛瞪得跟俺家灯泡一样大："啥？你说啥？"

汗！

"正义"的"混球"

今天，小Y难得安静一次，嗯？不错，至少我可以非常安心地做完我的作业。接下来，一切太平，不过只在“羊角风”来前是这样。

“羊角风”是个非常碍眼的人，我们全班除了他自己，没有人不讨厌他的。举个例子吧，一对敌人，分别叫小丁和小李。小丁和“羊角风”打起来了，不管多狠，小李都会站在小丁这边，可见“羊角风”人缘有多糟！

好处是，他让我们班团结在一起，对付他一个人。唉，小Y再混，也没有他混呀！

这不，“羊角风”又来捣乱了，把我们的桌子像秋千一样摇来摇去，可我俩绝不像坐在秋千上的人那样舒坦。

“火山”终于爆发，同桌小Y站了起来：“你烦不烦？”

“羊角风”被这么一骂，立马打了个回枪：“关你P事！”

“唉，就关我事，怎么样？”毕竟，小Y也不是省油的灯，蛮缠的底子也是有的。

紧接着，你推我一下，我又推回去一下。越来越激烈，围观者也越来越多，里三层外三层。挤死我了，椅子呢？

我站上了椅子，往里“眺望”，哎哟妈呀，这情景还真恐怖呀！小Y的耳朵被“羊角风”拉扯得老长，而“羊角风”的脸则被小Y拉得五官变了形。

同学们欢呼着（有点冷血）：“小Y加油，加油！”还有些多管闲事的、又不怕死的进了“包围圈”劝架，接下来就是一场少儿不宜观看的暴力之战……

呼，战争终于画上了句号，双方各自坐在了椅子上，“羊角风”流着失败的眼泪，神经兮兮地喃喃自语着。

小Y则一声不吭，不断有慰问者过来。

小A说：“酷啊！你是俺们的英雄，我永远支持你！”然后扭着屁股走了。

小B担心地说："喂，你耳朵没事吧？有没有出血？"

"没！"小Y平时废话挺多，今日倒挺简短。

我啥也没说，做着作业。我看呐，要是我再夸一下，小Y准把屁股翘到天花板上去了！没一会，皱眉的小Y又嘻嘻哈哈地抱着可占他身体三分之一的篮球go了！

英文"盲"

又是一个热闹的下午，我摸着已经吃撑的肚子，坐在了座位上。打开书本，正想与一大串数字开展激烈的斗争时，一股腥味侵犯了我的鼻子，一斜眼瞧了过去，这不看不知道，一看吓一跳。

Oh，my God！我那天杀的同桌小Y竟一边叼着螃蟹腿一边拿着被啃得坑坑洼洼的自动笔，在本子上胡乱画着。

"恶心！"我狠狠地把话甩了出去。但他却不以为然，拿着那无比恶心的螃蟹腿在我面前晃了晃："你不懂！"说着把脏兮兮的手伸向了我那可怜的书本！

只剩0.01厘米了，我发狠道："别动，收回你的咸pig手！"

见我两眼发光，小Y马上缩了手："干……干吗？我又没惹你。"

"你就惹我了！咋得咧？把你那充满腥味的手管好，要是弄脏了我的东西，我敢保证，tomorrow让你see不到sun！"说到这儿，我怀疑我是否得了洁癖。

不过，小Y说的一句话，足以让我吐血："嗯？请翻译一下，刚才那是啥意思？"

见小Y那张无知又欠扁的脸，我倒！

放“臭弹”后果

“唔~好臭！谁放的?”我听后桌死党那么一说，使劲一闻，说实话，啥也没闻到，因为本人今天鼻塞不通气，但也用不着想，除了他，还会有谁?

“你……你干吗这样盯着我？难不成你打我的主意?”小Y不要命地说着。

“呸！打你的主意？小和尚，不正经！我宁愿去盯青蛙！快说，是不是你放的臭气弹?”我的话像大炮，一连串打了出来。

小Y假装生气：“谁说的，你才放了呢!”

“哦？是吗?”我一个拳头砸在了桌子上。小Y还算有点识相，嘴角立马向上翘，双手一合求佛似的说道：“饶了我吧，同桌，我错了，是我放的!”

话出口后，我是放了他，不过后面两位倒是没有，拳头如雨落下，“啪啪~”小Y的身子出现了“大红大紫”。

“啊?”尖叫声成了场景配音。我的看法是俩字：“活该”。

咳咳，这就是俺的同桌，有着pig的智商，与pig一样的习性。

唉！“猪，你的鼻子有两个孔……”这首《猪之歌》就赐给我同桌小Y吧!

当水与火相遇

赵诗情

水是纯洁的，火是热情的。当水与火相遇时，会发生什么呢？“水火不容”这句话正好描述了我与小 A 的相处情形。他是同学的眼中钉、老师心目中的活宝，而我则是同学眼中的榜样、老师心中的好学生。自从我俩坐到了一块儿，硝烟便开始弥漫，战争的炮火打响了。

恶作剧

下课时，我突然发现周围的人都用一种异样的眼神看着我，有些竟指着我的背说三道四。那眼神，那语气，使我全身发冷，脚都有些麻了。我到底怎么了？却见小 A 搞怪地一笑，嘴角弯到耳后根去了。

我飞速来到他面前，他依然满面春风，扬扬得意。

“小 A!”我发出了鬼嚎般的声音。

“干吗?”他赔着笑脸装没事。

“对我耍了什么花招!”我再也忍不住了，向他使出了史无前例的“十阴白骨掌”。

他眼见瞒不住了，只好笑嘻嘻地说：“大姐，你身后贴了一张纸而已。”说完，脚底抹油，溜了。

我伸手一抓，果然一张纸，写着：“我是猪，a pig，a pig，a pig。”我的脸顿时由红变蓝，由蓝变紫，最后变成了五颜六色。

"我要为自己报仇!"我抓起一本书，咆哮着冲向他，无奈他一溜烟跑得无影无踪。愤怒的我欲哭无泪，只能仰天长啸。

炫耀花痴

一天午间阅读，小A突然疯子般地冲进教室，嘴里像五门大炮齐轰鸣："重大消息！重大消息!"

他的样子把所有人的注意力都吸引了过来。

"神经病!"我愤怒地吼道。

"大姐，别生气，今天俺被表扬了。所以不跟你计较。"小A瞄了我一眼，用他那"鸡嗓子"唱起他自编的歌，"我高兴高兴高疯了，我高兴高兴高死了！我在马路边拾到一角钱，把它交给柴老师手里边，老师把头点，奖我一枚小小红旗……"他做了胜利的姿势。

"去!"全班呕吐状，接着各做各事。

"喂，本帅哥跟你说话呢，俺酷过周杰伦，帅过王力宏，美过蔡依林，跟我说话算你的荣幸……"

他喋喋不休，犹如老式收录机，搞得我晕头转向，头昏脑涨。"菩萨啊，发发慈悲，让他臭乌鸦嘴闭上吧!"

啊，真是天助我也，柴老师驾到……

后来其实也没什么，只是老师让他罚抄课文20遍、古诗50遍而已啦。

出卖大王

"丁零零"，上课铃声响了，这节是英语课。

只见Miss Xie迈着轻盈的步子走进教室，来到讲台前，说道："这节课，先让同学背背B部分，谁能背?"讲台下，立刻传来了“嗡嗡”的读书声，没有一个人举手。

小A蠢蠢欲动，我满以为他会背了，想不到他眼睛盯着老师，嘴里嚷道：“赵诗情会背了！Miss Xie，赵诗情会背了！”

他使劲地瞎叫，声音盖过了全班，将同学的注意力全部吸引过来了。我的脸“刷”地一下红了，B部分我不会背，小A比谁都清楚，可他却拿我开刀。我恨不得打个地洞钻进去！

我被老师叫了起来，我狠狠瞪了小A几眼，只见他在旁边捂着嘴笑。我支支吾吾自然背不出来。Miss Xie看了看我俩，也禁不住笑了，连声说：“Sit down！Sit down！”

一下课，我拦住他质问为什么自己不会还出卖别人。

可小A竟装出丈二和尚摸不着头的模样，掏出不知哪位名人说的话：“革命尚未成功，同志仍需努力！别太悲哀！”扮了个鬼脸，脚底抹油，准备开溜。

我化心中怒火为力量，向他使出“九阴白骨掌”，只听见教室里传出了150分贝的猪嚎声……

甘愿受罚

下课时，我正在改英语作业，小A在旁边做作业。突然他停了下来，大概被题目难住了。我正改得起劲，突然小A像猴子一样蹿到我前面，拱着手，连连哀求道：“大姐，大娘，大哥，母狼，母老虎，老太婆，教我一下这道题目！”

他的声音使我全身起鸡皮疙瘩，心烦意乱，随手抓起一本书，向他砸去。

“Stop！”小A的“鹰爪”摆成了“T”字在我面前划过，然后倏地翘起兰花指，轻轻地把帽子戴上，还未等我明白过来，他便做出甘愿挨打的姿势，大声说：“大丈夫，能屈能伸，打吧，甘愿受罚!”弄得我哭笑不得。

怎么样？这就是我的同桌——小A!

跟他做同桌有数不清的烦恼，也有数不清的快乐。

这也许就是一种缘分。

一种水与火的缘分。

同桌是个"娘娘腔"

陈雪阳

我的同桌是一个十足的"娘娘腔"，虽说他的体育不错，也算有一点儿男子气概，可他那声音真让我忍受不了。

早读课时，我正坐在位子上复习语文，有时还哼哼歌，这是我心情最好的时候。正在这时，那"娘娘腔"来了。只见他迈着一字步，背着沉重的书包，一步一步地走进教室。他走到我旁边，温柔地说："陈雪阳同学，请让一让好吗?"我刚抬起头看他，他就冲我不停地眨眼睛，我立即低下头，做呕吐状。

而他好像没感觉似的，继续保持眨眼动作，真是个呆子啊！

拉开战争序幕

因为我非常讨厌"娘娘腔"，所以我要揍他；因为我要揍他，所以我们开始了世界上绝无仅有的"顶级恐怖同桌战争"。

他从家里吃完饭后回学校，我的心头一阵窃喜：嘿嘿，这下你可玩完了！呀！尝尝我的超级无敌旋风腿。谁知他竟躲了过去。说是躲了过去，实际上是进了男厕所，我是一个女孩子，总不好意思跟进去吧?

我的绝招

刚才的那一幕，已经彻底惹恼了我，我打算要他"求生不得，求死不能"。

好，目标出现了！向右拐了！目标确定，开始行动。

我冲上前去，向他使出了我的杀手锏之——“夺命追魂拧”。“啊!”一阵“撕心裂肺”的呐喊声从他的嘴里传来。那声音惊天地，泣鬼神，不由得让人捂住耳朵。不一会儿，他的手臂上就已“遭殃”了，变成一幅油画，但色调却只有青和紫。

看着他那“苦苦呻吟”的样子，可见我的绝招有多么厉害。

冤枉了同桌

虽说同桌是个“娘娘腔”，但他的细心却让我自愧不如，不太讨厌他了。

那回我的椅子上被人恶作剧地放了一枚钉子，同桌看见了想提醒我，可能又怕我误会，便没有直接用言语表达，而是用肢体动作来提醒我。

他指了指我，又指了指我的椅子。只见一颗偌大的钉子正赫然直立在椅子的正中心。好险！差点我的屁股就要遭殃了。

我非常感激他！但是不行，不能表露出来。万一他日后爬到我的头上来怎么办？我便平平淡淡地对他说了声“谢了”。

妈妈的教导

今天，我憋着一肚子的气，可是又不敢乱发泄，只有回家请妈妈帮我开导开导了。

我给妈妈讲了事情的经过，妈妈听完后语重心长地对我说：“雪阳啊，你怎么能因为一丁点的不愉快，就把气乱撒在你同桌身上呢？那你说你的同桌是不是更冤，更气？你的同桌是你的朋友，你不可以这么粗暴地对待他，而应该多看看别人的优点，多找找自己的缺点，友善对人，宽容待人。俗话说得好，‘比大海广阔的是天空，比天空广阔的是人的胸怀’。你难道真希望自己的心胸如‘针眼’一般大小?”

回想原来的同桌

回想我原来的同桌，他是一个有暴力倾向的 boy，在我丝毫没有心理准备的情况下突然袭击，让我防不胜防。

当他心情烦躁时，会无缘无故地踢我一脚。不是一般的痛，那痛简直就是任何一只活生生的动物被宰杀时的“痛苦”。

而且他让我防不胜防的时候还有很多……想到这些，至今我仍心惊胆战，毛骨悚然。

在我的“娘娘腔”同桌眼里，我是不是也成了如我原来同桌一样有“暴力倾向”的 girl 呢？但愿不会吧！

成了好朋友

自从上次他帮了我，我对他说话的态度也好了很多，再也不大吼大叫了，更不会有“同桌战争”发生了。

在我心目中，他的“娘娘腔”形象淡了，取而代之的是一个细心、力求上进的好学生形象。语文方面，我成了他的“老师”，体育方面他却是我的“老师”，我们互相帮助，取长补短。

怀念同桌

“好了，同学们，现在开始换座位。”随着杨老师的一声令下，我们纷纷整理好书包，又准备新一轮的换位。

这次，我的新同桌是一个爱丢三落四的 girl。不是昨天丢了铅笔盒，就是今天落了作业本，要不然就是明天忘了带课本。一到教室就心急火燎地到处借，可真让我受不了！

哎，回想起来，还是原来的“娘娘腔”同桌好！如果时间能够倒转，我一定不会再欺负他了！

泉水叮叮咚

杨佩蓉

网址 OR 王子，错 OR 没错

电脑课上，老师让我们在地址栏中输入网址，然后就可以去网站逛一逛。

“老师，我输入了网址，可是打不开网页啊！”

“哎呀！一定没有按回车键，再试试！”

“老师，我按了，还输了很多次网址。没有用啊！”

“什么？怎么回事，来，边上那个女同学（我），你帮他看看！”

以上便是小泉同学与 computer teacher 的对话，小泉同学就是我的同桌，我偏过脑袋看看，天！他果然是个电脑白痴，地址栏中，的确输了“网址”，就是“王子王子王子王子王子王子”。（也怪老师，平舌翘舌全不分！）为不伤他那颗脆弱的、玻璃做的、幼小的心灵，我竭力忍住那要喷发的大笑。可看到他的“网址”和他一急就红的脸，还有一句句“你的怎么就那么好，我的就打不开啊”，我终于忍不住了，破口大笑！同学们纷纷议论，老师板着铁青的脸也赶到了我身边。

我满以为小泉同学会被罚，因为上课不认真听，结果却是，我因为扰乱课堂纪律而被老师用那极不标准的普通话训了一顿。看老师那和小泉同学一样红的脸，我多想劝老师歇歇，他说普通

话的样子看上去真的很累啊！同时，我也开始，恨，这个，让我的历史上有了被老师狠批的一页的他。我咋就这么惨啊！我没错啊！老师，我冤枉的！

我也会咬文嚼字的哦！

也许小泉同学的名字里有水的寓意，因此，毛孔特别的密集，汗水特别的丰富，这一运动起来呀，汗如滔滔江水，连绵不绝，一桶一桶的可供应咱全县用水啊～～～（寒）。

每一节体育课下课，总能远远望见从操场上回来一个“外国人”，那就是小泉同学了，他只不过是打了场球，就跑去换了一个国籍，让班里人都惊讶我们班何时又来了个转学生，并且似乎还不是同一个血统的。

“嘿嘿！不错，今天小梁同学终于败给我了。”

同桌和小梁同学是比较要好的朋友，按我的话就是——物以类聚，人以群分。两个花痴在一起，装酷耍帅不说，还要学别人拼球技，小梁同学总是更胜一筹。今天，小梁同学是让大众失望了，他的发挥让我大跌眼镜。

“什么，你赢了他？”

“嗯呐！（第二字请读去声）当然！”

“呵！不错不错。”

瞧！刚夸几句了吧，他这尾巴就又飞上天去了，把那身上的汗啊，全往我座上甩，我霎时变成了浇过水的植物。

“先生，您的汗水也忒放肆了吧！”我用最平静的语气说，甩汗的小泉同学停下来，直愣愣地看着我。

“看你个头啊，没见过啊？”

“‘看你个头啊’及‘忒’这些话出自你这个女生之口，不雅不雅！”

嘿！我还没有说什么呢，他居然在那里咬文嚼字的，跟我说什么“不雅不雅”的。

“那好啊！你的汗很雅啊！真雅啊！”

“非也非也。汗乃是喜欢您而已。它们很调皮的，从不好好听我的话，我可不想让它们往您身上飞。如今水资源是何等的珍贵，白白往你这个东西的身上飞……也忒浪费了！”

小泉同学一本正经动用了他所学的所有词汇才拼成了这句话，我可以从他毛孔里又沁出来的那一滴滴所谓“调皮”的汗中，看出他是用了多大的劲。

“我我我！我是东西啊？”

“难道您不是东西？”

“我当然不是东西！”

“哦！敢情咱的大班长不是东西啊！哈哈！”

我说不出话了，我还是被他给“绕”进去了。我想发火可也逮不到时机发火，因为关键时刻，上课铃成为小泉同学最好的救命恩人！无奈……

啊哈，你蠢

“小杨同学，呵呵，我找到一首好诗哦！来读读吧，文学家！”

“哦！看看。就这首啊？”

“读读嘛！”

“（鸡皮疙瘩集体开工）我读我读，别用这样的语气对着我说话！我难受！”

“读，快啦！不然我以后都这样说话！嘿嘿，我酸死你！”

（狡诈，狡诈，狡诈！）

“我读，读……”（无奈）

我接过纸欣赏一遍，看见纸上赋有诗歌一首：

《卧春》

卧梅又闻花，
卧知绘中天。
鱼吻卧石水，
卧石答春绿。

我忽地首次对小泉同学心生一丝好感，还反复读了好几遍。

再看小泉同学已是直不起腰了，狂笑不止，气得我一巴掌打在桌面上，害得桌子动了三动，害得边上的同学误认为地震将至。

“笑什么，不对啊？”我大叫。

“再……再读读！哈哈……”

又读了几遍，我终于明白了他要的“答案”是：

《我蠢》

我没有文化，
我只会种田。
欲问我是谁，
我是大蠢驴。

他他……他居然拿我开涮。

“你欺人太甚！”

“^_^！你蠢，你是大蠢驴！哈哈哈哈……”

不论咋样，我还是输了这局。哼！等着吧……

我不是女生

因为上回的诗歌事件，我怀恨在心，可是总有机会让我发作一下的！我一直在等候这个时机，而现在，机会终于来临喽……

下午，老师让我们背课文，我还凑巧是组长，这下不整死他！

“你，是一滴水……”小泉同学故作深情地背诵着。

“题目！重背！”我是斩钉截铁。

“浪花里的一滴水……你，是个刚展翅鸟……”

“刚展翅的鸟！重背！”

这样的错误有了几十次，旁人都看得出来我在整小泉同学，他终于发现了我的异常。

“你刁难我啊！”

“嗯！不行啊？”

“为什么啊？我又没有惹你。”

“没有？那个什么什么的诗歌啊！兄弟，拿我开刀！哼！”

“冤枉啊！大姐，我不是故意的。再说了，你们女生就是爱记仇，那都什么时候的事了？真是的。”

“女生就是爱记仇，咋的啊！有本事你再改歌词啊！”

同桌是男生中唱歌不错的，哪像小梁同学，只是块跑马拉松的料，唱歌吧，即使跑出去 80 里加个 180 度转弯，都找不到调的。小泉同学还特擅长改歌词，曾成功将王菲的《旋木》改成我班班歌。

“改改？我想想啊！”过了一会，他开始他的新作了：“我不是女生，我不爱记仇，我只要好同桌，让我好好舒畅一天哦！”

好家伙，唱歌还带上个拐弯骂我——你等着吧，今天背书，你甭想过关。

还有甭指望我原谅你。

等着啊！

别跑啊——小样！

看谁笑到底

潘媛媛

老师派给我一个胖 BOY

“天哪，天哪！”上苍怎么这么不公平，我上辈子是造了什么孽呀！欠了什么冤债呀！求佛，拜庙，点香，求签，谁知竟求了这么一支“上上签”，盼来了这么“好”的一位“活菩萨”（我同桌）。他是个“活宝”，我真想找一条大一点的地缝把他给塞进去。不过我怕没这么大的地儿，因为他是一个顶呱呱的胖子。不知他是否每天吃一百个汉堡？（这可是我巴不得的，最好吃撑了他！哈哈！）

同桌的“自我介绍”

本人乃一介书生也，外号“天才”，特长画画、拉小提琴。（不知他长得那么胖，拉起小提琴会是什么样呢？）本人风流倜傥，玉树临风，号称“本县第一才子”，身后美女一大串。提醒您好自为之，您已经没希望了，别再追着我喽。（简直就是胡说八道，明明长得跟八戒亲戚似的，别再吹那么大的牛皮了！可怜的人哪！）

天上掉下了“MM”

“扑扑”，我无聊地翻着语文书，眼睛直盯盯地看着前桌桌板

下那令人“垂涎三尺”的漫画书。天哪，自从小 W 这个扫把星像天蓬元帅一样飞到我旁边后，我就没有啥好日子可过了，倒霉事就接二连三地发生！咦，小 W 去哪儿了？该不会去参加减肥团队吧！

“嘿，你还敢打我，看我不揍你！”“谁怕你！”……我隐约听到一阵打骂声。又是毛竹（薛湘竹）在和飞兔（吴人威）吵架。哎，奇怪，怎么听到一丝“不男不女”的声音呀！趁着闲劲，又带点好奇，我走了过去。

“哎，都是同桌嘛，干吗咧，和睦一点嘛。桌前打架桌尾和呀！”这声音带着点哭腔，又带点女孩的细声，再加上拖音，可以认定，他是个“娘娘腔”。

望着这肥大的身影，我心中暗想：“这，这人，咋，咋那么眼熟呢！”

我盯着他，从上往下看，嗯，没有苗条的身材，只有微小的肥肉，再加上一个榆木脑袋，啊，他就是我同桌，小 W。

哦，my God！看不出嘛，真是深藏不露呀！居然还会这招。

“哇噻，王仔仔（这是我最近给他新取的外号）！太帅了，好崇拜您哦！”我笑着说（自我感觉，我在奸笑）。

“哈哈，你终于知道我的优点了吧！长得帅其实不是我的错！”他仰天长叹，向我转过肥大的身躯。

“什么嘛，人家又不是说你长得帅，人家是说你，说你……说你是娘娘腔。”

一位同学捂着嘴窃笑，小 W 无语，只是将眼光扫向我，眼里充满了仇恨。

“三八婆！”他被激怒了。

“什么，你骂我三八婆，你找死是吧！”

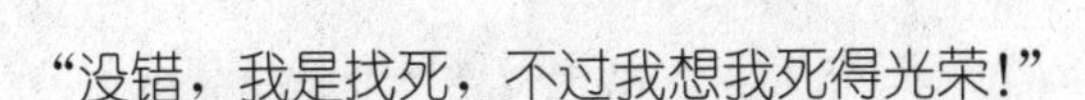

“没错，我是找死，不过我想我死得光荣！”

“你活得不耐烦了！”

“你，你这个笨蛋，白痴！”

“呀！”只听得一声惨叫，随之传来一阵狮吼，小W已被我按倒在地，无辜的门被撞得摇摇晃晃，剧烈地抖动着。只见他两眼不断地冒金星。哈哈，我为我自己感到自豪！

“哎呀！大美女，天才，我投降，我投降行了吧？求求你放了我吧！恶女不跟才男斗嘛。”他双手抱头。

“什么，恶女才男！”我的愤怒上升了。

“哦，不不，是才女不跟恶男斗，才女不跟恶男斗！”他连忙恭恭敬敬地赔着笑。

“哎！看在你妈你爸的分上，那就放你一马！”我实在找不出什么理由了！

笔笔风波

“我的笔呢！”小W急得头上直冒汗珠。

“喂，你笔丢啦？”我心头掠过一丝喜意。

“嗯，丢了，可怜又可爱的笔笔呀！”他哭喊着。

一边是他悲伤哭泣，一边是我暗自欢喜。哈哈，太令人兴奋啦！笔笔呀！多亏你的不翼而飞，让我解去心头的仇恨，你可不要再挥着翅膀，又“不翼而来”了，要不我可会不开心的。阿弥陀佛，神啊，保佑我吧！不要再让罪恶的人……

正当我对着书本默默恳求时，小W发出了令人恶心的叫声：“笔笔呀！你怎么了，你在哪儿呀？我和你只度过了两个月零八天16小时24分17秒的快乐时光，你死得好惨呀！俗话说得好‘活要见笔，死要见尸’呀！你怎么死得不明不白呀！叫我如何去安排你的后事，如何向你的家人亲属交代呀！呜呜呜……”

救命呀！给我根绳子，让我上吊算了！好肉麻啊，像死猪号叫一样，我吐！咦，鸡皮疙瘩都起来了。

哎，这还不是最难受的，接下来发生的事让我快跳楼了——

“哼，肯定是你偷的，你见我文才过人，就想报复我，我要上诉老师，告你这个泼妇‘嫉妒罪’!”他用粗大的食指点着我的鼻尖，用像在审问犯罪嫌疑人的口吻说道。

“你，你这个混蛋，谁说我偷了你的笔，你哪只眼看到的!几时几分几秒！你说你说!”我既莫名其妙又愤怒。

“我两只眼都看到了，嗯，猪时猪分猪秒!”

“什么，你神经病，真没想到你是这种人，你冤枉人!”我咬牙切齿。

“屁！像你这种人，什么事做不出呀！我看……”

“啊!”冲动之下，我的愤怒已达到了极点，我只好胡乱来了招花式，用力踩了小 W 一脚，随手拿了他的本本，往他头上卖力地“盖包子”，接着又是拳嘴相加，边打边骂。“混蛋，白痴，恨死你了……”经过 6 分钟 29 秒的搏斗，我已经精疲力竭了，他也甘拜下风，不过他的惨样是可想而知的，像团软绵绵的 lese(垃圾)。

“好，我投降还不行吗?”他用可怜兮兮的眼神望着我。

算了，放他一马。

就这样，又是一个他投降的圆满结局。

哎，真不知道，这种日子什么时候能完，但又觉得这种日子挺有趣的。小 W 就是这样一个活宝。

苦辣冤家

童　哲

初次交锋

新开学时，我换了一个同桌，他是我们班的小肥肥，我见他如此肥胖，又经常表演一些“超人”的动作，干脆叫他“超肥”。

我对他没什么好感，一开始也是爱理不理，可是自从我看了他那个 very very 恶心、令人吐三天三夜也吐不完的动作后，我真以为他是饥饿过度的乞讨者了。

那天，刚好下课，我无意间发现他在挖鼻子，这个极其简单的动作后面是一串串长长的鼻涕，我以为他会捂着鼻子，以风驰电掣的速度冲向厕所，谁知他……他竟把手放进嘴里吮了吮，又用袖子擦了擦。

我那时感觉到胃在翻江倒海，似乎我上上辈子吃的东西都要吐出来了。这简直不是常人所能做到的，我恶心地大叫：“超肥鼻涕直流三千尺啦！”

超肥转过头，在那张还挂着鼻涕的大脸上，一双怒不可遏的眼睛狠狠盯着我。我大吃一惊，心儿蹿上了 8 层楼，随即跌回到了 1 层楼。

但我随即反应过来：“超肥，别生气，像你这样文雅，又有着章鱼一样灵巧脑子的人，哪会在乎我这样 smart 的人。”

超肥略一失神，马上回答说：“谢谢你！”

@#$%*
&···
静

他怎么知道我说的话是什么意思呢，让本“天才”自做解释——

超肥，你别生气，像你这样文雅，又像章鱼一样的灵巧，一样没脑子的人，哪会在乎我这种聪明的人？

之后，超肥怒打本作者，不过这是后话，这次的小胜利让我“自恋”了好几天。

我大完特完

今天，是黑暗的一天，为什么这么说？只怨我那短路的大脑。

上科学课，坐着太累了，我每隔十几分钟就要伸一个大懒腰，今天也不例外。只不过——我又伸了懒腰，咦？不对，怎么碰到什么东西？怎么又没有了？

我侧过头，看见了一脸无辜的同桌和那个藏着大堆鼻涕的鼻子，我心头一惊，莫非……难道……可能……我看着自己那完美无瑕的手，怒气涨到百分之一百零一，虽说没看见任何脏东西，还是浮想联翩……

“你完蛋了！”我在心里默念道。

终于熬到下课了，我抬起拳头，又放下了，本天才动嘴不动手。

“鼻涕虫！”（上次事件后，我改称呼了，虽然不雅）我先开口了，先下手为强嘛，“你不觉得你做错了什么吗？”

他头也不抬地回答：“喂喂喂！你有点良心好不好，是你先打到我的唉！”

“我的良心是给有良心的人！”

一阵沉默，“哼哼！”同桌发出一阵怪笑，“说的没错，我有

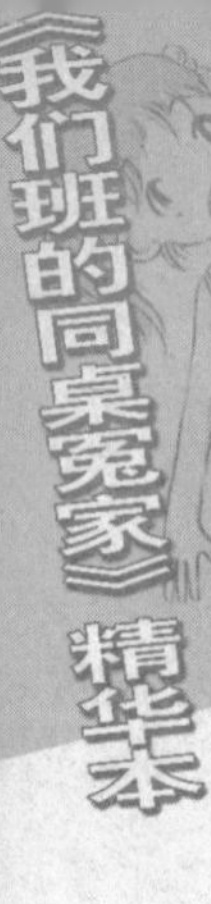

着这么纯真良心的人还真不配得到你那么邪恶的良心!"

"你……你!"我目瞪口呆，脑子短路，半天找不出一个完整的句子，真想不到同桌反应如此快。但我决不会甘拜下风的。

旧事复发

"小吉吉，上上上个星期你说我什么?"同桌用无限温柔又让人满身起疙瘩的语气说。

但我可不吃这一套，故作回忆状："上上上个星期，我知道了，是你抄我作业被我说小偷人猿泰山吧?"

"No，no，no，你说我有和章鱼一样的脑子，而你是 smart，意思是聪明。"

"你好蠢，到这个时候才知道!"我笑着恨自己只有一张嘴，丝毫没有发现他已经握紧了全是肥肉的小拳头。我继续说道："我说超肥，不，鼻涕虫，你这么慢的反应，让别人宰了也不知道是怎么死的，哈哈!"

"去死吧!"同桌爆发性地给我一拳，我虽然丝毫不痛，却想起那只沾满鼻涕的手，胃又开始沸腾了。

我极力反抗，却是徒劳，他力气太大，动手不是我的强项，我被压在桌子上。正当我以为上天无门入地无缝，必得一"死"时，同桌的好友过来了，说："快过来，我请你去吃卫龙（一种零食)。"

"不，我怕辣，吃拖肥吧!"同桌边跑边说。

鼻涕虫，有你好瞧，突然，一个绝无仅有、天才中的天才才能想出的办法在我脑海中成型了。

葱是嫩的香

这个计划当天就得到实施。下午，我看到鼻涕虫的桌板下有一包干脆面，哈哈，报仇的机会来了，我一定会让他痛不欲生。

我取出干脆面，把里面的调料撕开，倒光，放入胡椒粉和大量辣椒酱。正当我暗自得意这“伟大作品”时，同桌来了，我赶紧装出若无其事的样子看书。

果然不出我的所料，不一会儿，同桌打了两个喷嚏，接着开始上蹿下跳，四处寻水。我捂住嘴偷笑，但用手捂不住了，“扑哧”一声笑了出来。

鼻涕虫已经喝完水回来了，他怒睁双眼大叫：“大胆小偷，偷我粮食，私换物品，该当何罪！”

我忍住笑，一脸茫然地说：“小民一身清正，请大人不要乱降罪。”

“你——你——我杀了你！”同桌正要扑过来，突然一个大喷嚏，我赶紧逃走了。

“葱还是嫩的香吧？”我幸灾乐祸地大叫，“这一切早已在我的掌握之中喽！”嘿嘿。

姜还是老的辣

“救命啊！”一阵撕心裂肺的声音从教室的一角传出，“你好毒啊！”另一声从教室的另一个角落传了出来。说出来你别不信，我今天遭遇了同桌两次狠毒的攻击。

下课喽，我与好朋友玩起了格斗游戏，本来以为是闹着玩的，谁知好友突然一个恶虎掏心，一个冲天脚，再加上他自创的风云掌，将我打得遍体鳞伤；还未等我喊出任何字，又是一个铁头功还加一个绊脚，我的屁股就这样开花了。

和学过跆拳道的人打就是吃亏，正当我百思不得其解好友为何下此毒手时，鼻涕虫领着他的“部下”来了。我一看阵势，早已猜出七八分，好汉不吃眼前亏，跑为上策——不可能！“短跑健将”也被收买了？我命休矣。

“哈哈哈！”同桌奸笑声不断，我真是聪明一世，糊涂一时啊！

放学，鼻涕虫找到了我，我心怀憎恨，不理他。

“你希望我减肥几斤？”同桌先发言了。

“嗯……100斤！”我粗声粗气地回答，其实也是胡说。

“这是你拉大便的斤数，我真为学校便池的命运担忧。”

“你这个无赖！”我气不打一处来，转身便走。同桌在我身后放肆地大笑，唉！

和　好

和同桌斗嘴动手已经快一个学期了，今天，同桌突然找到我说：“童哲，我们……和好吧！”

“和好？天方夜谭！除非你穿得干净，桌板整理得卫生，那我还会考虑考虑！”

“没问题！”想不到同桌一口答应了。

“还不得过三八线，否则协议取消。”

“好、好、好。”

接下来的几天，同桌果真规规矩矩起来，一场顶级的同桌之战便到此结束了。

有“佳人”相伴

叶跃凡

说实话，本人崇尚和谐美，不喜欢过于争吵的生活。与世无争，偶尔遐想一下“举杯邀明月，把酒问青天”的豪迈，这才是我的兴致所在！

不过无奈，天公不作美，给我“许配”了这么一个同桌——葛坤坤。第一眼见到他，觉得他可爱得像只小企鹅，脸蛋很圆滑，讨人欢喜！Oh，my God！比我还漂亮。这似乎是个内秀的男生，初中三年，有如此“佳人”相伴，足矣。

是男还是女

“过线啦！”哪有这样的男生嘛？嗲声嗲气地翘起兰花指，用“女高音”对我吼道。

拜托，这是初中，哪有什么三八线啊？都是小方桌一人一块平等面积的！我回头仔细看看：只不过是衣角不经意间拂过了他的文具盒。

“哼哼！”女生的专利就是蛮不讲理，我傲慢地把头抬抬，“又没有三八线！”

他做忍气吞声状，随后将头深深埋进了题海里。

我自然是春风得意，看着他惨败的样子，心底乐开了花。

因为学校电脑坏了，只好每逢下课就有劳校工用他那修长的手臂一下又一下地摇着铁铃，可也只是微弱地发出那么几声清脆

的铃音。

葛坤坤第一个从音乐教室冲了出来，下课了，他听这声音耳朵最好使！

“慢些慢些。这囡囡怎么这样不乖巧，还到处乱跑？”校工一把拦住他，把他当成女生在训导。他那女生一样的外表和他猴孙一样的言行可真是如俗语说的“鲜花插在牛粪上”。

“哧哧……”憋得我肚子都痛死了，只好笑出声来了。

刚进到教室，连屁股都没坐暖凳子，葛坤坤同志就怒气冲冲地像个风火轮，一路风风火火地走到我面前——瞧瞧，瞧瞧，他过分激动了不是，兰花指又自然地竖起来。

葛坤坤指着我的脸，没好气地说：“你这行为叫做讽刺、嘲笑，是对同学的不尊重！”他呵气如兰，一步步逼近我。

我毫不示弱地反击：“用手指着同学说话，这同样是不礼貌的行为！”

“你试试被别人耻笑的感受，你还文明得起来？！”葛坤坤真不是做男生的料，一点大将之气度都没有。

“你试试，一个男生被当做女生在那儿挨训，你见了能忍住不笑？”我强词再夺理，不信斗不过他。

主啊，原谅我吧，我又说到了他的痛处。

“哼哼……”他话头一转，“你是人渣中的败类，败类中的人渣。做个女生，笑没笑样，坐没坐样，走没走样。还泼妇骂街，有损古人所说的‘窈窕淑女’。居然都没被当做是男生，老天无眼啊！”

仔细暗想，他可能觉得骂得不够分量，又继续骂道：“天妒英才啊，你嫉妒我长得比你漂亮。鬼晓得你们女生的心眼有多大？一粒沙都容不得的地方怎么可以放下我那么伟大的人呢？”

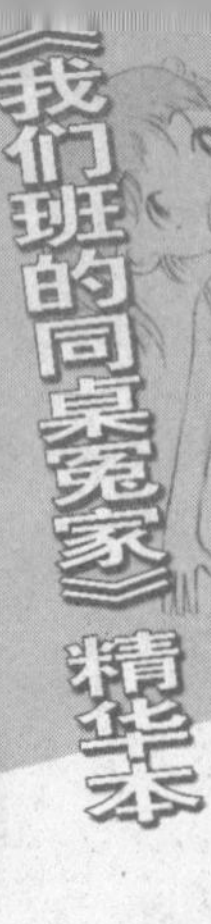

平日里，不见他语文成绩好，如今却如原子弹般爆发了。看来，人的潜能真是需要挖掘呀！

“空姐”的风度

由于葛坤坤同志那次爆发的妙语连珠，这种高深莫测的能人可喜地获得了男生的一致好评，称他为“空姐”。

“空姐，走，早饭呐！”瞧这人缘，大有盖过我风头之势。

徐志摩是挥一挥衣袖，不带走一片云彩；他是抖抖身子骨，撑起一片衣云，羡煞旁人啊！

寒风呼啦地吹进教室，我区区弱女子一个，自然裹紧外套，就像饺子似的，皮得牢牢包住肉。而这小子俨然一副只要风度不要温度的派头，非得把衣襟解开，让它随风飘荡，黑色的毛衣，空空荡荡地漏着空隙，风狡猾地游戏在其间。嘴唇明明冻得变成了深紫，他还死要面子，挺直腰杆，神气地说：“咱们是爷们儿！”

就凭这个，我就看不起他。装什么装呀？打肿脸充的胖子也活现不到哪里去。

“企鹅！”我冲着他喊。

他很没有君子风度地恶狠狠地瞪了我两眼，随后，一甩饭卡：“今天早饭不请你了！”

这不叫小心眼还叫什么呀？！我才不会哭丧着脸，求这顿早餐呢。

“空姐，我今日才明白，企鹅也想飞上天哪！”我就这硬脾气，绝不会给别人的面子留一下一分一毫能回旋的余地。不是说狗急了还跳墙，兔子急了还能咬人吗？

“哼哼，”他粗声粗气地说，“当今的空姐还并非谁想做就能做的呢，第一要脸上无雀斑，第二要国语外语双全。更重要的是体质、为人都不能差。这些都合格的才能当呢。怎么着，你哪点合格啦?”他摆出了一副唯我独尊的架势。

我……我……我被他刺激得无话可说了，不就是鼻子上的黑头我多了一些，脸上的雀斑我也出现了一点，额头还有粉刺不离不弃地追随着我……

俗话说，人不可貌相，海水不可斗量，怎么可以用片面的看法来打击我们幼小且脆弱的心?

“女大十八变，我才不怕没人要呢。如今的单位需要的是人才。什么是人才，你知道吗?”斜着眼，我瞄了他一下，“现在的单位注重人才，注重内在美。同志，都什么年代了。你还用庸俗的眼光打量着每个人。怎么?是急着娶媳妇了?整个一大色狼啊!”

“唯女子与小人难养也……休矣，不吵罢了。”

这葛坤坤还真有点小聪明，懂得知难而退，我倒想乘胜追击了，谁叫他把我的兴趣给引上来了。

“哎，哎!”我叫唤了他两声。

葛坤坤甚是识相，交上一张饭卡：“喏，听您的吩咐，您消费去吧，享受去吧!”

哼哼，这小子……算了，大人不记小人过。

自卑啊

就这同桌，日后三年，都得和他如影相随地度过了。别说，压力还真大，要知道他已经收了无数男生的“求爱信”了……

极度自卑中——这“妮子”怎么就长得比我俏呢?

一对冤家的校园生活

程　淼

从开学第一天起，我们就看出小甲和阿雪合不来，他俩常为了一些小矛盾弄得鸡犬不宁。

常言道“冤冤相报何时了”，小甲、阿雪是争分夺秒地让自己占上风，所以一件件有趣的事有如黄河之水滔滔不绝地发生在我们身边……

冤家路窄

小甲在他的桌子上画了一条弯弯曲曲的线，并对阿雪说：“从现在开始，我们不可以任意超过三八线。”

阿雪说：“什么三八线，我还四九线呢。不行，我不答应，你尽管在桌上画自己的杰作吧，我没意见。”

小甲气得直瞪眼，拍了一下桌子。阿雪说：“今天本姑奶奶没心情陪你玩！”

小甲骂了一句：“狐狸精！”

阿雪拿着兵器（扫把）向小甲冲来，我们都跑来看戏。

小甲左一句“三八”，右一句“三八”，阿雪的吵架功夫已经练到第八成，正好拿小甲做做试验，只见她嘴唇翻动，吐出一串听不懂的语言来：“哈啦哩呜吐嗒嗦唏……”

“小旋风”问：“说的哪地的方言？”

小诸葛方辉说：“我来翻译，嗯……应该是希腊语，你这只

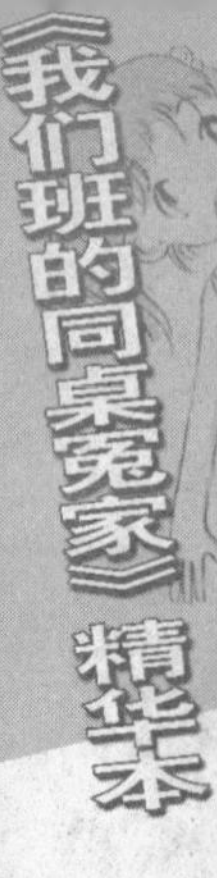

乌龟，没事找扁……”

王格说：“你唬谁呢？自称诸葛后代，还不劝架，装疯卖傻。”

陈明说：“小甲画线其实有原因的……”

刚说到这里，他看到阿雪白了他一眼，就赶紧改口说：“画什么三八线呀？这样吧，小甲，快把三八线擦了，国泰民安，什么事也没了，好吧！”

小甲不情愿地“甩”了一下头。

零食风波

真是一波未平，一波又起。

中午，小甲一边回家一边唱：“你是疯（风）儿我是傻（沙），蝉蝉（缠缠）绵绵绕天下（涯）……”

经过小巷时他发现有一个小伙子推着货车，车上装有大脚糖、青粉条……都是小甲从没吃过的，他摸了摸裤袋，有 2 元。小甲赶紧跑上去买了几袋过足嘴瘾。

回到家，他又从储存罐里摸了 2 元。

“东儿，吃饭了。”妈妈在叫。

在桌上，小甲不知怎么了，看到饭就饱了，连他平时最喜爱吃的海鱼，他看了也没了胃口。

下午上学，小甲又买了 3 袋青粉条带到了学校。

刚上课不久，小甲感觉肚子疼，小糊涂仙看见他皱着眉头，就问道：“没事吧，甲东？”

小甲摇了摇头，坐在位子上。阿雪见了说：“哼，装病。”

第二节课，小甲忽然肚子好痛，一下就趴在桌上，胳膊捣了一下正写作业的阿雪，她叫了一声，老师和同学都把目光转向了

宇宙中太阳系的地球上的亚洲的中国的安徽省的合肥的店埠的肥东的红育小学六年七班第三组倒数第二排的地方。

全地球都静了下来。

陈明想：糟了，老师一定要罚小甲了。他祈祷着说：“小甲，你安息吧!”

没想到阿雪说：“老师，甲东晕过去了。”

老师赶紧打电话给他的家人。

过了一会儿小甲被送进了医院，医生说是食物中毒引起的。

冤家和解

星期六，同学们都去看望小甲，唯有阿雪在家唱着“单人曲”。

“唉，阿雪，你去不去看甲东，我们一块去吧!”同学粉梅说。

阿雪摇了摇头，她忽然拿出纸和笔在写什么……

医院里，小甲躺在病床上和同学们聊天，当发现阿雪没来时，他感到心里很不舒服。

方辉问他：“你吃了什么不干净的东东吗?”

小甲不好意思地说：“买了几袋青粉条吃，哪知道会……”

同学们正谈着，忽然有人敲门，陈明去开门，进来的竟然是阿雪。

她说：“对不起我来迟了，我刚才在家里写了一篇文章，请皇上笑纳。”

说完便像古人一样把纸递给了小甲，小甲翻开一看，原来是一篇作文，题目叫做：“一对冤家的校园生活”。

小甲边看边评论说：“你这篇文章肯定有毛病，现实中的你那么凶，左一个上勾拳，右一个下勾拳，什么九阴白骨爪、降龙十八掌，凶狠之极。怎么文章中的你这么温柔？这篇文章肯定不会被录用的……”

阿雪用左手转着右手说：“想不想尝尝我的天旋地转？”

小甲装着害怕的样子说：“大侠饶命！”

“哈哈哈……”友谊的笑声在病房里回荡着。

同桌二三事

赵之月

自打四年级开始，老师就给我换了个同桌，居然把我安排在超级无敌差劲的潘越旁边！唉，苦啊！我现在是叫天天不应，叫地地不灵了！

乱插嘴的家伙

“丁零零”上课铃声响了。我赶紧端坐好，等待着老师的出现。可这个潘越竟然还在找同学说话。我正准备批评他，“老师来了！”这句话钻进我的耳朵，我只好说了句：“今天放你一马，坐好！”

这个油嘴滑舌的家伙朝我扮了一个鬼脸：“你管不着！”

老师来了，开始津津有味地讲述《跳水》这个故事，我听得十分入神，忽然，潘越这个家伙冒出一句：“哈哈，真有趣！”

我瞪了他一眼，狠狠地说：“你不说话没人当你是哑巴！”

三八线风波

不知啥时，我这张桌子上出现了一条三八线。

“谁画的呀？”不少同学都这样问。

我总这样回答：“真笨，当然是我画的！”

我和潘越都因为这条三八线而战斗着，战斗期间，当然免不了唇枪舌剑。

“你超线了!”我提醒这个糊涂鬼，“拜托你留点神!”

“我没有超线!”糊涂鬼分辩着，“你别冤枉好人。”

“就凭你，还自称好人?”我根本不屑一顾，“总之，你就是超了线!”

“我，我就是没超线！谁超线谁是小狗!”

“那你就去做小狗吧!”

最后，我俩以“潘越超线”为结果，结束了这一场战争。因为他那个糊涂鬼忍受不了我这个大小姐的脾气，只好依了我。

就这样，我无比幸福地超了一星期的线。

蟑螂趣事

我这个同桌最大的毛病是爱搞恶作剧。这回，他狠狠地捉弄了我一次，可把我给害惨喽!

我每天上学来到班上有个习惯，先把书包放在座位上，出去玩一会儿，再来拿课本。

今天，我按照惯例来到班上，扔下书包，玩得热火朝天才回到座位上。我打开书包拿笔袋，想试试早上刚买的新笔。

忽然，一只又肥又大的黑蟑螂进入了我的视线。我呆住了0.0001秒，又叫了一声，扔下笔袋，哭着去找老师。

那次因为又是哭又是喊的，我的喉咙都哑了，三天三夜都说不出话来呢！后来我才知道，这只蟑螂是潘越的“杰作”。

呵呵，潘越啊！你到底是我的同桌，还是我的冤家呀?

整人专家

龙婧静

看完题目，你一定急着想知道她到底是谁吧？她和我的关系极度不寻常——她是我形影不离的好友兼同桌。

她浓眉大眼，能说会道，吵起嘴来真是无人能敌，特别是她那脑子，一天到晚就想着怎么整人，真是不“厚道”呀！

我和她同桌，真不知是倒了十八辈子的霉，还是上辈子欠了她的。她可以称得上是超级无敌头号整人大专家了，我可给她整惨喽！

有一天，学校门口的地摊上有很多小贩在卖什么《整人专家》，我一时好奇，也买了两本。下午我在班里看书，同桌说要给我挠后背，我那时正在看书，顺口答应了。

她帮我挠了一会儿，我本来不痒的，现在却给她越挠越痒。她笑了起来，这时我才知道自己中计了，原来她的手上涂了痒痒粉。

我想不挠后背，但那种难受，没有尝试过的人是不知道的。我便使劲挠，过了好一会，终于不痒了。

我生气地举起拳头，她见了，不但不怕，而且还说：“你有本事就给我个耳光呀！”

我一拳锤到她的身上，并不是锤得很重，她竟然吐血了，吐了一地！

我吓得惊慌失措，连忙说：“对不起，对不起，你要不要紧呀!”

我很怕，心想：完了，完蛋了，我死定了!

她拍拍桌子，笑得前仰后合，边笑边说：“傻瓜，哈哈，真是个地道的傻瓜，你又中计啦！哈哈哈!”

我火冒三丈，真想踹她几脚，突然想起来自己也买了本整人的书，连忙翻开找找看里面有什么招数可以对付她。

“假芬达?”

好！就这个了!

第二节课下课之后，我把假芬达的粉用水调好，拿起自己带来的芬达汽水喝。她向着我的计划一步步逼近，开口向我讨水喝，于是我把假芬达给了她。

她浑然不知，喝了下去，感觉味道不同，连忙问我：“芬……达，怎么……这么……难喝……”

你没看到她那滑稽样，一边说话，嘴里一边吐泡泡，逗得我捧腹大笑，因为我终于整了她一次啦!

其实，她也有优点，在此我就省略了，呵呵!

怎么样，她就是我的那个喜欢恶作剧的同桌兼形影不离的好友，名字？请原谅，我不和你说了。（未经此人允许，我怎敢泄露秘密呢，要知道她可是超级无敌头号整人大专家呀，我才不想再被她整呢!）

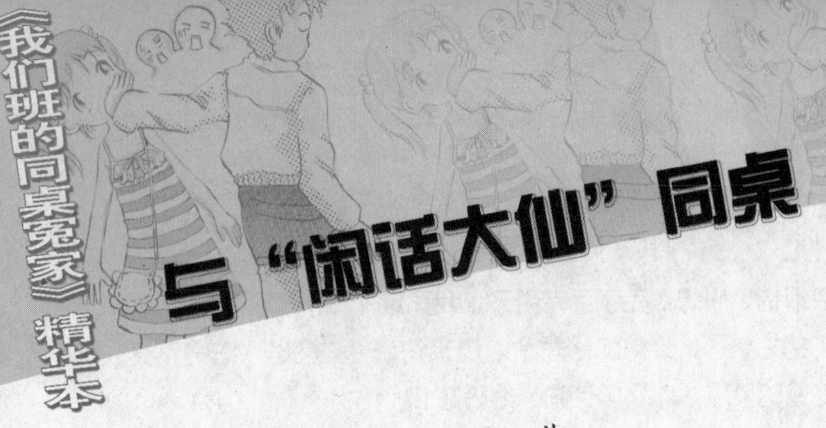

与“闲话大仙”同桌

丁 燕

1

哎！挺不幸运。这学期我和班上鼎鼎有名的“闲话大仙”坐在一起。

他姓王名宁，个子中等，挺幽默，上课时爱说话，也爱搞“恶作剧”。

这不，刚与他坐了几天，就发现他上课总找人说话。他在说话时，用手护着嘴，生怕被我看见，他说的声音很小，像蚊子在嗡嗡叫。

可我还是听到了。我眉头一皱，怒视着他，他见了，十分害怕，连忙不说话了。那样子，真像老鼠见猫，我见他那副模样，就放过他了。

有时，他在课堂上高兴地哼着曲儿，正在自我陶醉之中，这时我会放下手中的笔。

放下笔干什么呢？他最清楚了，做出的第一反应就是举手投降。因为他知道我要打他。

这时的我，不肯就此罢休，仍然怒视他。

他反应特快，在我没打他嘴巴之前，马上用手挡住脸，我正准备打他的头，谁知，他极快地作出第三个反应：“求饶”。

我被他那副可笑的样子逗乐了，也就重新开始写作业了。

2

同桌王宁爱说话，有时说出的话十分幽默。

那次，背《桃花心木》时，他总背不熟。只见他身体坐得笔直，两手端端正正拿着书，只是他的头不停地摇晃，真是摇头晃脑。

我说："瞧你背书，一点儿也不认真。"

不料他却说："对，本人正是小和尚念经——有口无心。"

我不满意地瞪了他一眼，谁知他更来劲了，口中念念有词："菩萨，菩萨，骨碌骨碌，天灵灵，地灵灵……"

我都听腻了，连忙捂住耳朵。这时，他又开始背课文了，没多久，他就流利地背完了。

看他，背书多快！我打心眼里佩服他。其实，你看他那摇头晃脑的样子，似乎不是一心一意，但他可认真了，记性也好，他那副样子，可能是想逗我笑吧！

3

王宁最让我生气的是他有时搞的"恶作剧"。

记得有一次，我叫别的同学不要在班上追逐打闹，然后就回座位了。开始板凳还好好的，我来到座位上，正准备坐下时，不料坐了空，板凳不见了，我的屁股跌得生疼。我不由得生气了，脸都气红了，同时十分尴尬，恨不得地上有一个洞，让我钻进去。

但我又想我堂堂班长，竟被人戏弄，我一定要查出真凶。

我坚持着爬了起来，周围的人笑得厉害，旁边的王宁更是笑得合不拢嘴，双手捂着肚子，一副幸灾乐祸的样子，嘴中还说：

“大笨熊，大笨熊……”

我火冒三丈，厉声问道：“是你干的坏事吗？”

起先我以为他会狡辩，没想到他停止了笑，十分认真地对我说：“我只是认为这样做很好玩。没想到这样做，伤了你的自尊心，对不起。”

我听了，挺感动，说：“没关系。”

接着，他又给我讲几个笑话，逗得我笑了，他见我转怒为喜，也跟着笑了。

瞧！这就是我那风趣十足的同桌，同桌的他，在我生气时，给我一份安慰，给我一个开心。听了他的话语，我仿佛吃了一颗“消气丸”。

愿我们共同成长，共同进步！

同桌“乌鸦”

罗祺华

圣诞快乐

下课了，我郁闷地站在阳台边上，脆弱的阳光铺洒下来，却又显得那么刺眼；水色的颗粒飘浮在柔软的阳光中，显得那么烦躁而不安。

同桌“乌鸦”那个可恶的王八蛋，居然在上课时超线，还骂我是“三八婆”，简直不可理喻！自从这个“乌鸦精”像个榴弹炮一样，经过垃圾场、粪便场的加工，带着浑身的臭气飞到我旁边，我就被熏得乌漆墨黑。

就在这时，银白色的粉末扑面而来，湿漉漉的，是下雪了吗？可白云显得如此可爱，阳光变得更加灿烂，水色的颗粒也瞬间活跃起来。

我摸了摸身上的银白色粉末，才发觉那并不是神圣而洁白的雪花，而是圣诞节用来美化环境的喷漆。

同学们看着我一头“白发”，开心地说：“白发老太太，您好！欢迎您光临本班教室，有失远迎啊！哈，哈哈哈……”

听完冷嘲热讽，我终于找到了“犯罪嫌疑人”，他拿着一个喷漆瓶，穿着一件褐色羽绒服，一脸的坏笑，原来是“乌鸦”。

我追了过去，准备使出让人割肉般疼痛的“龙爪手”。他风趣地说了声“Merry Christmas（圣诞快乐）”，便机灵地溜了。跑得了和尚跑不了庙，他总要来上课的嘛。

上课了，他用警惕的眼神望了望我。我猛地伸下手去，使劲一扭，他“嗷”地叫了一声，老师转过头来，瞪了他一眼。我幸灾乐祸地笑了笑，可他还是一如既往地说：“Merry Christmas!”

“混蛋，你这个混蛋！你，你刚才是不是拿那个那个啥，那个破玩意儿喷我！”我愤怒到了极点，有点语无伦次。

“什么，你冤枉大好人，真是六月飘雪——冤案一桩。包青天，救命啊！包青天，你何在呀！我的命运怎么如此悲惨！”

他满口胡话，简直就是只爱骗人的臭乌鸦，能把黑的说成白的。

我气不打一处来：“什么，做了坏事还敢狡辩，好一个蛋白质（笨蛋、白痴、神经质）！”

“咳咳，”他先清了清嗓子，转过身来面对大家说，“我敢对空气发誓，绝对没有这回事，否则就说十声‘乌鸦真帅’。”

救命啊，让我找根面条吊死算了，让我找块豆腐撞死算了，他简直就是臭美！我已经火山爆发，忍无可忍了。

“排山倒海——”只听见“啊”的一声，“乌鸦”已被我打倒在地，头上直冒光环，真希望他能被上帝带向美好的天堂。

他的头经过我那“龙爪手”的洗礼，长出一个个包子。看着他那可怜的样儿，还是饶了他吧，他长得那么丑，也怕脏了我的手。

“龙凤胎”出世

“冤家路窄，真是冤家路窄，你妈和我妈是不是约好了要在同年同月同日生孩子？真是气死我了！”我拍拍胸膛喘了口气说。

为什么，为什么？我上辈子造了什么孽呀，居然摊上这么个同桌，还是我“哥”呢。

这事儿得从很久以前说起，班委在登记每个同学的出生日期和住址时，偶然地发现了我和“乌鸦”是同年同月同日生的，而且只差几分钟，真是太巧了。

同学们议论纷纷，有的说：“真是有缘千里来相会呀。”有的说：“他俩会不会是龙凤胎呀。”有的说：“可能吧。”还有的说：“哦，原来……”

……

整天听着这些谣言绯闻，我的脑子都快炸了，真烦！要是时间能够倒流，我一定要选择在1996年出生，这样就不会听到“紧箍咒”了。

每当“乌鸦”超过“三八线”时，总会带着求饶的语气说：“我们是同年同月同日生的好兄妹，何必手足相残呢。”

我又好气又好笑地饶了他。真是，唉……

“命丧黄泉”的“粉红女郎”

正当我全神贯注地念书的时候，“乌鸦”打乱了我的思绪：“尊敬的萝卜小姐，可以借一下您的‘粉红女郎’——那块粉色橡皮吗？”

我千寻万找，一会儿翻前面，一会儿找后面，终于在文具盒的旮旯里找到了“粉红女郎”，依依不舍地递给了同桌。

“起立！”随着班长严肃的叫声，我懒洋洋地站了起来。

咦，“乌鸦”呢？原来他在桌板底下专注地玩橡皮大战呢。

老师发现“乌鸦”没站起来，脸色立刻由晴转阴，我慌忙提醒“乌鸦”：“快收起来！”没等他这个榆木脑袋反应过来，老师已迅速地走到他面前，一把夺过他手中的两块橡皮，狠狠地说：

“下课到我办公室来!”

我的橡皮就这样“落入虎口”了。

中午，我坐在位子上思念我的“粉红女郎”，这时，12：30的预备铃响了，我打开文具盒准备做作业，却发现我的“粉红女郎”静静地躺在那里。

我望着同桌，他对我说了声“对不起”，又埋头继续写作业。

我的心里忽然涌起一股暖流……

同桌JEJ

董　栋

我的同桌 JEJ 在我们班小有名气，不是因为别的，而是他太有“个性”了。为此，同学们还给他起了不少外号哩！

“屁王”

可能是大蒜吃多了的缘故，同桌每天都要让我们忍受几个“烟雾弹”。

就拿昨天的“惨剧”来说吧。那时是科学课，老师正讲着关于宇宙的知识，我们听得津津有味，仿佛身临其境。忽然，传来了不和谐的声音“噗——”，不用说，肯定是同桌的杰作了。幸好我早有准备，连忙用清香面巾纸捂住了鼻子。

啊，好险，我躲过了这一劫，可我后面的几位仁兄就可怜喽。他们皱着眉头捂着嘴，不停地用书把周围的“毒气”扇开，埋怨道：“JEJ，你太过分了，我们跟你有仇啊？”“报仇也不要这样啊，太阴了吧。”

同桌嘿嘿笑道：“走着瞧，好戏还在后头呢！”

说完，全班又回到了上课的氛围中。可是，没过多久，我灵敏的嗅觉告诉我，有危险！原来，这回同桌不声不响地投了几个“烟雾弹”，弄得我头晕目眩，不禁连连叫苦：“天哪，跟他同桌，真是活受罪啊！”

“书痴”

JEJ 的新陈代谢较快，不过这是天生的，没办法，但他在学习方面还是很勤奋的。下课时，其他同学都走出教室，呼吸一下新鲜空气，放松放松心情；而他，JEJ，却坐在座位上，或是复习上节课的内容，或是啃几本课外书，反正不会闲着。

有的同学邀他一起去外面玩，他却做出一副学者模样，说：“下课的时间多么宝贵啊，我们怎么能随随便便浪费了呢？还是抓紧看书吧！”说完，他一头钻进书堆中。

这时，不知谁嘟哝了一句：“唉，难怪学习成绩那么好，简直就是一个‘书痴’嘛！”

没错吧，“书痴”之名就由此而来了。

“良师”

说实话，我的同桌其实也挺开朗的，跟他同桌的最大好处就是，作业中遇到困难了，便可以向他求救。

一次，一道高难度的数学题难住了我，我二话没说，就把本子摊在 JEJ 面前，说：“JEJ，能否告诉我这题怎么解？”

“OK，包在我身上！”JEJ 信心十足。

果然，他花了 5 分钟就做出来了，还能因材施教，一会儿就把我教会了。

但是，他没把最后的答案告诉我，而是让我自己算，气煞我也。“你怎么跟别人不同？别人都是连答案都告诉的。”

JEJ 道：“我是我，别人是别人，我喜欢这样。”

唉……

怎么样？我的同桌有“个性”吧，他就是这样的与众不同。如果你想进一步了解他，就请到我们班来吧，JEJ 肯定会欢迎你的哦！

宝贝儿同桌

徐晓瑛

姓名：舟舟

年龄：秘密

身高：全班最矮

体重：全班最轻

外貌：性别不一样，称呼不一样，个子比我矮点，重量比我轻点，脑袋比我圆点，鼻子比我塌点……（省略了N个比字）

——This is my 同桌的资料

语文课

舟舟手拿一支笔，晃晃悠悠地站在椅子上，像宣布圣旨的太监似的，细声细气地说："我最最最亲爱的同桌——樱桃小姐，下一节是什么课呀？"

我正在看书，听他这么一问，就拿出课程表一看，头也不抬地说："当然是我最喜欢，你最讨厌的课喽。"

"啊——"突如其来的一声尖叫，使我不得不抬起头来，天哪！我看到了什么——

舟舟正摇摇晃晃，欲坠落在地。

"咚！"紧接着，水泥地板上发出了一阵天崩地裂的闷雷——舟舟掉了下来。只见他横躺在地上，呈大字形状，那支可怜的笔也断了头。

舟舟嘴里不停地喃喃自语："Oh，my God……"

"可爱的舟舟，可怜没人爱呀。"我摇摇头，无奈地叹了口气。

"同学们好，今天我们来上第21课，请翻到××页。"

我刚翻到那页，连做梦也想玩一会儿的舟舟从天而降，他眯着眼，用一种不怀好意的眼神看着我，笑眯眯地说："又大又红的甜樱桃啊，我问你一个问题，这个问题呢就是啊……呢……离下课还有几分钟?"

我斜视了一下手表，不紧不慢地说："据我所知，离下课还有15……加24分钟。"

舟舟那张原本兴奋的脸一下子泄了气，五官扭成了一团，简直像一个怪物，随后眉毛也皱起来了，表情着急且生气。

他用力地抓住我的肩膀，一边拼了命似的摇晃，一边不停地说："再看一下嘛，再看一下嘛……"

我的怒火快要烧到了天上，能把那原本洁白的云朵烧成黑色的，再烧破青天，一直燃烧到宇宙，把世界的尽头也都烧成灰烬。

"你要死啊你!"我忍无可忍，小声地吼了一声。

舟舟显然被吓坏了，手停在了空中，不知所措地看着我，直到他认为我没事后，才摆出那个坏坏的模样，问："还有几分钟?"

唉，都习惯了，悲也，悲也。

英语课

课刚上到一半，Miss Lin就问了我们一个问题："×××××?"

顿时，全班都僵住了，紧张地等待着是哪位命苦的人儿来回答。

Miss Lin 的眼睛放着电，不停地在同学们身上来回扫射。“舟舟……”魔鬼般的声音在世界的高空中响起，被风一吹，回音波动着，要震破我们的耳膜。

可怜的舟舟应声而立，带着一丝悲壮，刹那间他成了班上的焦点，同学们都把目光集中在那根“孤独的蜡烛”身上。

舟舟张口结舌半天说不出话。哼哼，有你受的了。我想象着他被老师粉身碎骨的样子，痛快极了。

“×××××?”Miss Lin 又重复了一遍问题，把那张笑里藏刀的脸对准了我，顿时使我毛骨悚然。

突然，舟舟（哦，我的天使）以闪电般的速度举起了手。

也许是 Miss Lin 想给他一个立功赎罪的机会，就请了他。可舟舟说出来的话却令人啼笑皆非：“报告 Miss Lin，我要去上厕所!”

全班哄笑……

数学课

虽然平时上其他课死气沉沉，可一到数学课，老爱打扰我的舟舟立刻变得活跃起来。那一串串难解的题目对他来说是丝毫不费吹灰之力，令同学们佩服得五体投地，连老师也不得不刮目相看。

看着他那专注的眼神，我情不自禁地摸了一下他的脸。

“你干吗啊!”舟舟回过头来，一脸的莫名其妙。

“等你以后成了名人，那这一摸不是很有价值吗？现在你再给我签个名，以后能值好多美元呢。”

舟舟的脸由淡红变成火红，又从火红变成紫红，最后终于爆发了：“好你个樱桃小丸子，给我等着！”

放学了，夕阳斜挂在西边的角落，夹藏在云儿之间，就好像火球燃烧在银涛雪浪之上，是那样的绚丽，那样的动人。余晖像是用金线织成的轻纱，盖住了天空，洒满了脚下的路，给每个孩子的脸上都撒上一层金粉……

小学六年一晃而过，我们即将告别校园。到那时，再回过头来，慢慢回味这段美好的时光吧。

“三八线”之战

舟　舟

此人乃矮人中的头头，自称“东宫之主”。但在旁人的眼里，怎么看怎么像个樱桃小丸子，人称“小樱桃”。和她做同桌，那就是倒了八辈子的霉——洗也洗不清，可我还忍了下来，谁叫我是人见人爱的舟舟呢？

分割领土

早读课和其他课相比，只是少了个老师，可教室里就像蚂蚁窝似的，乱哄哄的一片。

“舟舟——”“小樱桃”斜眼看着我，脸上带着似笑非笑的表情，不知道那个装满零件的脑袋又生产出什么新产品。

“干什么？”我的声音开始颤抖，就像面对一头凶猛无比的大狮子一样。

“我们来比歌好不好？”

“比歌？我想还是……好吧。”我本想拒绝，可一看“小樱桃”小姐那双令人毛骨悚然的眼睛，只好被迫同意。

“我先来，”“小樱桃”唱起了她的招牌歌曲，“东汉末年分三国，烽火连天不休……”甜甜的嗓音好比天籁之音，可怎么安在了这位“凶八婆”的身上呢？

“该你唱了。”“小樱桃”一副挑衅的样子，大概她最近又听了不少流行歌曲吧。

“我愿变成童话里，你爱的那个天使，张开双手，变成翅膀守护你……”

“谁在用琵琶弹奏一曲东风破，岁月在墙上剥落看见小时候……”

“小城里，岁月流过去，清澈地涌起……”

……

“世上只有妈妈好……”

噪音！噪音！纯属噪音！每次她想不出唱什么歌时就会耍这招。

“不算不算，换！”我气急败坏地说。

“Why?”“小樱桃”很有耐心地等着我的回复，我更加恼火：“流行歌曲，要流行的，这可是规则。”

“这明明就是呀。”“小樱桃”的死皮赖脸我已经受够了。汗，命苦之人，乃我也。

“你……两个樱桃两个樱桃青又涩……”

“赖皮！”小樱桃的脸由白转红，又变成了铁青。

“是你在赖皮！”我反驳道。

“不玩了，不过以后你可不能超过这条线哦。”小樱桃指着桌子中间的一条细缝说。

我定睛一看，原来是那条三八线。你以为我好欺负？怒火快要把我的脑袋都烧焦了，只听我脱口而出：“不超就不超，谁怕谁！”

侵略战争

“超线！”真不愧是河东狮吼，天地都快被她给震塌了，我自然更不必说了，感觉如同触了电一般，全身麻木。

“超线了，舟舟!”“小樱桃”嘴巴里喷出来的热气覆盖了我的面孔，让我回过神来。“我的耳朵可没聋，你是不是成心想让我变聋子?”

“呸，我才没那力气呢!”“小樱桃”向我吐吐舌头。

“丁零零……”上课铃响了。刹那间，小店里、操场上的人都没了踪影，速度简直比光还快 1000000 倍。

“上课!”严老一声令下，班长“你少烦”（原名叫李晓帆，因为读音相近，更因为她每逢开口就是“你少烦”，故此得名）迅速喊了声“起立”。

这是怎么了？除了我和“小樱桃”站得还算直点，其他同学一个个东倒西歪的，如果用“风吹墙头草——随风倒”来形容，那是最贴切不过了。

“瞧瞧你们的样子，第一节课就这样，要是再上几节，还不全趴到地上？成何体统！你看看人家‘小樱桃’，笔挺笔挺的，多学学啊……”严老在台上讲得唾沫横飞，台下同学们却昏昏欲睡，有的干脆趴在桌上打起了呼噜。

我的心就像被谁捅了一下。“小樱桃”啊“小樱桃”，你也有被表扬的时候啊，恭喜恭喜，很难得的吧。

正想着，“小樱桃”像吃了一颗蜜糖，眉飞色舞地白了我这“卖糖人”一眼。有什么好得意的，不就是被表扬了嘛。你放心，我会让你知道批评的滋味是什么样的。

突然，我看见“小樱桃”的脚因为骄傲过度而超过“三八线”0.0000001 微米。嘿嘿，亲爱的“樱桃小姐”，可是你规定的哦！

我抬起凳脚，然后……（由于场面过于血腥，被出版社的编辑删去）

"啊——"教室里顿时传出一阵恐怖的杀猪叫。这叫声好比清醒剂，让全班同学都醒了过来，场景有点像……像诈尸！

"怎么了?"刚刚睡醒的同学们问"小樱桃"，鼻子上还冒着泡泡。

"'小樱桃'，站到后面去！"足足360分贝的吼声一点也不逊色于前面的叫声。

"！·#￥￥%！*"紧接着是一连串的叫骂声……如果眼光可以杀人的话，那我早就粉身碎骨了。

下课了。

"上帝保佑，上帝保佑……"我心里一边不停地念叨，一边直奔男厕所，紧追其后的是"小樱桃"……

请教谋士

"唉……"可怜的我呻吟着，刚到家就一头栽倒在柔软的席梦思上。

经过一天的激战，体力支出实在是太大了，现在连说话的力气也用得一干二净。明天该怎么度过呢?还是打打闹闹，弄得身心疲惫吗?

不行，不能想了，再想我的脑袋都要爆炸了。

天渐渐暗了下来，太阳已失去了光彩，只有一个通红的外壳，却没有了原本的能量和温度。天边的云彩红彤彤的，不愧是霞，竟那么美丽，那么妖艳。在夕阳与云彩的召唤下，我的眼皮越来越重，不知不觉中就合上了……

待我醒来，月亮已经爬上了树梢，银白色的月光洒落在床单上，像是银线织成的。爸爸和妈妈都站立在两边，让我觉得身在宫廷。

“舟舟啊，你今天是怎么了，是不是生病了?”妈妈关心地问。

见我不语，一旁的爸爸开口了：“是不是谁欺负你了？告诉爸爸。”

“是不是……”“还是……”“那是……”这下倒好，爸妈打起了口水战，我则变成了配角。

“够了!”我吼了一声，发泄了心中长期压抑着的怒气。我一五一十地将过程说了一遍，等待着爸爸妈妈的圣旨。

“三八线？以前也有呢。我上五年级的时候啊，那个同桌……”爸爸是个念旧的人，总想着以前的事情。

“去去去，听我的……”妈妈的主意挺多，可都是废话。

“……”

“……”

……

商议了将近一个多小时，才达成了一致意见——和平相处。此次商议我一言未发，但最终还是接受了爸妈的建议。

和平天使

第二天清早，我来到了学校，班里就我一个。我张开双臂，闭上眼睛，大口大口地呼吸着新鲜的空气，忽然觉得自己有点像《泰坦尼克号》中的女主角。

“喂，你是不是脑子进水了?”在这清新脱俗的地方，竟然有人说出这种不雅的话！来人，拉出去重打 100 大板！我眯眼一看，嘿，是“小樱桃”来了。

怎么才能把话说出口呢？有了!

我奸笑着，摩拳擦掌，步步逼向“可爱”（可怜没人爱）的樱桃小丸子。在她恐惧的瞳孔中，我看见了自己狰狞的面容。

“哇呀！”我突然假哭起来，并求饶道，“亲爱的‘樱桃’小姐，就请您原谅我吧，和平相处好不好嘛……”

“平身。”见我这副模样，同桌也不忍心再让我哭下去了，实际上是我这鬼哭狼嚎她实在听不下去。

“小樱桃”答应了，这让我的担忧也随之而去。

突然，“你少烦”从我俩中间探出脑袋，嬉皮笑脸地说：“和好得真快啊，是不是有点‘那个’啊？”

我和“小樱桃”对看了一眼，异口同声地说了一句“上”，就张牙舞爪地向“你少烦”扑去……

秀才遇上兵

薛湘竹

偶乃一介文弱书生，在班里可是出了名的“好脾气”。如果谁打了偶，偶会笑着牵起他的手，把他拽进办公室“喝茶”。

等那位仁兄晕头转向出来时，偶又会握住他的手，笑着说：“小子！别以为书生就好欺负，咱班主任可是明察秋毫、治班有道的。”

说罢，我又会捏一下他的手，随着他应声倒地，我便笑意未尽，拂袖而去。

可俗话说得好，天才怕傻的，傻的怕狡猾的，狡猾的怕不要命的……万物相生相克，皆是因果报应，阿弥陀佛。

只动嘴少动手的我，偏偏却和只动手不动嘴的韩仇波结成了同桌。啊，上帝请您赐我根粗面条，上吊算了吧，555……

披着羊皮的狼

次日，我坐在位子上倒头大睡。

“狼爱上羊啊爱得疯狂……”校外的音响将我惊醒，“我确定我就是那一只披着羊皮的狼”，歌词不禁使我联想到了在旁边呼呼大睡的韩仇波——一只披着羊皮的狼。

内心极度暴戾的他，却有着一副比女孩还女孩的俊美外形——

大大的瞳仁里有着孩子特有的天真无邪，弯弯的柳叶眉灵巧秀气，玲珑别致的鼻子安放在脸中央，那小小的嘴巴如三月的桃花。

见了他的笑才知道世上竟有这等好功夫——巧笑倩兮笑里藏刀。

但他的衣着嘛——上面横看竖条、竖看横条的花纹到底有多少根实在让我头疼。正当我数得起劲时，韩仇波突然醒来，做警备状，对着我说："你干吗?"

"我能干吗？难道非礼你不成?"

"你不打自招了?!"

"我我……你你……这怎么可能!"

"什么不可能？猫都能喂耗子呢!"

"你这自恋狂，别在本姑娘这儿发疯，滚远点儿!"

"你竟然敢骂我，看打!"韩仇波见大事不妙，便使出他的独家绝技——蛇拳。

"呜呀，我戳，我戳，我戳戳戳。"韩仇波边打边喊，使我极想呕吐。不得已，看来得出狠招了。

"韩仇波，看来你非但没品位而且没钱哟！连件衣服都像是千足虫穿过的，上面的洞洞更别提啦，那叫一个破!"我的嘴角出现一抹不易察觉的微笑。

不出所料，他马上分神，我逮着机会，将他手紧紧抓住。谁知他一个反锁，倒将我的手给抓住了。

我连忙哭着求饶："大……哥大，我对不起你呀！我要买块豆腐撞墙，您让我去吧!"

"让你自杀还得花豆腐钱，不好！还是让我结果了你吧!"韩仇波冷冷地回答。

呜呜呜……苍天哪，旁边坐着这头披着羊皮的狼，叫我咋活呀！

飞天扫帚与铁制垃圾筒，啪啪啪

灰蒙蒙的天，灰蒙蒙的风，就连我那往日疯狂火热的心也是灰蒙蒙的。

我坐在位子上一动不动呈蜷缩状，紧闭着双眼，把手夹在大腿中间来回搓着，想搓手取火。可这火还没取成，一只“天外飞手”就搭在我的肩上……

我睁开一只眼，转过头，瞟了一下后面，瞬间我的脸成O字形。我像弹簧一样蹦离了我的位置，并发出“河东狮吼”功，大叫了一声“啊——”

若无其事的韩仇波竟说了一句让我反胃至今的话：“神经病！”

我倒，明明是你吓了我一跳，可你倒好，竟反过来骂我神经病。好，那我就让你见识见识本小姐的厉害。不把你气死，我的幽默细胞不是白活了？我眼珠一转，心中顿生一计。

“喂，昨晚我做了个梦，梦见你手提菜刀在追一头猪，那头猪却突然跪地求饶说：‘本是同根生，相煎何太急！’”我故作悲伤地叹息道。

只见韩仇波脸上出现一个大大的川字，紧握着的拳头上，有几根青筋正在“跳动”。

“嘿咻！”我举起铁制垃圾筒，心想：“算了吧，横竖都是一死，倒不如自我了断来得痛快。前有狼牙山五壮士跳崖，今有我举垃圾筒砸头……”

当我下定决心让头与筒亲密kiss一下时，Q智到极点的韩仇波竟以为我要砸他，“刷”地举起扫帚，对准我就是那么一耙，

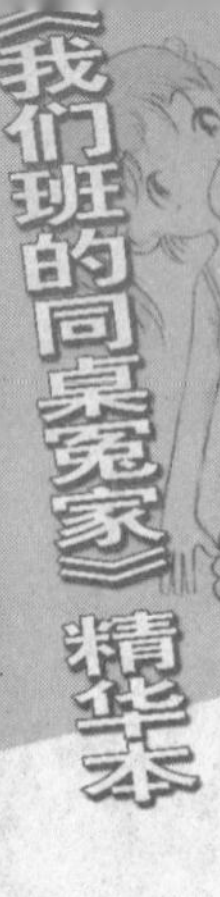

垃圾筒瞬间滑过我的脸颊。

面对同学们几十对茫然无措的眼睛和糗得不行的尴尬场面，我的瞳孔瞬间变大，心里只有一个念头——将韩仇波这个杀千刀的告上“法庭”（班主任那儿）。

很快同桌就被班主任“召见”，又很快给“驱逐”回来。

他回来坐在位子上，一言不发。我偷偷瞟了他一眼，天啊，这是真的吗？“石狮子”韩仇波竟然哭了。

见到这一幕，我的仇恨细胞真是痛快到毙了。

最可恶的是，我的同情心又开始泛滥了，还泛滥到了俺同桌的身上，害得我一边拍着他的背，一边苦口婆心地说：

“老师教育你是为了你好。天涯何处无芳草，何必单恋一老师呢？语文老师骂了你，可数学老师没有呀……”

我滔滔不绝地说，他源源不断地哭。

Oh，my God！这还有完没完了？

小心人沙大战

自从上次事件发生以后，我就不敢再告韩仇波了。即使他打了我，我也绝不还手，尽量避免与他发生冲突。

可“举头三尺有仇敌”，也怪这个臭老天搞得那么冷干啥，害得我的大脑神经冻僵了，一不留神坐在了韩仇波的椅子上。也算是我倒霉了，偏巧这时他回来了。

他一把拎起我，将我像扔垃圾一样扔了出去。

还未反应过来的我已撞到墙上，又弹了回来，打了个趔趄。咦？好像踩到什么东东了……

“啊！”一声标准的男高音随之响起，刺入我的耳内。我转过头看到的是阿拉廷那副似笑非笑、痛苦不堪的恐怖表情，黑乎乎

的手上还留着我的“三寸金莲印”。

阿拉廷一起三伏地说：“毛——竹——你——好——狠！”说罢，他摸着自己那又红又肿的“熊掌”，洒泪而去。

冷不丁一把泥沙朝我的脸铺天盖地地飞来，我还来不及躲闪，已与它作了亲密接触。

我紧紧地攥着拳头，恶狠狠地瞪着眼前一脸得意的韩仇波，艰难地抉择着。忍忍吧，何必跟那种人计较？

可是忍无可忍，无须再忍，爆发了，我终于爆发了！

我扫视四周，一眼便瞧见了那盆给乌龟冬眠的沙子，抓起一把，朝对面的仇敌洒去。这下倒好，惹火了韩仇波，他对准我也是一把沙。幸好，我眼疾手快闪了过去，却可怜了阿拉廷，他再次遭遇不幸。

阿拉廷的脸青了，不，是黑了。他也抓起沙子一洒……

大家你一把，我一把，教室里一片混乱。

还好老师不在。

赶快逃跑……

被同桌困扰

胡疆伟

狼烟四起

一开学，我又要开始忍受同桌问题的困扰了。

唉，同桌是女生会有风言风语，是男生又要搞内战；如果个头矮小别人说我以大欺小，如果高大强壮我又要被他扁……天啊，来个两厢情愿的吧！

开学第一天，小 W 就杀气腾腾地看着我——谁叫我们是冤家呢？我对天发誓，我最讨厌的人，就是那叫……叫什么来着！喔，小 W！

就算让我见上帝，也不想跟他同桌！

上课了，要换同桌了。

晴天霹雳啊!!!

当他越走越近，越走越近，我就知道这学期不可能有一块没有伤疤的肉了……

他的眼中闪着刀光，嘴里似乎吸进的是氧气，呼出的是血腥，嘴角的微笑抽搐着，分明在说：“你，完蛋了！”

真变态！

看着他，我很不自然地笑着。

我在椅子上移动着，像鹰眼中的兔子。

他坐在了我旁边……

我知道，狼烟已经点燃了。

整装待发

我采取了一些措施要杀杀小 W 的威风。

今天是背书的最后期限了，小 W 还有一大半没背呢！

显然，他在家没准备，也许压根儿没有晨读。他时而加字，时而漏字，时而求助，时而回忆。

一天下来，他才背了一半。没办法，他下午只得留下来了。

放学了，当我整理好书包准备回家时，他还在可怜兮兮地读书呢！

“你等到明天吧！”他的意思是，明天我到学校后，他要扁我一顿。

“就你？”我留下最后通牒，“你背好书再说吧！”说完，留给他一个充满讽刺的飞吻。

初次交锋

火药味越来越浓了。

午休时间到了，我正做作业，他猛地闪到我桌前，阴阳怪气地说：“帅哥……”

“你说我是蟋蟀的哥哥！”我一语道破，“你要干什么？”我知道他想抄作业，还明知故问。

小 W 红着脸说：“那个，那个作业借我抄一下……”

“笨蛋！看你脸呀头呀挺大的，空心呀？”我拿出钢笔敲敲他的天灵盖，指望听见木鱼声。

“……”他无语。我建议将小 W 的 W 倒过来，再加一个 G，就是小 MG——小闷瓜。

不用说，我当然没给。我是男子汉大丈夫，岂能违反校规班规？没门儿！

可是更意想不到的事情就要发生了……

冲锋陷阵

又一次不死心的翻寻后，我终于死心了——我的钢笔不翼而飞了。

我呀，上看下看左看右看，都觉得这支钢笔丢得奇怪；我想了又想，猜了又猜，小W的行为、小W的神态很古怪，越来越不自然。

在严刑逼供下，他招了。

我说："这才乖嘛！"说罢摸摸他的头。

"在，在你的文具盒里……"

怎么可能！我一打开，钢笔静静地躺在那儿！

"你刚才敲了我脑袋后放回去的，还严刑拷打……坏蛋！"

"误会！误会！福尔摩斯也有错嘛！"我苦笑着敷衍过去。

停止战火

学期马上就结束了，接着要进入四年级下半学期。我与小W也终于懂得，只要拥有宽容和火热的心，我俩就一定会和和睦睦地相处下去……

范露阳

出名的缘由

我们班有一位酷爱和人亲近（当然女生除外）的“搞笑滑头”，他个子不大，根本不引人注目，但性格却是个实实在在的“多面体”，让人好笑之余又有些无奈。

在学习上，他有努力向上、快乐积极的一面，老师曾特地写过散文称赞他，这篇经典之作被收入书中广为流传，因此他很出名；在生活中，他有与人“自来熟”的一面，同学之间有什么事情都要请他做主，对大家他总是很大度，一点儿也不小肚鸡肠。

不过我要说的是，这些特点都不是最有代表性的，“搞笑”至少占了他性格的 70%。

起绰号的天分

他每次遇见我，都不喊我的名字，而是用绰号来称呼。我甚至有点儿怀疑，这是他们家的传统。他给我起的绰号数不胜数，还“历史悠久”，什么“范发财”、“胖财”、“发财胖子”等等。

有一天下课后，他又边对着空气乱拍手，边向我喊：“‘发财胖子’快来！”

我实在忍无可忍，冲上前去质问他。

谁知他一副死猪不怕开水烫的模样，“大义凛然”地说：“因

为发财和发福是近义词嘛……”

切！居然还有他这样的“歪理邪说”？我苦笑了两下，只好装作若无其事。

三寸不烂之舌

他有一根三寸不烂之舌，这一点绝对可以申报世界吉尼斯纪录。

有一天中午，我在食堂吃饭，碰巧他就坐在我身边。吃着吃着，他突然大叫一声，把我吓得不轻。我还没回过神来，就见他一边手舞足蹈，一边开始大发感慨，好像上了“百家讲坛”似的：

“啊！窗台上是不是装了先进的探测仪啊？地上的阴沟里会不会冒出个潜望镜啊？这把勺子怎么越看越像探头啊？鸡腿里怎么硬邦邦的，里面是不是有雷达啊？这碗汤咋这么奇怪，会不会捞出一只装了微型电脑的死苍蝇啊？……天哪，实在让人太没有安全感啦……”

等这一堆慷慨陈词结束后，我们周围的人吃下去的饭菜，几乎都要从鼻孔里喷了出来。

我好不容易吃完饭，一走出食堂，竟又碰上了他。

只见他拿着一个还没有吃完的鸡腿，神气活现地指着别班的一个女生说：“喂，走在前面的那个聋子，如果你不停下来，我就要把世上最后一个小鸡腿吃掉！”

那女生转过身来，奇怪地看着他。

我以为他会下不了台，谁知他一副义愤填膺的样子，大吼道：“嗯？你居然停下来了，说明你不是聋子！你竟敢欺骗我？我要把世上最后一个小鸡腿吃——掉！！”

话音刚落，鸡腿的肉就缺了一块。

这时我笑得几乎倒在地上……等我缓过气来，立刻冲上前大呼：“不得拈花惹草！”

谁知他还若无其事地回到教室，把这出戏一演再演，好像自己是某某著名影星在世界各地巡回演出。气得我追着他到处乱跑，跑得飞沙走石、天昏地暗、山呼海啸……

肉麻的搞笑

这小鬼的搞笑甚至还有点儿肉麻。

一次体育课上，老师让我们自由活动。只见他一个箭步，幻影现形似的出现在我面前，像阿斯兰（《纳尼亚传奇》中开创纳尼亚王国的正义金狮）一样大吼道：“快给我摸肉！”话音未落，手就已经爬到我的脸上。

唉！命苦啊！这小子的“摸肉神功”把我害了N回，今天又让他得手了！

他嗲兮兮地说：“放轻松……你一笑肉就不好摸了，要不要来点儿‘脑轻松’啊……”

拍马屁高手

有时他还是个十足的“MPJ”（马屁精）。比方说，他把语文老师称为“女神”，给数学老师献上一束不知是真是假的“天山雪莲”，经常在全班同学面前扯着男高音大喊老师英明……

每次他这样“PMP”（拍马屁），我——甚至全班同学都会捧腹大笑。

他就是这样一个“机灵鬼”、“淘气包”、“搞笑王”、“小滑头”，常常令人又可笑又可气。你想知道他是谁吗？就是我的好朋友——朱子熙呀！

我的MP3同桌

花瓣雨

唉，我怎么那么倒霉，老天呀，新学期老师安排我和程豪同桌。他可是我们班上有名的爱唱歌的，他时时刻刻都在唱。

开学的第一天，我就领教了他的唱功。

第一节上数学课，趁老师不注意，他开嘴就“不得不爱，不得不爱”小声唱起来，说实话，他唱得不赖，可老师讲课的内容十分重要，我要认真听讲，他这样唱下去，我还能听课吗？

我提出严重警告，他反而越唱越来劲。

我生气了，提出要告诉老师，他竟然这样对我说：“告老师？班上谁听到我唱了？告老师也白搭。”

下课后，我对他大喊大叫，希望他不要再唱了，结果什么也没得到，反得到了一个“包租婆”的外号。

上英语课，趁同学们朗读时，他又“不得不爱，不得不爱”地唱兴大发，我实在受不了了，便联合前面的同学帮我叫阵，2比1，我们轻而易举取胜了。

突然他嗲声嗲气地来一句：“你们不让我唱，我告诉妈妈听。”

我们听了，把三年的隔夜饭都吐了一地。

他得意地笑了笑说：“我就知道我会赢，看谁笑到最后。”说完摆了个很帅的造型，放了一下电。

Help me~~

下课后，好友告诉我：“你可惨了，跟他同桌你算倒了大霉，哥们儿，认命吧！”

唉，就当我买了个 MP3 吧。

小偷就在我身旁

寒冰水

一个城市里有小偷，肯定是司空见惯的。

一条路上有小偷，你可得小心些了。

再把范围缩小，如果……校园里有小偷，你会怎么办呢？也许他（她）不在你们班，别紧张啦。

再想下去，说不定……你的班级里就有个小偷哟。sorry，这种可能性似乎不大高，不过我既然写出来，就说明这种可能性是肯定有的。

再恐怖些，如果……（以下一句话吓死不负责）：

你的同桌就是小偷呢。

一般来说，写这个的人就是这种倒霉鬼。

怎么也没想到吧？同桌和小偷居然是一个人！同桌这个话题，我想大家已经提了千遍万遍，不过我们的主人公可是很特别的哟。

先看看这位同桌的简介（她自己说的）：

外号：保密

年龄：12

性别：女

描述：此人有很强的偷盗技术，对防备很松的仁兄屡屡下手，喜欢在和人说话时行窃

哈
哈
哈
哈

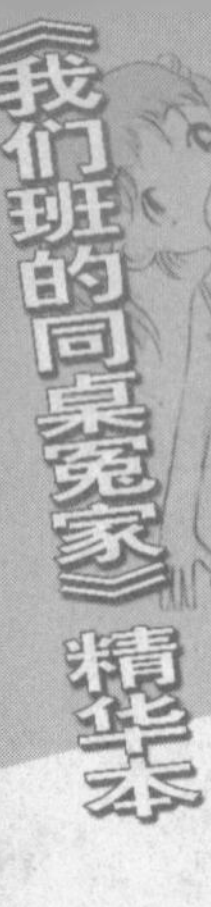

口头禅：没事别惹我，当心你的书包

你要是坚信不会有这种神偷的话，请你继续看下去——

在某年某月某日的某时某分某秒，小偷行动了。于是她……

这样的事例举不胜举，幸好还只是小偷小摸。不过你们别小看她哦。9月1日，小偷在行动……

“哎，你是不是少交钱了？”前排的男生对我说了一句很奇怪的话。

“要么你少交了？”我头也不回地说。

“晕。”他泄了气似的闭闭眼，用手指指我发到的书，一副到此为止不管了的架势。

我下意识地瞥了一眼，没有啊。“莫名其妙！”我看了看四周，没什么啊，就是……

“咯咯——”同桌的笑声越来越大，快要把老师也吸引过来了。

“你无聊得可以坐牢。”我回敬道。本来若无其事的一位女生听了同桌的笑，居然也“咯咯”笑了起来。

我感到周围的气氛越来越怪，每个人都像关注超级大片一样朝我这儿张望。

今天出奇了。

要说开学第一天就出怪事，我也没法马上解释，怪事又来了……

“咯咯——”笑声越来越大，我只觉得这些人是不是在发疯哟，于是我恶狠狠地瞪了同桌一眼，谁知道她毫不介意，继续感染周围的人一起笑。

“你……”每当我说出这个字眼的时候，口水大战就不可避免了。

“请问你是不是想去三院（就是一个精神病医院）玩玩啊？没事儿，我请客。”我骂人还是很有礼貌的哟。

“就是就是，我帮你订张天字第一号床位，再送你200张优惠券好了。”我的一个朋友也帮我说，谁知我们的主人公还是不介意，继续对我笑，每次笑，其他女生也跟着笑，一个男生正想报告老师，结果被我拦了下来。

“别，我要以我自己的方式解决。”我瞪着同桌说。

令人吐血的是，同桌还在笑，我当场晕倒，原来班级里还有这样一个耐性好的人啊。

“好了。”同桌忍住笑，揭开了谜底。她和那位女生一样，指了指我的书包。

“晕，就为了这个？”我不耐烦地拉开书包，谁知轻得要命，一拉就塌到课桌上了。

“哟——”其他人都围了上来，等我拉开书包。这时同桌和那些女生更是笑得前仰后合，弄得我不知所措。

“真的是，书包也稀奇啊。”我拉开拉链，里面空空如也！那堆女生又笑得快岔气了。

为首的同桌给我送出了18样大礼：全都是课本！

“啊！”我气晕了。

后来才明白，这18本书全是他们合伙从我书包里掏出来的，至于为什么会一直笑呢？笨，不就是为了方便行动嘛。

月亮上的蓝精灵

老屠——我们班的班主任，硬是让男女搭配坐，还说什么"男女搭配，干活不累"，这可苦了我呀，竟然与我的头号学习竞争对手坐在一起，也不知道老屠是怎么想的。唉！我那个同桌呀，虽说和本小姐平起平坐，在班上都是头号尖子，但我与他是水火不能相容，所以就发生了以下一些故事。

考试的竞争

"丁零零——"上课了，只见老屠一脸晦气地抱着前几天考的试卷走进教室，用低沉的嗓音说："这次咱们班考得并不好，全班只有一个 100 分。"听完这话我的心简直提到了嗓子眼上了，生怕自己考低了。

你们不知道啊！我们班的老屠多厉害，像我们这一类的尖子生，他总是严上加严。

假如我考 96 分，或 95 分以下，就得挨老屠的痛骂，所以我自然十分担心了。再看看旁边的同桌陈湛，这一看不得了，那张紧张的脸都绷得像一张死皮一样了，看得我心里直发凉。

开始报分数了，"赵萌 96.5，吴琪 63，李亚楠 91.5，李丹 99，陈湛 100……"

My God，怎么会？老天爷你也太不公平了，凭什么让我 99，他那个死陈湛 100 呀！只见旁边的陈湛高兴得简直口水飞流直下

100

三千尺了，得意地对着我笑。

我最见不得他那猖狂的样了，免不了要讽刺他几句："你不要这样猖狂好不好？我与你只相差一分耶，请你将你的口水收回去一点，你的口水飞流直下三千尺，让我疑似银河落九天！"

他气得说不出话来，半天才吞吞吐吐地说了句："你……你这是嫉妒。"

我对他说："嫉妒？告诉你吧！本小姐生来就不知道嫉妒这两个字怎么写，何况是嫉妒你。"说完我还上下打量了他几下。

他理直气壮地说："像我这样风流倜傥、玉树临风的大帅哥和你坐在一起，你应该感到很荣幸才是，怎么能这样对我呢？"

我狠狠地骂了句"可恶"，就没再说什么了，可这不知死活的浑小子还继续在我的耳边嚷嚷，就这样，我终于火山爆发了，"世界大战"便再一次开始……

外号风波

这一天下课，我那 80 分贝的声音在教室里响起："我的橡皮怎么不见了？"

旁边那可恶的陈湛倒回答得干脆："扔了。"

我立刻凶相毕露，恶狠狠地说："你不想活了吗？"

可那个死陈湛还笑嘻嘻地说："李黑子。"

天哪！这让白白嫩嫩、活泼可爱的本小姐怎么见人哪！

我怒气冲天地大叫："陈老太婆，你说什么？"

陈湛听了，还嘻嘻哈哈地说："叫你李黑子。"

我大叫："你去死吧！"

以下便是我追杀陈湛的杀气腾腾的画面，直到上课，我才停止了追杀，直到他回到座位上，我还狠狠地打他了一下，边打还边说："看你今后还啰不啰唆。"

即将分别的时候

我们已经是毕业班了，马上就要到中学再见了，所以为了怀念，星期五晚上我们全班到三味快餐的小包间里开个纪念会。

我和小童一起来到小包间，一眼便看到了那可恶、讨厌的陈湛，我满肚子怒气地坐下后，那可恶的陈湛竟死脸皮地坐在我的身旁，把我气得暴跳如雷，可碍于这是在开纪念会，只好放他小子一马，我小声对他说了声："今天算你小子走运，本小姐不追究你的刑事责任了。"陈湛还是那满脸的嘻嘻哈哈，唉！可怜我马上就要得心脏病了，呜呜……

过了许久，陈湛忽然对我说："李丹，噢！不对，应该是李黑子，但愿我们俩能考到同一个班，如果可以的话，还是和你这个凶煞的母夜叉同桌。"

我心里一阵窃笑：想和本小姐同桌就直说嘛！何必嘴上不饶人呢？当然我也是刀子嘴，豆腐心，说："好啊，但愿你这位啰里八唆的陈老太婆三生有幸，能再次与本小姐同桌。"

我的同桌冤家——陈湛，你等着我上中学后怎么整你吧！

同桌那小子真帅

苦涩的可乐

出任和平大使

这天一起床，我就觉得不对劲儿，右眼皮一个劲儿地跳，总觉得要出什么大事情。

我路上惦记着：进学校一定小心啊，不定怎么着就撞上大霉运了。一进班里的门，正班长副班长就一把拉过我："秋！这回就委屈你了，老师让你和那小子做同桌。"

"那小子？哪个那小子？《那小子真帅》里的那个？"

"行啦！别在这儿装傻子了，还能有谁？咱班那位四肢发达头脑也发达的体育健将呗！"

副班长同志很是同情地看了我一眼，然后轻轻拍拍我的肩膀意味深长地说："同志，保重！革命的道路是漫长的，节哀顺变吧！"话音刚落便匆匆而去。

留我一人傻傻地愣在那里：苍天呐！你还有没有人性啊！

冬，就是我的新任同桌。他脾气古怪，阴晴不定，但身体素质却是一级棒，游泳运动员出身。平时为人还算可以，但自从我班的大料女侠被他一脚踹出领地后再没有女生胆敢靠近他（不过大料女侠说是她把冬踹出领地的，时代久远不好说啊），为啥？那还用问，新时代女性都以野蛮著称，现在竟有一人软硬不吃，且四肢发达肌肉强壮，你说说，谁惹他岂不是找死吗！

我不知道老班同志究竟是安了啥坏心眼儿，据小道消息透露，冬昨天又和他的同桌闹翻了，老师想让我出任和平大使好好感化感化这小子。

“不是吧！我感化他？他不把我吃了我就谢天谢地了！”我冲着天花板翻着白眼。

“得了吧，不入虎穴焉得虎子。”好友别有用心的话语让我顿时汗毛耸立。

“就是说啊！人家冬好歹也称得上是咱们学校一位后起新星小帅哥啊，秋，你放心，作为好朋友的我们一定坚定不移地支持你。”哥们儿雨淳重重地向我点了一下头，这帮家伙，枉我当日和她们称兄道弟的，关键时刻不但不帮我，竟然还拿我开涮！

我正待发作，冬单肩挎着黑色的包包进来了。他走到我跟前，歪着脑袋盯了我足足一分钟，与此同时班里其他同学也都放下手中的事情，等待着一场好戏的上演。周围的空气瞬间凝固，我俩的对视充满了火药味儿。

“夏秋实？”

“……”我张了张嘴巴，却一句话也说不出来。

“哼，”他不屑一顾地轻笑了一声，“不愧是班主任啊！明知道我最受不了婆婆妈妈的女生了……唉！”他摇着头坐在了座位上。

“喂！你……”

“对不起，夏秋实小姐，我不叫‘喂’也不叫‘你’！”还没说完就被他一句呛了回来。

不过，我不气！对付这种像茅坑里的臭石头的人要慢慢来，不急不急。

我安安静静地坐在旁边不再理睬他，一个“可怕”的计划在我聪明的大脑里酝酿着……

计划在秋冬季节进行

这一天就在平静中安然度过，朋友们都庆幸我没有壮烈牺牲。

不过也不知怎么回事，第二天清早在车站碰到了冬，是冤家路窄吗？我俩又像昨天似的对视一分钟。

他渐渐走近我，然后低吼道："你跟踪我！"

"你怎么这样不知羞耻？我看这话应该是我问你才对吧！"我狠瞪他一眼，不过马上又摆出一副笑脸，"这个，你看我俩竟然如此巧合的在同一个城市的同一个车站等同一辆车，然后乘着这同一辆车去同一所学校进同一个班……算不算是缘分啊！"

很明显，冬不耐烦了："你到底要说什么？"

"有没有兴趣和我打个赌？"我眉毛向上一挑，饶有兴趣地观察着冬的面部表情。他起先面无表情，忽而又眉头紧锁，然后低下头思忖片刻，突然，他抬起头，那眼神如同一把剑笔直地向我射来（但没有一点攻击性）。

"赌什么？"

"我听说，凡是和你做同桌的女生没有一个超得过一周，我就和你赌我能不能坚持一周。"

"你输了呢？"

"我要是输了就帮你抄两学期的政治笔记，你要是输了就答应我以后不许再欺负女生了。"

"谁欺负过了？"

"赌不赌？"

他看了我一眼，轻轻点了一下头。

也许是兴奋过头了，上政治课的时候我的胃开始抽搐折腾了起来，像是有无数小虫子在胃里啃咬一般，痛苦难耐。

“胃疼?”他低着头边记笔记边问，声音冷得能冻死一只企鹅。

“才没有咧，不要乱猜!”我依旧固执地不愿承认，女孩的坚强和要面子一点都不次于男生的。

“还说没有，说话声音发颤，脸色发白，深秋了，你竟然还流汗，死不承认是吧?”

这是什么样的惊人观察力啊!

“我突然发现你今天话怎么这样多啊?”

“嘴长在我身上，你有意见吗?”

我自知说不过他，便乖乖闭嘴趴在了桌子上，脑袋不由自主地朝他的方向歪去。

雨淳说的不是没道理，冬的确称得上帅，不，用漂亮更形象：白皙的皮肤，长长的睫毛，眼虽不大却透着神气，头发碎碎地垂过耳际，握笔的手指修长且骨节分明……啊，做女生的都要羡慕他。

“你这样盯着我看了5分42秒，怎么，看上我啦?”

“去死!”我立刻把脑袋撇过去，这种油腔滑调的臭石头再好看也是金玉其外败絮其中。

“老师!”

“任青冬同学，有什么事情吗?”

“我有点胃痛，可不可以出去打杯水?”他说着看了我一眼。

随后冬的请求被老师许可，他拿着杯子出去打水了，一股感动在我心底袅袅盘旋回升着蹿上心头。

没多久，教室门被推开了，冬依旧是酷酷的迈着大步走到座

位上坐下来。

“谢谢谢谢，没发现你小子蛮会怜香惜玉的。”我满脸感激地靠过去拿杯子，却没想到被他一把拦下。

“我什么时候说这水是为你打的?”他皱着眉瞪我一眼，“小姐，我刚才可是说我胃疼。”

“你不是人!”

是不是我脑子有了问题了？竟好死不死地和冬这样的人渣打什么狗屁赌，天知道我是如何忍受他这个人渣的精神折磨的！我倒宁可被他臭骂一顿然后再被赶出其领地，他倒好，一会儿对我挺好的，一会儿又变个人似的对我冷嘲热讽。

这什么人嘛！这是人吗?

恼人的舞台剧

没几天，就是校艺术节了，雨淳说想排一个舞台剧——《不思议游戏》，邀请我加盟。本来是不想去的，但被某个混蛋刺激了：“你不去演吗？挺好的，免得你上台后被人家的臭鸡蛋砸下来……”

不知道雨淳是怎样想的，她让我演柳宿。真想拿块板砖拍死她，就算让我演小唯也不能让我演个变态。而雨淳却说：“秋，你性格很男性化的，这个角色很适合你的。”

“那你演谁?”我不服气地问。

“美朱。”

“那我演鬼宿好了。”

“不可以，鬼宿有人了。”

“谁?”

“秘密!”雨淳神秘地眨眨眼睛。

到了排练场地，竟发现冬也在，而且，他穿着鬼宿的服装。一瞬间，我明白了，原来雨淳一直喜欢冬，我竟没发现……

“真是对不起……我和鬼宿说再见了……”

“我早晚会杀了她的！”

……

“去死吧！”

“不行！”

“停停！”我实在受不了了，狂喊了两声，“雨淳，台词不是这样说的。还有你，”我转头看着冬，“鬼宿当时是被控制了思维，说话是该冷冷的，可你冷得好假啊！还有美朱，她心里爱着鬼宿，可此刻鬼宿和朱雀七星为敌，她舍不得他却无法不去面对现实，心中是那种割舍不去的痛楚，这种感情你没表现出来啊！”

雨淳的脸色瞬间阴了下来：“我说得不好，你来说说看啊。”

“……”我不知说什么好，回头看着冬，心里有点委屈，我只是想把舞台剧排好，仅此而已。

“好，我试试。”

穿着柳宿的衣服的我此刻竟要扮演美朱——鬼宿最爱的人，是不是有点滑稽？

真是奇怪啊，冬的演技怎么一下子变得这么好了？好得让人难以置信。是种什么感觉呢？好像他就是鬼宿，鬼宿就是他，两人的性格、神态、眼神、动作都好像，真的很像。

“秋，你演美朱好了。”什么？耳朵没问题吧，冬竟让我演美朱。我看看雨淳，她紧咬了一下嘴唇，转身跑出了排练厅……

之后接到消息，雨淳不打算参加舞台剧演出了，这倒在意料之中，可我心里却像打翻了五味瓶，苦苦的……

在车站等车时，一个熟悉的身影靠了过来，是冬。

"你赢了!"他很是轻松地说。风撩起他额前的碎发,我发现,他的眼神有些迷离,好像思绪飘到了很远很远的地方。

"什么我赢了?"

"一周的赌,今天是最后一天,你不会忘了吧?"

是啊,打赌的期限已经到了,我这个积极企划者竟丝毫没有察觉到。

"秋天要过去了,冬天快来了……"

冬的对手戏

冬变了,变了好多,变得平易近人了,变得爱笑了,变得……"交你这个朋友挺有趣的!"变得能说出这样的话来。

排练依旧天天进行,雨淳真的不再来了,像是在和我怄气一样。我准备找她谈谈。在教学楼的天台上,我找到了她。

雨淳手扶着栏杆眺望远方:"秋怎么可以这个样子啊!"

"雨淳,还郁闷呢?"我走上前。

"你怎么找到我的?"雨淳的口气中充满敌意。

"还记得我俩最不喜欢的课是怎么度过的吗?"谁都没再说话,我们都在想,都在回忆,回忆以前的美好日子。风变得凉凉的,真的像冬说的一样,冬天来了。

"秋,我想好了。"良久,雨淳斜过身子看着我说,"现在我们是学生,应该把自己的本职工作干好,是不是?"

"嗯!"

"那我俩还是最好的朋友吗?"

"嗯!"

"明天就是艺术节了,加油!"

"嗯!"我重重地点着头,往日的微笑再次浮现在脸上。生命诚可贵，友情价更高！

舞台上，灯光暗淡。“鬼……鬼宿，不要，我不要你死！”我扶着躺在台上的冬，眼角有泪水。

他慢慢张开眼睛，手费力地够着身边的剑，嘴中念念道：“朱……朱雀巫女……杀……”

“要杀就杀吧，只要你能恢复，我什么都肯做，鬼宿，12点快到了，你可不要迟到啊！”我紧紧地紧紧地抱住他，那么紧……

抛弃舞台上的欢呼，抛弃舞台下的尖叫，独自一人来到草地上看着满天的星星，也真是奇怪，快冬天了星星还是那么多。脑海中又浮现出舞台上的身影，他一身黑色的衣服，迷离的眼神，修长的身形，永远都是那么完美。

“秋，在想什么呢?”

“你来了，从什么时候起，你也叫我秋了?”不用回头，都知道是谁。

“你挺厉害的啊，演得那么好。”冬在我身边坐了下来。

“知道当初我是在多么痛苦的情绪下和你当同桌的吗?”

“知道。”

“今天我们竟能坐在一起毫无障碍地聊天，是奇迹吧?”

“我不这样认为……不说这个了，你高中考哪里?”

“你呢?”

“我在问你。”

“你先说！”

“女孩子就是女孩子，麻烦啊！这样好了，我数一二三，一起说。一、二、三——”

“三中!”

“一中!”

说完两人哈哈大笑起来。

“以为会一样的。”

“我也是。”

“不管怎样，现在，一起努力吧!”我很正式地看着他，特别正式的那种。

他看着我不说话，只是点头……

“我是不是上辈子欠你啊!”我笑着说。

“我欠你的才对吧。”

校园里的小猪

班　长

不知道什么时候开始回忆起我的第一个班长冤家同桌，一个唯一欺负过我的男同桌。

当时的差生是最受欺负的了，我也处在那个阶层，于是我就成了大猩猩的玩偶。老师对作业时，他总是在我作业本上多添点，把对变成错，使我挨了不少批评；又因为他上课欺负我，被老师认为我在和他闹，又挨了不少批；下课被他打，又挨了不少嘲笑。

有时，我也想反抗，但是我的智商与体能实在比幼儿园的小朋友还差。

后来在他的压迫之下我的学习成绩突飞猛进，终于摆脱了差生的帽子。虽然是我自己努力的，但还是要谢谢他。

我清楚地记得，就在我们不当同桌的前两天，他对我说："别看现在老师能压住，但是到了五年级，有些学生你不欺负他们他们就欺负你，你敢欺负我吗？"自打那以后我坚强了，谢谢我的冤家同桌！

黑　熊

呜，我的天哪，老师为什么让我跟一个好几个星期不洗澡的脏得像黑狗熊的男生当同桌？我可以想象，夏天时我的周围会有多少黑色小天使围着我转……

出于无奈，我决定把他赶走，刚刚到座位上我便在0.01%秒的时间内给他来了个飞毛腿。我给他的下马威，让他嗷嗷叫了五分钟。

真是好了伤疤忘了疼，不一会儿他居然大着胆向我挑衅，说我无理取闹，说我是母老虎，还不住地用他那水桶一样的身子往边上挤我。看来，不给他点儿厉害，他是不会罢休的。

于是我用声东击西的计谋，首先用“九阴白骨爪”给他的手上印了个月牙印，又给他的腿上盖了个章。此时的他两头都顾不过来了，连声叫我姑奶奶。我心喜，以为他已经怕死我了，不久就会以不愿意和女生当同桌的理由，向老师提出换同桌的想法，这样我就可以解脱了。可是也不知他遗传了谁的一根筋，只会挨打求饶，却不知解决。像这种榆木疙瘩不知道什么时候才能打开窍。

于是，我决定由我向老师提出吧。可是……就在这时老师突然当众表扬我说：我带珠珠五年了，还从来没听说过她要换同桌、挑剔同桌什么的。

我的妈妈呀，我的命还能坚持到明天吗？

盘　子

我的现任同桌叫盘子，他的身上有股腥味，于是我对他没有任何好感。

由于我和他经常打斗，我们的前桌不时的就要回过头来提醒我们在上课；下课时我的死党们见到我这样收拾男生，都吓得不敢看，有的惋惜又可怜地说：又一个男子死在你的手下，你为什么不可怜一下他们、放过他们呢？人家又没怎么惹你。

这时我的同桌就装可怜地说：“还是这几位姐姐好，理解我，你看哪，我的身上无一处有好肉呀。”

其实他比谁都疯。有时用两条腿勾着我的腿，使劲向下压，但也没把身体强壮的我怎么样；有时出去让老师批作业时，顺手打我一下；或者莫名其妙地骂我一声猪或熊。于是我便编了一句顺口溜：大胆的盘子骂主人是狗熊。

来到“花衣裳青少年文学网”后，就碰上了“我的同桌冤家”征文活动。我刷刷刷就把我所有有故事的同桌冤家全在那里介绍了一下，第二天我便把事情告诉了现在的同桌盘子。

当我说到我写的内容时，他总是眨眨他的小眼睛，嘴巴吧唧吧唧的，然后对我说：“不会吧，姐姐……他们都有什么反应啊？没骂我吧……姐，俺求你了，撤了吧！”每到这时，我的心乐开了花，总算是找到了不用暴力就可以收拾他的办法了。

现在我要好好介绍一下他，让他丢丢脸。

他爱耍人，但是在我这里他没得逞过。

首先说他这个小花招。

有一天他问我：“我问你啊，拼音 a、o、e 三个人中有一个出车祸了，你说哪个最有可能呀？”

我正纳闷他问这个干什么，忽然灵机一动：a 的谐音是“阿”，o 的谐音是“我”，e 的谐音是“额”（多音字），都有“我”的意思。呵，小家伙，耍我，嫩点儿。

马上回了他一句：“都没可能，1 最有可能（我们爱把‘1’代表‘你耍人’）。”

他听后，又眨巴眨巴眼睛，手伸了伸，吧唧着嘴说：“1……”接着拿书挡着脸自己笑了起来。

花言巧语是他的绝招。

没事就姐姐姐姐的叫着，叫得人发麻，花言巧语加上他的老鼠泪，够让人气饱三天了。今天他犯错误了（详细情况不便透露），我说了他两句，还来了点体罚，并把那个“元凶”体罚得更加厉害，元凶没说话，他倒是哭起来了，说我不公平。

我原本忍了，并要求元凶向他道歉，谁知，这时班长——他的男同胞来了，不分青红皂白，把我给训了，都是他那个乌鸦不烂舌给搅和的。

瞧，刚刚上课他就笑起来了，有说有笑，并说什么不疼、公平之类的话。

屏幕前的男生们，此时有何感想？

很快他要来“花衣裳”了，大家注意！

女同胞们，你说他来后怎么收拾他？他的网名是“盘子里的瓜子”。

李夏之战

张强晟

“游击队”VS“女匪”

当你来到安大附小四楼时，就会看到一队男生“游击队”迎着十几个“女匪”的猛烈进攻拼死搏斗，由于男生人数少和“武器”落后，战事对他们越来越不利，最后只好边打边退，突破女生迂回包抄，一直撤到“非军事区”——教师办公室方圆 10 米之内。男生们在“非军事区”雀跃欢呼，摆出 V 字形手势，“哈哈”地嘲笑围剿失败气急而退的女生。

游击队队长叫李诚，虽然有非凡的指挥才能，却是个冒牌的男子汉，胆小鬼；女匪的“山大王”叫夏微笑，可她名不副实，很少微笑，此人天性猖狂，与狮子老虎没啥两样，经常和她的手下殴打男生，上次还把李诚连拖带拉地弄进女厕所，简直无恶不作。更可怕的是双方首领居然还是同桌。

争粉笔，李夏二人结冤家

李诚和夏微笑平时总有磕磕碰碰，不是李越过“三八线”，就是夏的脚被踩了一下。每次争斗，往往都是夏微笑占上风，虽然她是女生，可是人高马大，又泼辣暴躁，为此，李诚心里十分“窝火”。

一次美术课下课，李诚看见老师剩下半盒彩色粉笔没有带走，便迅速跑到讲桌边把粉笔偷偷装进口袋里，然后拿出一根红色粉笔若无其事地照着老师的画描起来。夏微笑见状，跑来就朝李诚口袋里抢粉笔。李诚不给，夏微笑就边大声喊叫“抓小偷，李诚偷老师的粉笔啦”，边使劲拉扯李诚紧紧护着口袋的手。两人在讲台上撕来抢去，把粉笔都揉碎了。

突然，夏微笑猛地一个饿虎扑食，把李诚摁倒在地，拿起黑板擦便向李诚脸上擦去，李诚拼命挣扎，一招“兔子蹬鹰”把夏微笑蹬了个仰八叉。两人几乎滚成了雪人，浑身都是脏兮兮的粉笔灰。打着打着，上课铃响了，两人急急忙忙冲向自己的座位。夏微笑比李诚抢先一步坐了下来，李诚要进去坐，夏微笑不让，非要他从桌子底下钻过去，眼看老师就要来了，李诚只好照办。这一次，李诚忍受奇耻大辱，恨透了夏微笑。

招兵马，双方酣战逞英雄

这对冤家长期争斗，各自身边渐渐地也就有了一些同情者和支持者。李诚自知不是夏微笑的对手，便联合那些受夏微笑“压迫”过的男生们，组成“游击队”，利用各自的超级武器寻机和以夏微笑为首的“女匪”们决一死战，我们五年级（1）班也就进入了“李夏之争”的战国时代。

双方征战杀伐，声势浩大，每一次课间激战，总是书、桌狼藉，殃及百姓，连中立派都不能幸免。

有一次不知怎么回事，他俩发疯地打了起来，一直打到我的座位边来。我吓得呆若木鸡，不知如何是好。突然，夏微笑抓起我的文具盒，使出一招“大力金刚锤”向李诚砸去。李诚也不甘示弱，运起武林绝学——金钟罩、铁布衫，急忙撑开一把雨伞，挡住了文具盒，并把雨伞向夏微笑旋去。夏微笑并非等闲之辈，猛一拱腰侧身，“嗖”的一声，把文具盒向李诚甩去，李诚未及躲闪，“啪”地一下被砸中了嘴巴，立刻鲜血直冒，喷了夏微笑一脸。这大概就是血口喷人的最好解释吧!

转战场，成绩上面比高低

这对同桌冤家闹来打去，谁也不能彻底征服谁。直到有一天，李夏大战刚刚结束，李诚捂着头上的青包，瞥见夏微笑数学测试考了78分，而自己考了95分，不由暗暗得意，偷偷在她试卷上写了一行字，“头脑简单，四肢发达，大笨猪”，惹得全班同学哈哈大笑。夏微笑气得暴跳如雷，满眼泪水把试卷撕得粉碎，狠狠地盯了吓得缩在墙角的李诚一眼。奇怪的是，她这次没有对李诚大打出手。

只是这以后，这对冤家常常“西线无战事”，班里突然安宁得让人有些不习惯。那天，我无意间听到“女匪”的二把交椅李艳和几个小喽啰唧唧喳喳地议论说，夏微笑和李诚要在期末考试的时候决一雌雄。经她一提醒，我才猛然醒悟，李夏二人近来好像听课学习更加认真了。战争减少了，可是另一场无硝烟更激烈的争斗又将在我们这对同桌冤家之间开始了。

数风流人物，还看咱班

张璐璐

“菜牙兔”到访

我们班要换班头了。

同桌阿乐用力地擂着桌子，接着又爬上桌子，大叫一声：“啊呜!”我不耐烦地捂上了耳朵。

“班头，班头，欢迎班头；班头，班头，你是裤子!”

“哈哈哈……”全班爆笑起来。

阿乐又跳下桌去，双手一拍，摆出黄飞鸿的经典姿势：“来者何人？敢乱闯我深宫禁地?”

这时，从外面走进来一位女教师，约三十几岁，鼻梁上架着副黑边眼镜，看起来挺有学问。

她望也没望阿乐，径直走上讲台，微笑着说：“大家好，我叫黄树娟，以后我就是你们的班主任，希望同学们能与我友好相处，谢谢!”

“哈哈哈”，班里又发出一阵爆笑，弄得班头都莫名其妙。

趁这空档，阿乐以光速的平方的速度跑回座位。

“还好老师没发现!”阿乐松了一口气，

“这是你自作自受!”我瞥了他一眼，没好气地说。

“这也不能怪阿乐，只能说那老师来得太突然。”后面的胖哥一边替阿乐解围，一边不停往嘴里扔巧克力。

“唉，你们看这老师，有点不对劲儿呀！”菜花开口了。

“有啥不对劲儿呀？你就爱说瞎话。”胖哥有点烦她。

“不对，你们看班头的门牙，呵呵呵，是个菜牙兔老师耶！”阿乐在吃吃地贼笑。班头瞪了我们一眼，警告我们别嘀咕了。

我们却捂住嘴巴在底下偷笑——菜牙兔。

接下来，菜牙兔开始讲她的教学经验以及同学们以后的学习安排。菜花很不耐烦，便在下面秘密地听耳机，我捣了她一下，示意她别听了，可她似乎没反应。突然，阿乐塞了一张纸条给她（她以为是阿乐写的无聊短信），她就义无反顾地把它交给了班主任。

谁知，那纸条上写着：“老师，菜花在听耳机。”

后来，菜花就被菜牙兔喊到办公室“喝茶”去了。

乐在电影院

今天，我特别高兴，早上起来穿上了刚买的连衣裙，扎了一个可爱的小辫，又戴上一顶超级可爱的太阳帽（我很少打扮得这样花哨），只因今天是我的“出壳日”。我一路上小跑着奔向学校，想到女生们看着我倍加羡慕的眼神，我不由得又加快了步伐。

来到位子上，菜花一脸疑惑：“你是？”

“我是璐璐呀！”

“璐璐，你这样打扮我都快认不出你来了！”菜花围着我上下打量，就跟多年未见的老朋友见面似的，阿乐在一旁，瞪大了眼睛。

我骄傲地说：“怎么样，还认得我吗？”

“哦！阁下莫非就是貌美如花、沉鱼如雁、貌似天仙的第一才女，号称一枝梨花压海棠，绰号玉面小仙女西施家的那条狗——旺财？”

“好啊，阿乐，你臭我，我揍你！”说着，我伸出拳头，K了阿乐一顿。

阿乐惨叫一声“救命”，然后逃之夭夭。

“找打！”我哼了一声。

“唉，璐璐，你今天怎么打扮得这么漂亮？”胖哥边说边嚼着口香糖。

“今天是我生日，下午我请你们看电影！”

“耶，璐璐万岁！”阿乐不知什么时候又冒出来。

“死猪头，你还敢来？”我还装着为刚才的事生气呢。

胖哥站起来，严厉地批评我：“哪能这样呢？怎能人家长得像什么就说人家是什么呢？”

“扑哧”一声，我笑了。

下午放学后，我们四个一行人“雄赳赳气昂昂”地走向电影院。今天放的影片叫《我的家》，好感人哦，我和菜花都哭湿一包纸巾了，胖哥却在一旁打呵欠。

阿乐发现前面坐了个光头同学，就对我说：“打赌一顿K，我去打那个光头却不被他骂！”我想：这哪有可能？就赌了。

只见阿乐走到前面，“啪”就往那光头头上一巴掌，并说：“小王啊！这么巧，也来看电影！”

光头说：“这位同学，我不是小王。”

“啊？你不是小王？喔！对不起，我认错人了。”

就这样，阿乐赚到了一顿K。

没多久，阿乐又说：“信不信我再K他一次不被骂，赌一顿K。”

胖哥想：哪有人无辜被陌生人K两次不翻脸的，就赌了。

同样，阿乐走到前面，又往光头那儿拍了下说："小王啊！别这样嘛！只不过欠我一顿K就装作不认识我了啊！"

光头虽然很生气，但也只能说："同学，我真的不是啊！你认错了！"

阿乐说："真对不起啊！电影院太黑了，所以……对不起！"

又给阿乐赚了，这个光头越想越不爽，就换了一个位子，以免又无辜被K了。

只见阿乐笑着对菜花说："好啦！给你个机会，我再去K他一次不被骂！"

"这哪有可能！你不被打就偷笑了，好！我赌了，两顿K！"

阿乐就站了起来往前走到光头旁，又"啪"的一声然后说："小王啊，原来你坐这啊！我还把坐在那的那个光头认成你耶！"

……

恐怖的社会测验

这堂课是社会测验，班头板着脸，裹着一卷试卷走上了讲台。

"各位同学，今天的社会测验难度挺大，不过昨晚认真复习的同学应该会考得很好，这些都是书本上的知识。"菜牙兔露着她的两颗大门牙开始了滔滔不绝的考前演讲。

"啊……"阿乐打了一个大哈欠，一看就知道他昨晚肯定上了一晚的网。

"看你考试怎么办哟。"我嘲弄他。

"不是有你嘛，咱们的璐大姐。"阿乐和胖哥不怀好意地相视一笑。

“下面开始发试卷，一定要细心。”菜牙兔让课代表把试卷发了下去。

“唉，待会儿，我一捣你，你就给我瞄一下。”阿乐再三嘱咐。

“哎呀，你烦不烦哪！再烦我不给你瞄了。”我把头一埋，开始答题。

有道填空题：我国的五岳是——东岳（ ）、西岳（ ）、南岳（ ）、北岳（ ）、中岳（ ）。阿乐捣了我一下，我不耐烦地把试卷腾出来让他看，阿乐抄完立即用小纸条传给胖哥。

胖哥还没来得及看，就被菜牙兔发现了。胖哥心里“咯噔”一声凉了：完了，这下抄不成了。

菜牙兔直逼胖哥而来：“这纸条是你的吗？”

胖哥回答：“不是。”

“不是？不要狡辩，是不是你的？”

“真的不是。”

“你老实说，我不记你过。”

“我的在这里。”胖哥拿出另一张小纸条，班里一阵哄笑，好家伙，还要传给别人，不过没得逞。

胖哥脑袋秀逗了：“没错呀，那张是阿乐的，这张才是我的嘛。”

“下课到我办公室来一趟。”菜牙兔冷冷地丢下一句话，扬长而去。

“真是倒霉。”胖哥自言自语。

“谁叫你的脑袋里装的全是大个的跳跳糖？”旁边的菜花插了一句。

“什么意思？”胖哥问。

“就是笨蛋（蹦蛋）嘛。”菜花笑了。

“咳、咳。”菜牙兔干咳了两声，又瞪了我们一眼，我们赶紧写试卷。

下课了，胖哥被叫到办公室“喝茶”，我们三个人躲在外面偷听。

“你看你，考试竟然作弊，”这是菜牙兔的声音，“你作弊起码也该有个好成绩，可你看看你的试卷，几乎全错！”

菜牙兔气不打一处来，胖哥低着头挨骂，一句话也不说。

“这道题，河南的省会是哪儿？你写个武当山。世贸组织又称什么？你却写成 WC！”

我们使劲用手捂着嘴，不让自己发出笑声。

“还有，五岳是哪几座山？你居然只写个峨嵋山，你你，你气死我了！”菜牙兔端起茶杯，猛喝了一口。

我们仨赶紧跑开，然后放声大笑：“哈哈，笑死我了，峨嵋山，WC，武当山，哈哈！”“胖哥这脑袋怎么想的，哈哈！”

原来，老师没收了阿乐递来的纸条后，胖哥望着试卷的题，傻了眼。

河南郑州有个少林寺，他记成武当山；世贸组织又称 WTO，他又记成 WC；还有刚才那一题，他只在第一个括号里填了个峨嵋山，那还是他从爸爸带回的一本武侠小说《蜀山剑侠传》里知道的。“五岳”的意思他倒知道，那是有名的五座高山，峨嵋山还不有名？胖哥就这样稀里糊涂填了上去。

第二天，菜牙兔抱着一叠试卷走上了讲台，脸色更难看了：“昨天的考试，全班只有少数同学及格，其他同学考得都不好，所以我决定，全班重考！”

“啊？”全班都倒了。

阿乐长叹一声：“唉，考试如此多焦，无数考生尽通宵，唐宗宋祖，不得不抄，一代天骄成吉思汗，只把白卷交，批完乎，数风流人物，全部重考。”

我们班的滑稽同桌们

陆 倩

“小狗”的到来

“肥猫，听说这学期我们班换了一位老师，好像是个大学生。”我的同桌婴儿对后排的肥猫说。

我说：“不知道这位老师是男是女？”

一旁的庆子一边往嘴里塞薯片，一边点头表示同意。

这时，一位个子矮小、相貌平平的男生走到讲台上，说：“大家好！我，就是你们的班主任，大家可以喊我葛老师……”

看到这情景，真是令我大失所望。

一向爱耍嘴皮子的肥猫打断了班头的讲话：“欢迎小葛（狗）老师的到来。”

全班顿时喧起一阵笑声，班头气得脸上青一块紫一块的。过了一会儿，肥猫装作很有礼貌的样子站起来，说：“小狗老师，我可以问你一个问题吗？”

班头犹豫了一下，说：“不懂就问是好事，问吧！”

肥猫理了理秀发，说：“一只猪和一只企鹅被关在－20℃的冷库里，第二天企鹅死了，猪却没事，为什么？”

这下可难倒了班头，说：“嗯……不知道！”

“对了，猪也不知道！”说完，肥猫使拍打着桌子，“嗷、嗷……”地笑了起来。

"哎，肥猫，没想到你还挺聪明的嘛。"我说。

肥猫得意地说："那是，我妈每天都给我吃黄金搭档和三精口服液，好补充我的 IQ 嘛！"说话间，"小狗"老师已经注意到我们了，我只好回过头来，以免给老师留下不好的印象。

听着课，肥猫开始睡着了。以前他坐在最后一排睡觉，旁边就是教室的后门。每次下课，庆子总会把肥猫叫醒，然后肥猫走出教室玩耍。谁知这堂课，"小狗"老师竟让肥猫回答问题："肥猫，你来回答我刚才提出的问题。"无奈之下，庆子只好把肥猫喊醒。

"哦！下课了！"肥猫转身走出教室……

后来，班头把肥猫批评一顿，我们三个见了，"嘿、嘿、嘿"地贼笑起来……

庆子摇摇"冻"

今天，庆子穿着一件笨熊牛仔裙，拿着一个大塑料袋，里面装着许多零食。每当上课时，她便与肥猫交换着吃。害得我与婴儿不能安心听讲，一心想着那可口美味的东东。

庆子是我们班出了名的笨蛋。有一次，老师问她："如果我分给你 1 只、2 只、3 只狗，那你共有几只狗？"庆子说："7 只狗。"

老师疑惑地又问了一遍："如果我分给你 1 只、2 只、3 只狗，那你共有几只狗？"庆子仍说："7 只。"

老师实在受不了："你是猪啊！你怎么算出 7 只的！"

庆子慢慢地回答："我家已经养了一只狗，你给我 6 只，那不就共有 7 只吗？"

我的同桌婴儿转过头来对庆子说："庆子，你知不知道最近

S. H. E. 出版了一张新专辑?”

庆子说:“当然知道,S. H. E. 简直是帅呆了,酷 P 了。”

美术老师“阿汪”已经把目光注意到庆子的身上,美术老师本名叫汪阿狗,肥猫便在背后喊她“阿汪”。

我踢了踢身旁的婴儿,转过头对庆子说:“你倒霉了!”

阿汪说:“庆子,你来回答我刚才提的问题。”

肥猫递过一张纸,上面写着:怎样画好素描的明暗线?庆子用手抓了抓后脑勺,说:“把一个人分成两半,一半明一半暗就行了!”

婴儿笑得差点坐到地上,其他同学都捂住嘴巴,哈哈哈地笑起来,阿汪更是气得半天说不出话,最后罚庆子站到后面去。

过了一会儿,肥猫趁阿汪在黑板上写板书,悄悄地回过头,朝庆子做个鬼脸,骂她是头大没脑,脑大长草。

哼!士可杀,不可辱。庆子大声说:“死肥猫,臭肥猫,你等着瞧,看我等会儿怎么收拾你!”

全班同学都惊讶地回头望着她,老师把她臭骂了一顿,庆子觉得不好意思,一颗颗金豆豆顺着两腮流了下来。

肥猫为此花了不少心思去哄她,最后答应她每天给她带一包薯片、两个金娃果冻和大白兔奶糖等。每次“上贡”,肥猫总是说:“再吃再吃,就跟我一样肥,我们这一桌就可以号称天下二老肥了!”

我们听了,哈哈哈……

婴儿,I 服了 YOU

“哈哈哈!”一阵大笑从六年级某班传出,使方圆百里都不得安宁。而坐在位子上的我,早已经口吐白沫,七窍生烟了。

原来是我的死党婴儿在那里卖味，让我出丑。

事情是这样的，婴儿是我的同桌，也是我们这一组的组长。今天，婴儿收作业时，嘴里还念念有词。一个姓赵的交了作业，她说了一句："你姓赵吧！"一个姓李的交了作业，她说了一句："你姓李吧。"

轮到我，她贼贼地说："你姓王吧（八）！"惹得大家哄堂大笑。说来也奇怪，这个班怎么就我一个人姓王？真是气煞我也！

说实在的，我有些怀疑上帝是不是搞错了，像婴儿，竟然长得貌美如花。为此，我还吃了不少醋。

"婴儿，不要以为自己是组长，就目中无人。有本事，我们就来一场小聪明比赛。"我说。

婴儿说："好，一言为定。今天下午放学，咱们操场上不见不散，谁不去谁是小狗。"

这时，上课铃响了，我们只好把吵架的事暂时搁在一边。

放学后，我和婴儿分别来到操场，其中还有肥猫和庆子，他们是公证员。

只见婴儿从书包里拿出一张纸："请快速朗读下面的数字：25252525……"

我读起了纸上的内容。

"好了宝贝，给你吃骨头！"婴儿笑着说。

肥猫和庆子为了不得罪我，只好憋着不敢笑。

过了一会儿，婴儿又说："跟你做朋友这么久，你一直对我这么好……"

我眨了一下眼睛："亏你还知道。"

"不要打断我的话，"婴儿不耐烦地说，"实在不晓得怎么报答你，下辈子做牛做马……我一定拔草给你吃。"话刚说出去，肥猫和庆子早已笑得在地上直打滚。

婴儿说："还比吗?"

这时庆子说："小王，我看你就别跟她比了。"

我瞪了她一眼，说："出题吧!"

"那好，我就要出了。"婴儿装作很神秘的样子说，"以前有个笨小孩，你对他说什么?他都说没有。你听说过这个故事吗?"

我冷冷地说："没有。"

一旁的肥猫忍不住插嘴说："你就是那个笨孩子。"

唉，我真是惨遭败仗呀!

婴儿，I服了 you!

事后，我有一段时间没有理婴儿。但毕竟是同桌，后来我俩又和好了。婴儿现在还时不时地整我……

咱班的东邪、西毒、老顽童

季　雨

说起咱603班，整个北城小学那是无人不知、无人不晓啊！

特别是咱们班的三大“金庸人物”，更是在全县都是“赫赫有名”。你可别以为那是什么好名声，他们仨呀，那是谁遇见了谁头疼，调皮捣蛋的三大活宝。

先说这三大活宝之一的“东邪”。

上课了，东邪还在滔滔不绝地卖弄他的“口才”，走进教室的老师生气地看着他，让他讲讲听不见铃声的原因，10分钟前还妙语连珠的东邪一下成了哑巴。

下课后，各路好汉急问：“东邪，你怎么不邪啦?”

“哎，老师那是姜还是老的辣。我呢，和老师一比还差了点。”东邪委屈地说道。

再来说说这“二宝”——“西毒”。

一听“西毒”这个名字，我便气得五脏六腑都快爆了。他实在太毒了，几乎每次下课都会把我气得直跺脚，而且他天生就是个演员，经他一表演再一动口，好的成了坏的，坏的成了好的，谁要是得罪了他，那人可就有罪受了。

今天的班队活动课上，同学们纷纷起诉东邪和西毒。

就在第六位“受害人”坐下时，西毒猛地站起来，两眼望着语文老师那因生气而有点扭曲的脸，可怜地说：“老师，东邪……啊不，艾国庆昨天拿了我一支笔，今天还骂了季雨、王玉珏，打了卢超、童斌，中午放学时还欺负一个三年级的小学生，还……”

一会儿工夫，西毒已经将东邪从两星期前到今天的所有坏事全添油加醋地翻了出来。

老师气得让艾国庆（东邪）向大家道歉，并且要他回家还要写检查。

下课后大家一问原因，都感到哭笑不得——原来昨天东邪没有带西毒一起玩乒乓球，所以今天西毒便要报复东邪。

我的天啊！这人也太斤斤计较了吧。

东邪、西毒这两位重要人物说完了，该轮到老顽童张勇了。

老顽童在《射雕英雄传》里是一个嘻嘻哈哈的人物。而俺班这位虽不能说“老”，但他却光荣地继承了老顽童那神经兮兮的“完美”形象，在咱班那是个让人又爱又恨的“神经质”。

话说最近一段时间什么“刀相”、“张勇”这两人很是出名，我们班这位“精大爷”便逢人就说自己是电视中那大名鼎鼎的张勇，一有空闲时间便要大家听他唱歌。

这不，他又开始他的“演唱会”了。

只见讲台上的张勇手拿一把大扫把做吉他，把头埋得低低的，深情款款地说：“各位粉丝们，小人自出道以来承蒙各位厚爱，无以为报，今日我在这里献歌一曲，望大家喜欢。”接着，便边弹“吉他”边唱歌。

一曲完毕，大家目瞪口呆，因为这歌声太，太，太难听了！

同学们拿起书本一个个朝他扔去，这不知羞耻的家伙竟说：“谢谢，谢谢大家送我的礼物，谢谢！为了大家送我的礼物，我准备再高歌一曲。”

“咚!”他话还没说完，同学们全倒了。

各位朋友怎么样？这篇作文够“酷”吧！是不是比金大爷写的还要好？如果是，请别告诉他噢，否则让他知道有我这么一个才华横溢的晚辈，一定会气出个心脏病来的，到时我可是会内疚一辈子的噢！因为我可是个体贴别人的人呢！（千万别吐啊！要吐请自备塑料袋）

女生超级必杀技

木　鱼

1

班上很多男女同学都是冤家，比如我和我同桌林剑彬，比如刘诗媛和她同桌赵永强，再比如青小明和她后面的黄愉（外号咸鱼）。

我觉得最有意思的是我与林剑彬、刘诗媛与赵永强了。

我的前座就是刘诗媛（即牛牛），林剑彬（即肥猪）的前座就是赵永强。

那时肥猪和赵永强特别爱说我和牛牛的坏话。我们两个女生就使出“必杀技”，俗称“杀手锏”。

我的必杀技是“掐”。

牛牛的必杀技是“踹”。

2

下课了。我们疯了10分钟，又回到座位上——上课了。

“木鱼，你天天掐我，掐够了吧！”肥猪的话里有挑衅的感觉，哈，看我的。

我恶狠狠地说：“没够！！”说着将我的“魔爪”伸向他又粗又大的手臂。

肥猪忙躲：“你，你干吗？”

Thank yo

才不理呢！我继续！于是我又把魔爪伸过去，在他的手上狠狠地抓住一把肥肉，再狠狠地掐。

“我掐死你！”我说，“你再造反试试看？”

“好好好！木鱼！你放手你放手。”肥猪不投降不行。

嘿嘿！我真是好有面子啊！

3

上自然课是我们上得最乱的课，说话的说话，打闹的打闹，完全不把自然老师放在眼里。

赵永强自然转过头与肥猪搭讪啦。

他说话太大声了，牛牛转过去冲他大叫：“你再吵！”——牛牛是好学生，当然要听课啰。

“哟?！关你什么事啊?”赵永强摆出一副老大的样子说。

牛牛瞪大眼睛，说：“哟！真有同桌相啊！你想造反哪，你！(附：这句话本是我的口头禅，结果被牛牛给拷贝下来，成了她的口头禅，我只恨没申请专利。)”

赵永强火上浇油：“是啊！怎么着?”

“看我的！”牛牛飞出美腿。

“啊！”

美腿踹在赵永强的肚子上。

牛牛得意地说：“还吵不吵了你?”

赵永强怯生生地摇头。哈，班上的男生统统害怕女生啊！我们女生真有脸啊！

4

后来我和牛牛联手把这两个男生欺负得很惨。

有一天，也不知怎么了，牛牛和肥猪两个人骂来骂去。

“死八婆！”

我插嘴：“牛牛你千万不要说死八公。”

“为什么？”牛牛问。

我说：“不然你们就是夫妻了！”

牛牛不再理我，继续和肥猪吵嘴：“死肥猪！”

肥猪说：“你是变态！”

可怜的牛牛骂不过他，就对我说：“木鱼，帮我掐他！”当然我只能无条件服从啊！女同胞么，我不服从不太好。呵……

我用力一掐。

“啊——啊——啊——”肥猪用力大叫，“木鱼，你又掐我啊?！为什么嘛！”

呵！真爽啊！

有一次，到我和赵永强吵嘴，我骂不过他，就像牛牛一样，让牛牛帮我踹他。

“哼——”牛牛一脚过去。

理所当然，赵永强服从了。

哈，我们女生一直很无敌哦！

想自由的云

在小学这六年里最难熬也是最最高兴的事莫过于和周子兴做同桌。他横行霸道却幽默，没大没小却热心肠，油腔滑调却出手豪爽，身为男生内阁大臣却不讲道理。和这样的人坐同桌，被伺候的日子没有了，苦日子正放鞭炮等着我咧！

哎，他算得上是——

可爱的同桌

说实话，我这个同桌还不错哦！当我没带书时，只要打声招呼他的书就会乖乖向我这边靠过来。借笔，借本，借胶带，这位大侠（实名是小虾）哪能亏待我呀，看，就是出手豪爽。另外，他每天都会采取各种形式逗我们笑，陪我们在笑声中度过每一天。

可这说话间就变成了——

可怕的同桌

他这个人，老让我帮他看着他那点儿破东西。每次我嘴上虽然答应了，可从没往心里去。他一丢东西就会先训我一顿（我们这里“小偷”的确很多）。现在虽然已经见怪不怪习以为常了，但一想起他那种吓人的样子，我至今胆战。

咦，这怎么又出现个——

难忘的同桌

一想到还有半年多就要毕业了，已经相伴我一学期的同桌也将离我而去，心中不免有些伤感。是啊，他曾陪我走过那“寒冷”的时节，他曾伴我每一天，和我一起笑过、哭过、痛过……

寂寞的海里充满着孤独，我在海里游着，孤独总是缠绕着你，摧残着你的心灵。是他把我从寂寞的海中救上来，让我发现海上的世界是多么精彩，多么动人。因为有了他，我的世界才涂上一层新的色彩。可是时间总是逼着我们分散，我们不想看见最后一天大家的眼泪和匆匆离开的背影。回忆我们一同走过的这一学期，我从没有珍惜过这份真挚的情，直到现在才知道：世界上有一种人比恋人走得还要长久，他们与你“历经生死”，这种人叫朋友。

哟，这又出现个——

可恶的同桌

有一次下课，我去三班借书，没注意他那点破烂玩意，结果有一张糖纸，自己长了腿跑到他的课桌里。

上社会课时，他翻东西看见了糖纸，就一把拍在桌子上，说：“你怎么又没给我看好，哼，小子，敢惹本大王，我让你吃不了兜着走。”

我理直气壮地说：“你发什么瘟呀！下课我借书去了！”

还没等我说完，他又说：“你就在班里，这书是别人帮你借的……”

一下子，他的话像泉水--样瞬间都涌了出来。

我气呼呼地说：“不和你这种人一般见识。”

“你看你，自认理亏了吧！”他傲慢地说。

当时我真想给那浑小子一拳：“下次你再说我，本小姐就赏你两个‘满江红’!!!”我眼睛瞪得特圆，特大，他却像看大戏一样，哈哈小笑（因为现在在上课呢），我被他气得半死。最后，老师一声怒喝，结束了他的笑声。可恶！这就是俺的“好”同桌。

如果说我们的六年级是一首难忘的歌，那我们就是歌中跳动的音符……看起来，听起来，都别有一番滋味！

同桌"翅膀"

叶子宝

贝翅膀和凯猪

"翅膀"是我的同桌，一个胖得冒油的家伙。不知为什么，我喜欢主动 K 他，而他呢，总是笑呵呵地任凭我打。我心里直嘀咕：傻猪！

鸡年鸡月鸡日，翅膀胆子发育了，竟然学会了和我顶嘴（因为他一向很乖的，我说东，他就不敢往西）。我哼了两声，誓死也要让这脑满肠肥的家伙付出应有的代价，敢和我顶嘴，简直就是活腻了！

放学了，我决定跟着这个家伙，看他在背后怎么说我。

"凯猪！"翅膀拖着个书包，吃力地跑向他的同类——肥猪党的嘛。

"凯猪，凯猪！"他用那变了声的嗓子甜甜地叫着，哼，活像个娘儿们，听得我直想呕吐。

"干吗啊？"凯猪头也不回地应声道。

"小道消息，小道消息，你要不要听？"

"哼，你爱说不说。"

这翅膀也真是的，怎么比女人还婆娘呢，我断定他上辈子肯定是一位合格的女人。

"你听说了没，我们班大队长兼班长的那位厚颜无耻、野蛮、

装可爱……（省略以下 500 个骂人的词语）的小姐，以前是一个超级肥肥，后来又不择手段地减肥，所以才有现在这身材。”

什么，这死猪竟敢说我以前是肥猪，气死我了！我不禁捏紧了拳头，有了痛扁他的冲动。不过我又告诫自己少安毋躁，且看他接下去怎么耍宝。哼！

“真的假的啊？”凯猪竟然挺感兴趣。

真是把我气坏了，猪头脑想想好了，本小姐以前会是那样吗？真是的。

“可不是，没想到她也和我们同类！哈哈哈哈，笑死我了，这个大肥猪！”

我再也熬不下去了，简直有杀了他的念头。我悄悄地走过去，这时凯猪正好来了个 180 度的转弯，当他看见我挂在脸上的阴险笑容时，愣住了，惊讶得说不出话来。

翅膀狮吼：“我在和你说话，你听见没有！你不要以为我怕那头母老虎，其实我是让她的！”

凯猪机械地指了指他身后，他一回头，看到我雪亮的眼睛，马上就晕了过去……

翅膀的梦游

凡事都要有个过程。现在翅膀吸取了上次“血”的教训，又变乖了，嘿嘿，这与我的暴力是分不开的。

午后的阳光总是那么刺眼，翅膀这家伙竟然昏昏欲睡。我悄声祷告：“神圣的主啊，别让这东西睡着啊，一旦被老师发现，我可是要被牵连的啊！”

凯猪竟然不要脸地凑过来，小声说：“老大，你啥时成了基督徒啊。”

我白了他一眼，这家伙总算识趣地闭上了嘴。可是翅膀被周公招走了魂。My God！不过还好，没人发现。我心中一阵窃喜。

暴风雨的前夕总是宁静的，不一会儿，这家伙竟打起了呼噜，还胡言乱语道："其实，其实在我心中，一直有，有一个女孩，那就是……"

"翅膀同学，请你站起来。"老班说。

翅膀嘟囔了几声，继续做梦，同学们强忍着不让自己笑出来。

老班真的生气了，他使劲地用教鞭狠狠敲了敲桌子，可怜的桌子啊！翅膀惊醒了。

老班看了他一眼，说："现在有些同学真不像话，上课睡觉，成何体统。翅膀，请你站起来用'发现'、'发明'、'发展'造句。"

处于梦游状态的翅膀，一字一顿地说："我爸爸发现了我妈妈，我父母发明了我，我渐渐发展壮大了。"

教室里顿时爆发出一阵笑声，差点把房顶也掀了。老班皮笑肉不笑地对他说："天才的翅膀同学，请坐。"

翅膀好不得意，因为老师叫他"天才"。我点了一下他的额头，不顾淑女形象，大笑道："傻瓜，'天才'就是'天生的蠢材'，哈哈！"

翅膀一下子坐倒在地上。

我的眼泪

翅膀告诉我："人一旦走了霉运，挡也挡不住。"

"真的？"

"不过，对于你这种活泼可爱的天秤宝宝来说，只有桃花运，咋会有霉运呢，你说是吧？”

我微笑地点了点头，翅膀做好了准备跑的姿势：“小心烂桃花。”

不过，我今天心情好，也就不和他计较。

下午，我才发现，翅膀说我不会走霉运的话纯属胡说八道。一向成绩名列前茅的我，这次考试竟然位居下游，荣幸地被老班请到办公室“drink tea”。

“叶子，你最近学习下滑得很厉害，如果再这样下去，我该考虑是不是联系你的家长了。”

我忍着泪，点了点头。

“走吧！”老班挥了挥手，我飞也似的逃回了座位，拿出书乱读一通。

翅膀没好心地说：“老大，老班说了什么，使你这么用功？”

还没等我开口，旁边的琳就接话：“人家品学兼优，一向好学。”

这个不知好歹的家伙竟然把“好学”两字拉得好长好长。我感觉自己心里的怒火在燃烧，为了克制自己的情绪，我气呼呼地跑了出去。

没想到，琳竟跟了来，好声好气地说：“班长大人。”

我呸，我回头冲她一笑，给她来了个“回首迷死百媚生”（好像写错了）。

“班长，回去吧，快上课了。”

为了替老班省点心，我乖乖地跟着她回到了教室。

我愤愤地刚要坐下，“啪”的一声，重重地摔到了地上，原来椅子被琳抽掉了。同学们哈哈大笑，唯独翅膀沉着脸。我哭了。

翅膀替我搬回椅子，对笑呵呵的同学一声大吼：“有种你们再笑，我就把你们的劣迹告诉老班。哼!”

全班马上静了下来，死一般沉寂，只有我轻声地抽泣。同学们怔了几秒，就各自做起自己的事，因为我流泪他们已经司空见惯了。

翅膀递上一张纸巾，说：“其实，我最怕的不是被你 K，而是看你流泪，那样我会很心疼的。呵呵，我知道你认为自己的眼泪不值钱，没人珍惜。”

天哪，他连这都知道，我晕。

“别不以为然，你的泪水很像东海珍珠那样晶莹剔透，答应我，把你的泪水留着，在毕业时送我，好吗？叶子，坚强点，不要动不动就哭，知道吗？”

我抬起头，向他笑了。

翅膀的礼物

“叶子，给！这是我答应给你的水晶苹果。别打碎了。”翅膀将一个包装得很精致的礼盒硬塞到我手上。

我不好意思地接受了。不过我没表现出惊喜的表情，还把他骂了一顿：“这么贵，你还买，真是不知父母赚钱的辛苦。”

嘴上这么说，其实心里很感谢他的。他乐呵呵地笑着。

“叶子，如果我转学了，你会怎样？”翅膀无厘头地冒出这样一句话。

我小心地抚摩着水晶苹果，心不在焉地回答：“怎样？该怎样就怎样。”

“你会想我吗？”

“天方夜谭！”

“你就这么狠心？”

“你不是说我是‘恶人谷’的掌门吗，你不是骂我‘冰美人’吗，哼!”

“真的？我不信你这么绝情。”

“管你呢。”

“哎～～～～”

第二天上学，翅膀的座位是空的。我想起他昨天对我说的，他要转学了。可我竟然伤了他，天哪!

晨会课上，老班说起这事，还特地叫我下课后去他办公室一趟。

没想到，他竟然给我一封信和一个很大很大的礼物，说：“这是翅膀走之前托我给你的。”

我忙不迭地打开信封，是翅膀的螃蟹字体：

叶子：

我走了，带着许多遗憾去了美国。嘿嘿，我知道，你现在心里一定很难过吧，后悔昨天伤了我，是吗？我知道，你是“刀子嘴，豆腐心”。我看见你有一次为小兔的死把眼睛都哭肿了。那个盒子里是泰迪熊，我知道你最喜欢这个。

翅膀

一切我都懂了，愿意被我 K、安慰我、送我苹果，我全知道了。翅膀，叶子不会再那么容易哭了，叶子要做个淑女，做个人见人爱的天秤宝宝。

圣诞节那天，我梦见翅膀从美国回来了，给我带来了好多好多泰迪熊……

长翅膀的猪

漠然草草

初中第一天

蹦蹦跳跳走进初中，我还记得我扎着俩小辫那副单纯的模样，开学第一天得给别人留下好印象啊！

我 PP 位置准备坐下来，不知是上天有意捉弄我呢还是我倒霉，屁股还没在那小凳上坐稳，“轰”的一声“人仰桌翻”！

呜……我的 PP 新裤裤，不难想象那副狼狈相，眼泪在眼眶里转啊转（当然，我没哭）！

不知所措的我完全没有站起来的意思，直到那修长的十指出现在我眼前，嘿，你们一定也猜到了——灰姑娘邂逅了她的白马王子！

确实是个“白”王子啊，白净的脸庞，温和的眼眸，好像有无限的阳光洒下来，我差点就晕啦（当然，我绝对不是花痴），是被太阳照的吧！

我公主的倔脾气突然就被他给激起来了，这个混蛋，这一举动不知惹来多少对眼珠，嫌我还没糗大啊！

“本姑娘自己知道起来呢！”我没好气地瞪了他一下。

本来美好的初中第一天就这样被——毁了！

冤家路窄

真是冤家路窄，在同一班已经够窄了，没想到这家伙居然还

成了我的同桌！

这个灾星不知又要给我带来什么灾难！

我小心翼翼地坐到凳子上，还好，这次凳子没问题！

惊魂还未定，这猪突然伸过一只手来，吓得我以为来了外星生物，猛地从座位上站了起来。哎，又饱受了一顿目光之灾！

“你要死啊，莫名其妙伸只猪蹄来做什么啊！”

反正脸已经丢到家了，也顾不得什么淑女形象了！

他倒是一脸的无辜：“我只是想做个自我介绍，和你做个朋友啊！”

“哼，你还用得着自我介绍？超级大死猪，脸上不是写着吗！”

“你……”

哈！总算出了一口气！

我正准备以胜利者的姿势坐下来，却又是一屁股坐到了地板上，周围马上笑开了锅，那头猪更是笑得快断气似的——要真的断了气我也就解脱啦……

日子就这么提心吊胆地过着，天天都在想着要怎么算计这个死猪头。对了，都忘了介绍这头死猪了！

他的原话是这样的：“我是人见人爱的许晨！”

吐啊！这么头烂猪居然用上了这么个人模人样的名字！

欲哭无泪

虽然耗上这家伙日子是不怎么好过的，但凭着我的聪明善良加可爱还是交上了一大堆姐妹！

这天，我正在和我的众姐妹讨论着我们的偶像……

“小漠啊！轮到你了呢！”

呵呵！这个时刻终于到来啦！我清了清嗓子。

“咳，我的偶像+王子就是……”

“许晨呗！”

晕！我最最最爱的玮柏……怎么可以和那猪相提并论呢！

“许晨你这头猪，还要不要脸啊，人家城墙还没你的皮这么厚呢！”

“哎呀！我只是替你把你的心里话说出来嘛，别不好意思啦，我们都什么关系啊！”

“啊！小漠，你们什么关系???”

靠！这头猪！想做什么！

“对呀！快说我们到底是什么关系啊！”许晨这猪竟厚着脸皮说出这样的话！

“真的要我说吗？”你以为你难得倒本小姐！“你不就是我家养的那头又臭又脏又讨厌的小白猪吗？”

嘿，这回你还不死？

“别说瞎话了，你看，你脸都红啦！”

“真的耶，小漠真的脸红耶！”

“你……”

我真的是欲哭无泪啊！怪的是我耳根还真的一阵一阵发烫呢！

天使猪

那晚，我做了个噩梦，梦见许晨长了对大翅膀，头顶着光圈，天使一般。天使把手伸向我，温柔明媚地微笑着……

第二天去了学校，不由得多看了他几眼，没想到这猪皮还真的越看越帅了呢！

“喂，笨蛋，是不是看上我了啊，你今天都盯我看好几遍啦！”许晨把脸靠近，诡异地笑！

“你怎么长翅膀了呢？”

“啊？”

许晨马上伸手摸了摸我的额头，冰冷冰冷的，害我差点以为是冰激凌！

我看见许晨的翅膀越来越大了！

“好大的翅膀啊！”

“老师！我请假！”

这头长翅膀的猪就这么把我迷迷糊糊地带出了教室，而我也真那么乖地跟出了教室！

我晕乎乎地到了医务室，晕乎乎地睡着了！

醒来第一件事就是捏着这猪的耳朵要告他拐骗未成年少女！

奇怪的是我捏着他耳朵那么久，他却一点反抗的意思也没有，反而深情款款地望着我，害我起了一身鸡皮疙瘩！

“小漠！”

怪事了，我不是叫笨蛋的吗？

我莫名其妙地望着莫名其妙的他！

“我愿意做永远守护你的天使猪，怎么样？”

晕！按常理呢，我应该摸摸他的额头，狠狠咬他一口才对，但我的脑海里却出现一副美丽的场景，公主和王子在舞池快乐地旋转……

大头同桌

李秋雯

我的同桌叫方小奇，由于他最爱惹我生气，于是我给他改名为“方淘气”。我最生气的时候，就干脆叫他“方小气真稀奇”。

方小奇头很大，属于典型的大头娃娃。可能是脑袋大装货多的缘故，方小奇的成绩总是排在前几名，尤其是数学，没人能考过他，以至于老师都叫他数学王子。和这样的王子坐一起，理应欢天喜地，我却成天唉声叹气愁眉不展。

遭殃的作业本

我俩同桌的第一天，我将水杯放在课桌上方，方小奇不知为何对水杯上的史努比产生了深厚的兴趣。只见他伸出手，在史努比身上指指点点，一不小心将水杯弄倒，可怜我如花似玉的作业本顿时变成汪洋一片。

“你怎么搞的?”我抱怨道。

“谁叫你不把杯子盖好!”方小奇理直气壮地回答。

我气得满脸通红，恨不得一掌打过去，打得他眼冒金星头重脚轻。

上课讲笑话

最可恶的是方小奇上课爱讲笑话。

一次数学老师接电话，方小奇用手捏着鼻子，装出一副娘娘

腔，拖长声音低声说："喂，小莉吗？今天晚上老地方见。"

我忍不住偷笑不停。

还有一次，窗户外面的树上飞来一只小麻雀，方小奇趁老师转身在黑板上写板书时，轻声哼道："我的爱情鸟呀，他终于飞来了呀，我爱的人哪，你快点来呀。"

他的声音和蜡笔小新的声音简直是一个模子倒出来的，我不由得笑出了声，周围的同学都向我投来异样的目光。

"方小奇……"数学老师叫道。

方小奇不愧为数学尖子，无论老师提的问题多么艰深，他总能对答如流，不像我，没认真听课时脑袋里一片空白。

方小奇回答问题时，我的后背直冒冷汗，暗自庆幸老师没抽我问，否则……

不过我看见老师严厉的目光从我脸上扫过，心里难受极了。

糟糕的分数

数学测试的试卷发下来了，我得了个触目惊心的分数。虽然早就料到这次考砸了，可没料到如此糟糕。

老师规定让家长签字，我辗转反侧了一夜，硬着头皮找老妈。老爸属虎，天生脾气不太好，冒起火来地动山摇，如果找他签字，肯定是大难临头。

"妈妈。"老妈下班刚进家门，我便递上一杯热茶。

"今天太阳从西边出来了。"老妈笑嘻嘻地说。

"亲爱的妈妈，辛苦了。"我给老妈鞠躬。

"说，出什么事了？"老妈问。

"妈，给签个字。"我笑盈盈地递上试卷，心忽悠悠地悬在半空。

老妈的眉毛皱成一道弯弯曲曲的波纹。啊呀，大事不妙，暴风雨就要来临了。

“怎么会是这样？”老妈困惑地问。

“我……”我不知该怎样回答。

“你是做不来这几道题？还是……”老妈的目光像雷达在我脸上扫来扫去。

我思索半天，吞吞吐吐地说：“方小奇上课最爱讲笑话。”

老妈立马说：“是不是他讲笑话，你就没用心听课？”

我惭愧地点点头，心想老妈你简直应该做侦探。老妈一言不发地签了字。

“千万别告诉爸爸。”我哀求道。老妈点点头。

镇住老妈

第二天放学后，老妈破天荒地站在教室外等我放学。当老师宣布放学时，老妈急急忙忙来到我身边。她笑容满面地问方小奇：“你好，你叫方小奇吗？”

方小奇睁着那双高度近视的大眼睛，迷惑地点点头。

“听说你数学特别好？”老妈就像童话里的圣诞老人，在家她可没这么慈祥。

“就是，”方小奇两眼放光，自豪地说，“我是班上的数学王子。”

“听说你说话很有特色。”老妈继续问。

“就是。”方小奇摇晃着硕大的脑袋，得意扬扬地答道，“我说话就是比较幽默。”

“你下课讲笑话行吗？上课讲笑话容易影响周围的同学。”老妈和蔼地说，“云倩这次数学考砸了，就是上课只顾听你讲笑话，老师讲的东西没听进去，结果考得一败涂地。”

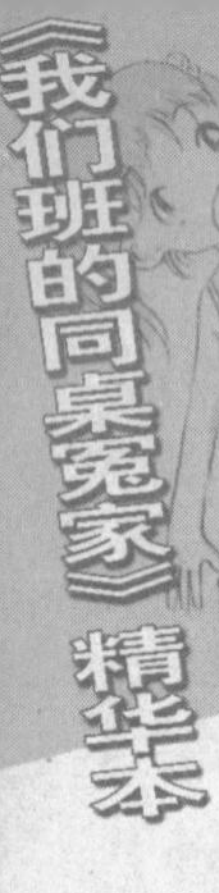

方小奇不情愿地点点头。

“你俩比一比，看谁期末数学考得好。”老妈提议道。

方小奇一听比赛两字，如同饥饿的狼忽然发现了猎物，顿时眼里闪着绿莹莹的光。他迫不及待地说：“好，君子一言，驷马难追。期末谁考得好，就打对方二十耳光。”

我妈这么能说的人，都被方小奇镇住了。

二十耳光？想想都可怕。为了不挨打，我决定卧薪尝胆。从此，上课无论方小奇讲什么样的笑话，我都当做耳边风。

耳光耳光，我心里默念道，目不转睛地盯着黑板，思维紧跟着老师的讲解……

南柯梦一场

君子报仇，十年不晚，我终于盼到云开雾散的这天。我手拿试卷，上面清清楚楚明明白白地写着 100 分。

方小奇看着我的试卷，将自己的试卷偷偷地往身后藏。

“拿出来。”我义正词严地责令。

方小奇捂着脸等着挨我奖励给他的耳光。

“哈哈哈……”我仰天长啸。那一刻我体会到什么叫英雄气概。

“起床了。”半空一声惊雷响，猛地睁开眼，原来是南柯梦一场。

“方小奇，咱俩骑驴看唱本走着瞧。我一定要打败你。”我坐在床上，咬牙切齿地叫嚣。

“吼什么？”老妈的声音绕山绕水地从门外传来，“七点半了，你准备翻墙上学吗？”

当冰淇淋遇上鱼

余　鱼

应该说，从小到大我都算挺幸运的，因为老师每次调座位，我都能跟女生同桌。所以看到一些柔弱的女孩被隔壁的男生欺负的时候，我都会忍不住庆幸：幸好我的同桌是女的呢！

冰淇淋

就在2004年9月1日这个重大的日子，本人上了中学。环顾四周，我忽然想到了一个问题：会跟谁同桌呢？

老师拿了一份名单，开始一本正经地念了起来。同学们七手八脚地收拾东西，等着念到自己的名字。

我虽然离老师很近，但近视n度的眼睛还是看不清，只好紧紧盯着那份名单，嘴里不住地念念有词："上帝保佑！阿门！安拉！佛祖……"

"××，你过来这里坐下。"我听见老师的声音说道。

"咦？谁？"我左看右看，目光一下子定格了！

冰淇淋！

这个冰淇淋啊，是我以前小学的同学，没想到在这里又撞上了，竟然还成了同桌！嘿嘿，我再一次为自己的好运气而扬扬得意。

高兴归高兴，我还是仔仔细细地把她从头到脚看了一遍。她是属于小巧玲珑的类型，嗯嗯，一个暑假没见，还是没有高多少

唐

啊……头发修得很整齐，小鼻子，小嘴巴，小眼睛，小脸，小手，小脚……My God，她是不是小人国的啊！

喔，不好，她好像看见我观察她了，一双充满杀气的眼睛瞪过来。我，我先……闪！

鱼和冰淇淋

从此，我和冰淇淋开始了同桌生涯。我是大大咧咧的，她是秀秀气气的，加上我比她高一个头，头发又比较短，两个人走在一起像情侣一样。

“呵呵，我还真像你男朋友耶！”我开玩笑说。

“好啊好啊，我不介意的！”她真的把头靠过来，做小鸟依人状。

不过每每这时候，总是我第一个大叫起来：“弹开！离我远点！！！”

这时候，她就嘟起小嘴，故意说：“啊哈，我妈妈今天弄鱼，有清蒸鱼，红烧鱼，油炸鱼，鱼片等等哦。”（我的外号叫鱼，她常拿这个来整我。）

我就凶起眼睛来，狠狠地说：“你敢吃一口鱼试试！”

她还不罢休地继续说：“鱼很好吃啊，我经常吃鱼啊。”

我马上装做要去买冰淇淋。这时，就该她瞪眼了……

事后我问她：“鱼和冰淇淋可不可以兼得呢？”

“可以。”她干脆地回答。

为什么？我不明白。

“这里不就是吗？”她指指自己，又指指我。

啊？！我差点翻下椅子去……

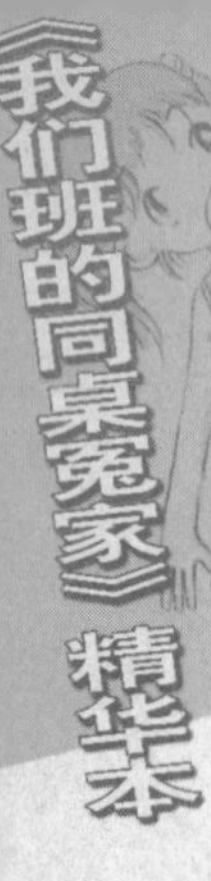

JJ 和 JAY

冰淇淋的成绩虽然不是拔尖那种，但还属优秀的，人也很乖。她最最喜欢的偶像是 JJ。每当我侃侃而谈 Jay 的时候，她就在旁边哼 JJ 的歌，《江南》啊，《就是我》啊，《美人鱼》啊，《冻结》啊，直到现在的《编号 89757》，她都迷得不得了。任我在旁边声竭力衰地讲《七里香》、《借口》，她也无动于衷。

我终于抗体不足，也感染上了“JJ 流感”，Jay 的歌也“光荣退伍”，想想都觉得悲哀。

她还是笑嘻嘻地说：“JJ 不好吗，我觉得他很乖啊!”

“嗯……”凭良心讲，他的歌是挺不错的，有种灵异空间的感觉。所以我也不好再说什么了。

冰淇淋流泪

冰淇淋恋爱了!

这个消息，不是亲眼所见，打死我也不相信。乖乖的冰淇淋，在书上涂满“JJ”的冰淇淋，被老师提问总是低着头的冰淇淋，柔弱的冰淇淋……怎么可能?

后来我直截了当地去问她。原来是那个男生先追她的。唉，十多岁的小丫头，看到帅一点的男生就抵制不住啦？我无奈地叹叹气。

作为她的同桌兼好友，我怎能坐视不理呢？于是我一遍又一遍地、苦口婆心地讲了许多长篇大论，讲得我口干舌燥，只好停下来问一句：“你到底听懂了没有啊?”

她的头埋得很低，看不见一丝表情。

我没辙，甩下一句“孺子不可教也”，离去。

下午，我晚了一点到学校，刚刚坐下来，冰淇淋就进来了。好像……有什么不对劲？

我抬头一看，她的头比平时埋得更低了，这时我清清楚楚地看见了她的脸。天哪，她在哭！她为什么哭了？我想了一会儿，忽然醒悟过来。

唉，柔弱的女孩一哭，谁都抵挡不住。我一口怨气未消，已忍不住上前去安慰她了。她哭起来是那么楚楚动人，瘦弱的身子无助地颤抖，我扶住她的肩，轻轻拍着。

这件事，要么给老师发现了，要么就是家长知道了。无从问起，冰淇淋也不肯讲。不讲就不讲吧，毕竟是一个人的隐私嘛，最重要的是，以前的冰淇淋又回来了。

当冰淇淋遇上鱼

她果然恢复正常了，竟然学习也有劲儿起来，几次测验分数都比我高。我晕……

夏天来了！我们喜欢在炎热的下午，坐在遮阳伞下面舔冰淇淋。这时候我就会嘲笑她："冰淇淋也吃冰淇淋啊？同类相残哦！啧啧……"

她听了之后，准会射过来一束寒冷的目光。为了"报复"，还会故意念叨起一些鱼的吃法来，还要讲得有声有色，像真的一样。

我问她，当鱼遇上冰淇淋，会怎么样？

"这样……"她伸出一只手，使劲把我们的头一靠，只听"砰"的一声，我被撞了个眼冒金星。

我们肆无忌惮地大笑起来，把手中的冰淇淋洒了一地……

我的冰淇淋同桌哟！

我的憨同桌

凌语飘

把倒霉解释成缘分，把悲伤化为力量，把冤家化为死党的人，才是最真实，最成功，也是最乐观的人。

——题记

同桌握手

我的“憨哥”同桌，是个老实又搞笑的人，说他搞笑并不是因为他幽默风趣，而是因为他憨态可掬的样子着实会令人大笑。

“憨哥”真名李庄，这个名字令人联想到肃穆庄重，可当你看到他本人时，会为自己先前对他的想法感到可笑，名不如其人，肥胖的他，常常令很多人失望。

“李庄，你坐到卿儿那里。”

My God！瞧！李庄拖着书包向我这边走来了，边走边对我痴痴地笑着。就像一场噩梦一般，我仿佛看到李庄的口水要流到我的课桌上、书包上啦！

“嘿，你好！”听到这干脆利索的声音，我真的以为刚才的一切是我的错觉。可睁开眼睛，出现的又是李庄的憨厚样，我吐吐舌头，只能怨天尤人：“老天你为何对我如此不公！”

我把我的一切物品都搬到离他尽量远的地方，显出和他划清界限的样子。他仍然憨笑着，默默地看着我不友好的举动。

我正整理乱七八糟的学习用品、书本，觉得有人碰了我的胳聘。我扭头一看，旁边有一张小纸条，上面只有两行小字，却显出整齐与清秀：

“你好，我是李庄，可爱的李庄。很高兴和你同桌，这说明我们很有缘分哦！怎么样，你愿意和我成为好朋友吗？”

我用眼角斜视了一下李庄，他正在看书。我的心中充满了对李庄的轻蔑，就凭你？我偷笑着。这时，李庄向我伸出肥胖的手，我像老鼠见了猫一般，条件反射般地躲开，却发现，他的手指并没有我想象中的黑。

“同桌你好，握个手！”李庄再一次亲切地向我打招呼。

我把头一扭：“我不愿意！”

如我所料，李庄失望地收回手。我却犹如一只胜利的孔雀，自得其乐。

我的恶作剧

其实，李庄学习成绩不错，老师常常把他的作文当范文念。有时候老师先不报名字，听完文章后我们表现出一脸的羡慕。老师便会趁势说：这是李庄同学写的，很不错吧？

“交作文本喽！”李庄像菜市场的农民一样吆喝着。

趁李庄离开座位时，我顿时心生邪念。

此时不干何时干！天赐良机，怎能放过？我在心中为自己打着气。

我迅速从李庄书包里掏出他的日记本，与他的作文本掉包，因为我知道，李庄什么书本都不包皮，只是写上他的大名“李庄”。而这学期的日记本我们都空空如也，老师没有布置在日记本上做任何作业。

“好事”做完了，只等好戏了！我做贼心虚，赶忙拍拍手，自得其乐地看着小组长把他的日记本当作文本收。

上课了，真是做贼心虚，我竟怎么也不能安心听讲，看看李庄，他倒是毫不知情，认真听讲。一会儿有你好看！这样想着，我心里仿佛高兴了很多。

“李庄，你过来。”老班在叫李庄，李庄憨笑着迎了过去。

我竟替李庄担心起来。于是，我两眼盯着李庄和老班，密切注意他们的表情动作。只见老班笑眯眯地对李庄说着什么，然后又鼓励似的拍拍李庄肩膀。接着，便看见李庄挺着大肚子，走到讲台前。老师说：“请大家听一下李庄的佳作！”

我快要晕倒。李庄念完了他的佳作，笑眯眯地向我走来，我一脸惊讶地看着他。

难不成他会七十二变？我幼稚地想着，为何李庄如此神通广大？

后来听李庄说，他每天都有写日记的习惯，老师挑了他一篇最好的，让他读给大家听。

唉，我是弄巧成拙！

我和憨哥变死党

“卿儿！叫憨哥！”

讨厌的李庄又让我叫他憨哥，当我给他起这个别称的时候，本想他会睁大眼睛瞪着我，与我划清界限。可他却说这名好，以后你就这样叫啊！

我轻蔑地瞪他一眼，背起书包就走。

“卿儿，等等我！”

又是李庄，旁边的女同学笑着说：“你的憨哥来了。”我气愤地扭过头，想好好教训一顿李庄，却看见他手里挥舞着我的作业本。

我睁大眼睛，对他大吼："你拿我作文本干什么?!"我为自己能在大庭广众之下让他丢面子感到得意。

"你，你本子落在教室里啦。"他红着脸告诉我。

原来我慌忙之下，没拿作文本。我突然想起他写的清秀的字："我是李庄，可爱的李庄。"

我曾笑话过他，这和"我是女生，漂亮的女生"的老调一样的节奏。

李庄，你是可爱的，你的的确确是可爱的。你不但可爱，还是最可亲的。我一直视为冤家的李庄，直到现在才发现，世界原来充满友好，冤家可以化为死党。

我们班的“抽风宝贝”

文　汐

说到抽风，我们全班同学都把它解释为发羊角风，无药可救，因为必须无时无刻地证明自己和正常人不太一样。这一点，我真服了我的同桌，他是我们班出了名的“抽风宝贝”。

在一堂午间课上完后，我们吃好了饭。我的同桌早早地来到学校，真不知道又有什么鬼点子。

为大家说明一下，我的同桌和其他人就是不一样，同桌的脑瓜就是想那些花招用的，一天一个，像我们这些苦命的人只能一个字——忍。

这时同桌一手夹着复读机，一手拿着磁带，嘴里还含着张纸，趾高气扬地走上讲台，而我们在底下又打又闹毫不把他放在眼里。

他把复读机电源接好，拿着纸大声说：“欢迎大家，这只是纯属娱乐的个人演唱会，我为大家演唱 S. H. E. 的《波斯猫》。”

话音刚落，音乐响起来了，同桌手拿着一条破布，舞来舞去，嘴里还哼着含糊不清的歌词，像是在念咒语。知道的还好，不知道的一定会被吓死，以为他正练哪门邪派功夫呢，一首又一首，弄得我们耳根都清静不了。

你可知道，同桌可是走调高手中的高手。终于，我们公认的“唐僧”——倪鑫说：“此乃佛门清静之地，不容有人喧哗！”这句话害得我们差点没爆了他的头。

不过，同桌也就此停了下来，委屈地说：“人家也是出来混口饭吃的，你们也不送个花呀鼓个掌的，还说人家扰你们清梦，我怎么混下去呀！”我们全都做出呕吐状。

毕竟同桌是最抽风的，连理由都比别人多好几倍。

上次数学课，同桌作业没写完，老师就开始升堂，质问他，同桌苦着一张脸，吞吞吐吐地说：“我丢家里了。”

同学们开始大笑起来。而同桌平时抽风的那股劲儿顿时烟消云散，只能耷拉着脑袋，不敢抬头。

老师又问，同桌还是那副惨样，又说没签字，又说没带，又说这个，又说那个。在老师苦苦相逼之下，同桌不情愿地说：“我……没写完，老师。”

结果，老师把他狠狠地罚了一顿，不过，虽然如此，一下课，他那什么舞啊歌的又开始了。

“别碰我！”一听这达到120分贝的声音就知道，那不要命的“抽风宝贝”又惹毛了哪位大姐了。忽然，传来了同桌超过吉尼斯纪录的杀猪一样的喊声：“吾命休也！”哎，我这位同桌真是要命。

佩服你，同桌

陈　娇

同桌阿洋，是个非常幽默的人，话说到激情处，唾沫横飞。我也是近水楼台先得月，四季随时都可欣赏雪花。

“高明”的侦探

一日早读课时，我不知怎么搞的，拼命地憋着，但还是忍不住慢慢地放出一点气，还好没声音，不然糗还不大了。

但那股气味却慢慢地扩散，同桌也觉察出异味，忽听他大声叫道：“不好，有人放化学武器，大家快做好准备。”说着捂住了鼻子，全体哄笑。

我脸上火辣辣的，真想找个地缝钻进去，不，是找个鼠洞把阿洋给塞进去。

他丝毫没有觉出我的尴尬样，还说：“我一定得找出那个放毒弹的人。”边说边摸着并没有长胡子的下巴，“看我使出侦探杀手锏一问。”

于是他到处问：“是你放的?”“一定是你放的。”“是你吧!”“没错，肯定是你!”

什么呀，以为他有什么高招呢！就这样，他问了将近半个小时，最后，他见一招不行，又出一计：“看我侦探杀手锏二闻。”

于是他在每个人身边闻来闻去，我长长吁了一口气，心想：这个蛋白质，第二招太烂了吧。这个自以为是的笨蛋，下一次他

放毒弹，被我逮到了，非得好好羞他一顿，报这一气之仇。

逃命有道

又一日上午，我拿出刚买的午餐，准备大吃一顿，就在我不留神的 0.000001 秒，好家伙，大餐竟不见了，桌上只剩下几粒面包渣。

只见阿洋背过身去，把每个食物都咽进了他的肚子。他回头看到我课桌上的面包渣，像哥伦布发现新大陆似的惊叫起来："咦，还有几粒。"

于是风卷残云，将它们一扫而光。

我怒火中烧，再也忍不住了："阿洋，你这混蛋，我要为我的肚子报仇，拿命来!"

阿洋见势不妙，使出韦小宝的逃命功，边跑边喊："大姐，大妈，大娘，母狼，你这个老巫婆，饶小的一命吧，我再也不敢了。"

"不行!"我化口水为力量，使出"凌波微步"，举着扫帚，紧追不舍，大喊道，"小子，我今天定让你尝尝竹笋炒肉的滋味。"

总是被我追，阿洋的逃命本事倒长进不少。

我气喘吁吁地问："阿洋，你跟谁学的，跑步这么厉害。"

我实在跑不动了，便停下来，阿洋也停了下来，听我刚才那么一问，他倒来劲了："我是谁呀，邢慧娜的教练，段誉的师父，乌龟……"

没等他说完，我又开始跑了，他也使出浑身劲，一边跑一边喊："你追怎么也不通知我一声啊，吓出心脏病你送我去医院……"

“啊——”忽听阿洋一声惨叫，一跤摔得头上成了“丘陵地带”，哈，老天有眼，真差点得送他去医院了。

真是倒霉喝水都塞牙缝，我与半路杀出的老师撞了个满怀……

后来，我没再教训阿洋了。唉，同是天涯沦落人，相逢何必再相欺。我只是把老师罚写的200个词语抄了10遍，再抄10遍课文和5首古诗……哈哈，加上他被罚抄的，明天可免费提供大家观赏了。

跑调长跑冠军

“喂，阿洋，猜个脑筋急转弯吧。”

“你说吧！”

“辞海共有多少个字？”

他冷笑一声：“哼，哼，低能者提出的弱智问题！（语气一转）到底有多少字，我又没数，你说说看，多少？告诉我，告诉我嘛！”

我倒！

“两个嘛！说了是脑筋急转弯，你这猪脑，脑筋就是转不过来。”我说。

“你不要这样子讽刺我，我的脸会变成红苹果……我是男生，脸皮薄的男生，我是男生，容易受伤的男生……”那五音不全的嗓音，唱得我全身发麻，他简直可做常常跑调长跑冠军嘛！

“你的改歌词本领倒很高。”我说。

“是——吗？”夸他几句又得意起来了，只见他一甩额前头发唱道，“我真聪明，我真聪明……（以欢乐颂的曲调唱）”

“妈呀，真受不了了。”我长叹一声。

他又说："叹什么气嘛，有我这样的同桌，是你的福气呀……"

我说："是啊，我很佩服你。"

"佩服我什么？"

"厚脸皮啊！"这时我想起了一个笑话，"一日，经测试，猪脸皮厚 2 厘米，大象厚 5 厘米，最厚的是你，厚颜无耻（5 尺）！"

"哈哈，厚脸皮不好吗？全身都那样才好呢。子弹打不透，就等于穿上了免费的防弹衣啊！"

倒！

"明月几时有，把酒问青天……"

听完他富有感情的朗诵，我也忍不住插嘴道："杜甫这首诗写得真好啊！"

没想到他大笑一声，我疑惑不解，说错了什么吗？

阿洋继而说道："唉，苏轼听到你这句话，一定会从坟墓里爬出来大哭一场，又吐血而亡，又爬起来哭，再吐血而亡哪！"

他顿了顿，又说："这是宋朝一位非常著名的文人苏轼在中秋写的。在古诗中，明月常常代表着思念。这首《水调歌头》中著名的'但愿人长久，千里共婵娟'成了千古绝唱。"

依然是"白雪纷飞"，但在我看起来却顺眼多了。

说完，他还不忘加上一句："看，我多聪明。"还夸张地笑了几声。

"你是很聪明，我有点佩服你了。"我说。

"啊——啾——"这时，他打了个喷嚏，不解地问我："你在骂我吧？"

"不是，"我一字一顿认真地说，"我确实很佩服你。"

我与同桌大头鬼

周淼淼

1

我这个同桌呀，说起来就一肚子气，他呀，不知是不是老天爷赐的，天生一副令人发笑的脸。就因为这样，他常常拿我开刀。

不过，他总整不到我，反而被我搞得团团转。

为此我们少不了斗嘴，可不，今天我们又吵了一通。

上午的课间，老师抄了题目在黑板上，我看不清，站起来好看得更清楚一些。没想到，他把我的椅子往后一抽，想使我一屁股坐到地上。

但他没想到的是，我从小养成了一个习惯——坐下时先扶正椅子，也就是这个习惯使我躲过了这次恶作剧。

我正想冲他大骂一顿，突然灵机一动，想出一个整他的法子。我故意站起身伸直脖子向窗外望，脸上还做出惊喜的表情。他想知道什么事，便站起身，向窗外伸出脑袋。

当他扫兴地回座位时，不知他的椅子也被我抽掉了，骂我一声“神经”后便坐下来。“咚——”的一声，他坐在了地上。

别人都大笑起来，我却一本正经地说：“幸好没事!”

“那当然，这不算什么。”他拍着身上的灰尘说。

“对不起，不是说你这位大哥。我说的是被你压着的地，我

爷

怕呀，它承受不住你这头肥猪的体重噢。”我戏弄地说。

他有点哭笑不得，想开口骂我。

还没等他开口，我就抢先一步，说：“活该！这叫自作孽，不可活！谁叫你先抽我的椅子，下次再这样，我就不客气了。这次就当我提早送给你的礼物。下回等你真正的生日到了，我送你更大点的！”

2

我的这个同桌呀，学习不烂，就是喜欢炫。每次考得分数比我高，就在我面前说东道西的。

就说一次数学小测验吧，我考了95分，他考了98分，他就开始炫耀了：“这次你这个家伙怎么没考100呀。还没我高，嘿！”

我刚要给他一个下马威，他就先声夺人：“怎么样？不服气？”

我不听他的狗屁话，照样给他一拳，他揉着胳膊说：“好男不跟女斗。”

“错了，错了，小朋友，这句话已经过时了，应该是好女不跟男斗。小朋友，你太骄傲了，要谦虚点。”每当这时，我都会说这样的话。

但是每次他考的分数比我低，就不做声了。

上学期期末考试我语数都比他高出很多，他就默不作声，我却开金口唱起了歌：“男人哭吧哭吧不是罪……”

他听了，拍拍胸脯，振振有词地说：“俗话说，男儿有泪不轻弹。”

“那么，这次考试……”我还没说完，他就打断了我的话，岔开话题，又找借口离开座位。我可不傻，拦住他，叹息地说：

“现在的小孩呀！不好好学习，借口还挺多。”

他笑着附和道：是是是。

我扑哧一笑，他也趁这空当溜之大吉了……

哎，这就是我的同桌，他的绰号你可要记住了，叫“大头鬼”，哈哈！

小眼睛同桌——姚俊

刘　芸

一头微黄而长的头发，一双眯成一条线的眼睛，外加麦芽色的方形脸蛋和高高的个子，这就是我的同桌——姚俊。

说起姚俊的眼睛，真是芝麻豆子大，一笑就不知所踪。这正好成了我笑话她的把柄，这不，她又眯起那双小眼……

“喂，姚俊！你眼睛跑哪了？噢，还在啊！你看也太小了吧。视力不好的人还以为你没长眼呢！”说后便大笑起来。

“你知道什么！”姚俊反驳说，“我这叫知识眼，你看人家主持人李彬，巨星 Rain，个个不都是小眼？还不照样是个人才。”

说到人才，姚俊还真算得上一个，上数学课时，雷公脸的数学老师在讲台上讲圆柱的概念，她却在底下兴致勃勃地和闲书约会。

“姚俊，站起来！”随着一声狮吼，全班鸦雀无声。

她——姚俊把书往抽屉一塞，立刻站了起来。

“上课在干什么？”老师一双怒眼看得大家心惊肉跳。

“没干什么呀？”姚俊怯怯地说。

“那好，我刚才讲什么来着？”老师问。

“讲……讲……”

形势越来越严峻，看着同桌身陷绝境，我义不容辞小声说道：“刚才讲 S. H. E. 。”

姚俊如鱼得水般地说：“刚才讲 S. H. E. 。”

老师先一愣，又吼道："S. H. E. 是什么?"

姚俊脱口而出："S. H. E. 是台湾超人气偶像组合。S. H. E. 是三位美女。"

全班哄堂大笑，老师气得眼睛都竖了起来。

人倒霉，喝凉水也塞牙缝。这不，一波未平，一波又起，语文老师说明天测验，不及格的同学把家长请来。

"天哪！我还有课文不会背，还有词语不会写，还有句意不明白，还有……"姚俊说个没完，最后冒出一句话，"如果考不及格，我拿块豆腐撞死。"

"早知今日，何必当初，谁叫你上课不认真听讲。看来，我得先买块豆腐为你准备着。"我在一旁数落她。

出乎意料，姚俊考了70多分，大家都很惊讶，特别是语文老师，把姚俊的试卷看了几遍也看不出个所以然来。

现在，姚俊真是满面春风。

她怎么突然变得这么厉害？再三逼问下，姚俊老实交代了事情的原委——

原来她怕不及格，老爸知道了准会要她的命，于是晚上复习到12点多，死记硬背记下了许多东西。早上起来，眼睛都红了一圈。看来这70多分付出的辛劳还蛮大的。

教师为了表扬姚俊，特意选她任补课课代表（我们班75分以下的同学每天下午都补课），负责收本子。

姚俊说："从今天开始，我一定要好好学习，永远不拿豆腐撞死。"

或许在365天后，姚俊还真会成了人才，不过，三天过后，她又被老师点名了……

拔河"疯"

信 Litter

"妈，我走了！"我背上书包，大步跨出家门，春风得意地走在路上。忽然，一阵"咚咚咚"的锣鼓声传来，我放眼望去，马路对面红旗摇摆，鞭炮"噼啪"直响，一大群一大群人跟着，好一派壮观景象！我鼓起掌来，又觉得自己挺神经的，别人的事和我有什么关系？算了，由不得自己浪费时间了，快赶路吧。

到了班里，一群……啊不，是5位同学围着我，一位开口就问："你上个星期五怎么了？"噢，大家都知道上个星期五我病了。

"没啥，只是呕吐了。"

"噢，"我的同桌苗苗开口了，"我也呕了。"

"你也?!"小雅的眼睛本来就大，这样一来，简直就是乒乓球。

"就是没吐出来……"

大家集体晕倒。苗苗倒没啥，只是调皮地笑笑。

"告诉你们啊！"我猛然想起早上上学时的场面，拉着他们说，"我上学时看到的一个场面可以用一位名人的名言形容……"

"什么名言？"小雅掏出笔记本，她总是喜欢记录一些名人名言，写作文时可以用上。

"听好了！"

"听着呢！别废话！"

“那真是锣鼓喧天，鞭炮齐鸣，红旗招展，人山人海！”

“我倒！”小雅一下子摔到椅子上，苗苗忍住笑说：“那是相当的壮观！”

“Ladies and 砖头们！”此声一出，晕倒所有男生，不用问，这一定是语文课代表琳达的声音，琳达的英语发音不太好，所以……

“现在上课了，早读时间，让我来读一篇佳——作！”

“无聊！”坐在我后面的小雅一边嘀咕着，一边摆弄她的笔记本。

“看着神舟五号飞上天，看着神舟六号顺利返航……”

“好奇怪！”苗苗凑到我的耳边说，“怎么神舟五号上天，神舟六号返航？”

我听出了她话中的意思，不由得“哈哈”一声。

“莉莉！你笑什么？”琳达用她特有的眼神望着我，我只好如实回答：“我说，怎么神舟五号上天，神舟六号返航？神五把神六撞下来了？”

“哈哈哈哈哈哈！”全班笑翻了，只见琳达的脸上红一阵白一阵的，我只好吐了吐舌头表示道歉。

“好消息好消息！！”小灵通满头大汗，屁颠屁颠地跑回来说，“第二节下课进行娱乐活动——拔河比赛！”

“耶！”全班集体欢呼，只恨现在不是第二节下课。

终于熬到第二节下课，教室里早已不见一个人影，我们班成了最早到的一个班。这时，王老师的声音在广播里响起：“现在起各个班下来集合，我们进行一场拔河比赛！”

烈日炎炎，别的班还在楼梯口那里拥挤着，我们已经开始摩拳擦掌。

三分钟后，所有班都到齐了，老师拿来几条绳子。我们班与二班比赛，双方用敌意的眼光对视着，我们的班主任老师见此情形，赶紧从牙缝里挤出几个字：“友谊第一，比赛第二！预备，开始！”

“天哪！二班好厉害！”我有点着急了，但还有比我更急的，只见苗苗晴天霹雳一声吼啊，该出手时已出手！我们以苗苗的惊人表现为榜样，终于夺得了比赛胜利。

赛后，我们把苗苗抛在空中，苗苗倒不客气：“别客气，别客气，再用点力！把我抛到外太空我也不会介意的！”

“我倒！”全班晕倒，苗苗摔了下来。

回教室的途中，苗苗乐滋滋地说：“我不仅力气大，舞蹈也很好呢！”说着，她把自己的脚扳起来，还挺高。她还说：“我以前练舞蹈时，看着别人总是一下子就把脚板翘上去了，而我总是抱着脚说：哎呀妈呀，上不去！”

“出现这种情况的主要原因是……我一身的五花肉！”

我听了，差点从楼梯上摔下来。

第三节下课，苗苗却不知去向了，待她回来时，早已上课了。

“苗苗，你去哪里游荡了？”英语老师冷冷地望着苗苗，好恐怖，我真为苗苗担心！

“噢，没啥。”

“对老师态度恶劣，你还有什么话说！”

“对学生态度恶劣，该当何罪？”其实苗苗好像是一直很平静地回答，好像是英语老师在“态度恶劣”。

老师半天没说话，我们早已被吓成僵尸了。

“饶你一次！”半天，老师才从牙缝里挤出一句话，继续上课。

“你去干什么了？”我小心翼翼地问，就怕惊动老师。

“哦，去体育老师那里，她答应我们明天还可以拔河哦！”

“明天？”我歪着脑袋思考着，皱皱眉头，说，“可明天是4月1日愚人节哦！”

“啊?!”苗苗跳了起来，而且叫得很大声，她最终被赶出了教室。

两对同桌对对碰

独恋轩

当时我们经常吵嘴、打架，也时常和好，嘿嘿。最留恋的还是毕业时他的那句话："小鱼、冰冰，再见啦！高中时考一个学校，你们来照顾偶啦！"

——题记

罗志晨当"劳模"

"嘻唰唰嘻唰唰，嘻唰唰嘻唰唰！"罗志晨这个死人又在卖弄他那"优美"而又吓死人的歌喉。

"老大你能不能不唱？这左邻右舍的表情你应该看得到吧，类人猿！"阿欢一脸愤怒地说，她不说还好，一说我也来气了，就冲着他大喊："喂，你这个该死的类人猿，天天唱，唱死你算了。辜负了你爸爸对你的期望、老师的一片苦心、你老妈的一片用心、同学的一片关心……你……你去死吧！"

罗志晨还在不停地唱着"嘻唰唰嘻唰唰"，这时大慈大悲的老师来了，因为他一直在窗外看着——你猜对了，老师看见了他。

"罗志晨！"班头一脸的奸笑，不用猜也知道，谁栽在他老人家身上了，"你这么爱洗刷刷呀，哦哦哦，我知道了，你想当个劳模呀，早说嘛，你看这周围的同学都被你的精神感动了，好好好，你为咱同学作回贡献吧，这一个月的玻璃你负责吧。"

"这……"罗志晨一脸不知所措，班头又奸笑了一下，笑里藏刀地说："志晨同学你别客气了，一个月就一个月吧，不要再多加一个月了，不然同学们都生气了，大家说是吧！"只见罗志晨的同窗们都异口同声地说"没事没事"。此时此刻我心里冒出一句："相煎何太急！"

第二天……

"小罗呀，在当劳模呀！"

正在擦玻璃的罗志晨刚要开口，我们那些同学就吼开了："嘻唰唰嘻唰唰……"

"类人猿"和"翅膀"

小鱼便是偶了，一个从背面到正面都能被人当成是个男生的女生。

"哥哥，你能帮我拿个包包吗？"

望着对面那个小 MM 祈求的目光，我只好无奈地说："小 MM，你认错人了，本人是女生哎！"结果那小 MM 吓得跑开了，唉！

不知道老师是不是和本人作对，从一年级到五年级都和罗志晨是同桌，老师哪里知道我的感受？生不如死，守着这个变态狂还不如让我守头猪好！

"蔡芊芊！快快把你的作业拿来！"又拿作业，又抄袭，真服了他，抄就抄呗，还口口声声地说检查一下，去死吧。

"喂！罗志晨！快点把你的物理作业拿来！"冰冰大叫着，还做出张牙舞爪的样子。老天有眼，让我和冰冰坐在罗志晨旁边，看我们这次怎整他！Hoho！

冰冰一脸愤怒，看样子就是罗志晨惹她了："你个死人呀，去死吧，这么慢去当乌龟算了，还类人猿呢！吐!”

罗志晨这小子吃了老虎胆了，竟敢和冰冰吵，所以冰冰把他海扁了哦！可怜的罗志晨。

“翅膀”是冰冰那边的同桌，他是个 BYF（汉语拼音首字母与英语单词首字母的混合缩写，即“不要 face”的缩写）的家伙，上次说冰冰和他是最完美的搭档，结果被我们全班姐妹骂做“变态的翅膀”，可以说是引起公愤了。不过他长得还蛮可爱的（注意：可怜没人爱）。

“翅膀”真名叫韦柏，人长得还蛮帅的，就是瘦了点。

“韦柏！你有本事就吐出来，不要嫌本小姐的歌难听。”冰冰用高达 180 分贝的声音叫着，害得我把字都写错了。

“我吐你身上。”韦柏大叫着跑出教室。

烦死了天天吵架!

“听说韦柏对凌冰冰很好哩，是不是？……”

这些小女生真无聊哎，什么意思。初中是学生时期最难熬的，不管怎么说，他们也是快乐的一道风景吧，也许上了初中不应该那么沉闷！呵呵，我还是坚持每天写日记!

后面的事情，下次再记录吧。

我的同桌“熊猫眼”

梵 梵

我也不记得他为什么会被同学安上这样的一个绰号了，大概是因为他的眼眶底下有一圈黑色的印记吧。

“熊猫眼”是我历史上各届同桌中在位时间最长的一位（真是有缘分啊！呵呵～）。

熊猫眼和我一样是体育衰将，每次在长跑的时候我和他总是最后面垫底的那几位里面最为固定的成员（雷打不动）。所以，在我的归类里，他自然就被我归类为：好欺负的男生。

他的手很白很纤细（说白了那简直就是女孩子的手！不对！比女孩子还要女孩子！～～），我很难想象由那么一双手握起的拳头能有多大的震撼力，于是乎，我很乐意在下课的时候坐在座位上和他一起挥舞我们的绣花拳（打打打！～～）。

可惜，我小觑了他，真是失败啊，他还是挺厉害的么，用来形容他的那对绣花拳，那句俗话真是贴切啊：“手不可貌相。”（稍微改了一下，原句是……不用我说，大家也应该是心知肚明的吧），几乎每次交手都是他一拳一拳地打得我青一块紫一块的，于是逼得我都不得不动用我的必杀绝技，掐！拧！至今，他的右手小拇指上还留着我的英雄事迹（一块浅色的小疤）。

他得意地握着粉拳头在我面前晃，跟我吹嘘：“瞧见没有，一双真正的男人的手！瞧你那双软绵绵的九阴白骨爪，就知道掐啊拧的，应该多多向我学习！”

倒！你才几岁啊！15岁而已！还男人呢，汗～～

那时候是初二，课业还不是很繁忙，有段时间很流行一种很无聊的游戏（绝对原创，版权所有，请勿抄袭!）……

男生们一下课便很有默契地把某人围起来，逼退至墙角（熊猫眼在某段时间内成为他们的目标，啊！可怜的人啊!），之后他们便乱哄哄地一拥而上，我撞！我推……

呜呼啊哈！场面的确是颇为壮观，气势磅礴！一般来说，体形占优势的大哥大一马当先，再接着就是一群好起哄的而且略有些力气的男生了，再后面，就是些“无能之辈”了。

如果用动漫的形式来演绎当时的画面的话，那么，我们可怜的英雄人物：熊猫眼，应该是一块血肉模糊的肉饼 or 一张极为栩栩如生的超大号纪实写真了吧。（在此，再一次向英雄致敬，立正！～行礼！～）

对于这个超级野蛮的史前游戏，我认为是超级幼稚而且没有一点乐趣的，真搞不懂那些平时自吹比我们女生聪明的男生们，怎么就热衷于这么枯燥乏味的游戏呢？

我怀疑，我们可怜的男性同胞的智力和年龄是成反比的。

在体育课开始前下雨，正是我们求之不得的事情，唉，体育课啊，真是一堂折磨人的魔鬼训练，不用上了？呼呼哈哈！正合我意！一般来说，这个时候，老师会安排我们下棋，或者自己看喜欢的课外书。

有一次，也正是下雨不上体育课的大好时机，熊猫眼拿到了一盒象棋后转过去和后桌的甘蔗下起来。

可惜我对下棋的事一窍不通，百般无聊，只能是翻翻陈年旧账（看过很多遍的旧书）了。熊猫眼突然转过身来说：“萝卜，要不要吃话梅？”

我本来就很喜欢吃（谁不喜欢吃啊！），便毫不客气地就动手了（各位同志请别误会！我们老师才没这么开明允许我们上课吃东西！那是我们搞的地下活动）。熊猫眼的话梅真是好吃，吃完了他主动送上门的那颗后，我大大方方地把手伸进了他的话梅罐，他的话梅罐摆在甘蔗的桌上，在座位上转来转去的真是麻烦，我又自作主张把话梅罐拿过来放到了自己的桌上……

真好吃，不是很酸，甜甜的。熊猫眼对于我私自转移话梅阵地的事情无动于衷（不是他以往小气的作风啊?！奇怪～），管他呢，吃了再说吧，凭我们这么多年同窗加同桌的交情（事后熊猫眼给我仔细地算了一下是29天），话梅而已啦……

过了不知道是多少个猴年马月，美妙的下课铃终于是徐徐响起，坐了这么久，屁股都疼了。

突然！一阵鬼哭狼嚎（差点没把我吓出个心脏病）：“萝卜头！我的话梅!!! 你竟然吃光了!!!”

“对不起啦，下次买了再带给你。”

“下次？又是下次！你说，上几次的话梅和糖还有饼干呢？下次下次，到底什么时候啊？萝卜头，你给我滚过来!!!”

真是没面子，不就是话梅么，叫这么响干什么，真是的，隔壁（10）班的［我们是（9）班的］都来看热闹了，呜～～～没面子啊。我想只有在这个时候，熊猫眼才能真正的表现出“男子汉的气魄”来（以前我没把他当男生看的）。

“你说什么呢？磨磨蹭蹭干什么呢，给我滚过来!!!”

不好意思，我先去一下，摆平再说。丢脸啊……

我会记得你

达人 show

一支笔引起的追打

你知道吗，我的同桌我永远也忘不了他，他的一言一行，我始终记得！

说他调皮吧，有一点；说他有英雄气概吧，也有一点。反正他这个人，我捉摸不透！

哎呀，看我糊涂的，都忘记告诉你了，他呀，叫小志（化名），人长得高高的，看着很冷酷，其实他肚子里不知道有多少坏水！

一天上课，他假惺惺地靠过来，十分可怜地对我说："钟大妈，借我支笔吧！"

我斜眼，瞄了一眼他：瞧瞧他，一副可怜巴巴的样子！

我一下子心软了："好吧。"我从笔袋里拿出一支笔，递给他。

他一下子好像拿到什么宝贝似的，上下左右摆弄着笔。我晕，这是什么态度啊！拜托，这是我的笔啊！

下课后，他拿着我的笔，在别的男生身上擦来擦去，我火了，对他说："喂，你把笔还给我！"

"凭什么啊，既然你现在借给我了，那这支笔就是我的！"

"对对对。"旁边，他的那几个狐朋狗党也替他说话。

"呵呵，这可是我的笔，如果，你眼瞎了，可以让班主任帮你鉴定一下！"我本以为，他马上就被击中要害。

但他却神态自如的对我说："那你刚刚叫我什么啊？'喂'，是叫谁啊？"

"我……"我一下说不出话了，眼看眼泪就要流下来了。

小志也心软了："喏，给你。"

我刚想拿过来，没想到，他把手一抽，调皮地对我说："来抢啊，来啊！"

我气极了，和他在教室玩起了猫捉老鼠……

我们班的体育明星

说起他，我不得不说说他的体育，他可是我们班的体育明星。可是，这个学期他的脚好像坏了，然后，又发生一幕幕他舍身为班的壮烈之举。

运动会上，他是跳高的，他的膝盖十分疼痛，但为了班级的荣誉他必须跳。他努力极了，也有很多人为他加油！

"小志，加油啊！加油，加油！"我们五（5）班全到了比赛场地，为小志加油。

小志感动地看着我们，我们也给予他鼓励的目光。他又望了望前面的目标，奋力地跑过去，准备跳了，他能不能跳过去呢？

我们都屏住呼吸，目不转睛地盯着他。

"耶！跳过去了！他跳过去了！真的跳过去了！"大家兴奋极了，男生们跑过去，差点把小志举起来！我们女生则抱在一起，高兴得要命，差点哭了！

这时，细心的我，发现了他的不对劲，他把两只手压在膝盖上，很难受的样子。我的目光始终没有从他身上离开过，他似乎也发现我在观察他，马上又装出一副无所谓的样子，准备下一轮比赛！

“小志，”我终于说出口了，“你的脚……”

“没什么！”他对我笑了笑，然后肯定地对我说，“班长大人，放心吧，我一定拿第一！”

我感动地看着他，真的没事吗？会不会他又在骗我？

在最后的决战中，他输了，拿了第三名，但大家都不怪他，毕竟他脚上有伤！他内疚地看着我们：

“对不起，我没有拿到第一，是我不好，都怪我！都怪我！……”

这能怪他吗？

“小志，你的脚好了吗？”我问道。

小志猛地一震，抬头看看我，感激地对我说：“谢谢，我的脚……没事。”

听得出来，他肯定在骗我。

“哦……”此时此刻，我也不知说什么好。他变了，他为什么啊？为什么他什么事都要瞒着我们？

好像他有什么心事，但什么事不能和我们说呢？

小志，你告诉我们啊！

我会永远想念他

和往常一样，小志来到了学校，但不知为什么，我总有一种不祥的预感。小志一来到学校，就表现出一副很痛苦的样子。

体育课进行达标，测 50 米，小志一直保持着我们班的 50 米短跑纪录，但这次，他却输给了我们班比较慢的小东。

第二次跑，小志跑着跑着，速度便降下来了，快到终点的时候，一个高大的身影倒下了，小志倒下了。

我们急匆匆地把小志送到了医务室，校医又急匆匆地把他送进了医院。最终，医生说，由于关节严重磨损加上剧烈运动，病人恐怕这一辈子都不能跑步了。

听到这个消息，班里所有人都难过极了，但谁也不愿意流泪，怕小志伤心。

最后还是小黄忍不住了："为什么，为什么啊？前几天他还好好的，和阿钟玩在一块，跑来跑去的，根本没事，再说了，前天的运动会，他也不是拿了第三吗？"

他前几天和我玩在一块，对了，我想起来了，前几天他追我的时候，不是撞到了讲台吗，肯定是这个时候撞坏的。我……

后来小志离开了我们，转学到了其他的学校。但我还会记得他，我永远不会忘记，那个高大的男孩……

言情同桌

赵　璇

同桌兼好友——小丽，女，13岁，属猴，汉族，初二，独生女，生性文文静静，不好动，排名前两位的爱好是：一、看言情小说，二、还是看言情小说。

谈起小丽对言情小说的痴迷，真是令我们这些自命为“言情小说爱好者前辈”的姐姐妹妹们汗颜。她是什么样的言情小说都爱看，什么样的言情小说都痴迷（少儿不宜的小说除外）。

一旦拿到一本言情小说，小丽是下课看，放学看，吃饭看，走路看——“砰”的一声撞到了电线杆上，躺在地上继续看。

幸亏小丽还没有胆大到上课看，不然她的成绩一定会低得让健康人望下去都会得恐高症。

上课不看，那么下课一定会抓紧一分一秒的时间看。

果然不出我所料，下课铃一响，她便抽出一本《那小子真帅》，头也不抬地看了起来。我见状，只得另找好友陪我出去透透风了。

可是放眼望去，好友们都在埋头苦干，没法儿，只好冒着讨没趣的危险对小丽说：“大姐，咱回家再看行不？”

“嗯～～～”她用那让人鸡皮疙瘩掉满地的声音高八度地回应着。

“好，好，好……我受不了了，我来给你讲个笑话怎么样？我实在太无聊了。”

“好吧，讲吧！”

于是我兴致勃勃地讲了起来：“刘仪伟，四川人，电视节目主持人。他有一名搭档，名小蔡，但小蔡的普通话不是很好。这天小蔡过生日，生日礼物除了小狗，还收到各种贺卡，小玩具，小橡皮，小铅笔，都是温馨一派的小礼物。没人肯为小蔡花大钱啊，为人失败啊。还好，吃饭时胖主编即席作诗一首，算是安慰了小蔡受伤的心灵。诗的全文如下：大海啊，你全是水；骏马啊，你四条腿；爱情啊，是嘴对嘴；小蔡啊，你的普通话还不如刘仪伟。”

讲到这里，我前面的同学都笑个不停，可是小丽还是面无表情地看着小说。我自讨个没趣，气呼呼地转了过去，不理她了。

在预备铃打响的一瞬间，我听到“咣当”一声，惊讶地回头一看，小丽不见了！再侧身一看，她正趴在地上笑个不停。

我疑惑地问：“小丽，你怎么了？什么事情让你笑得‘人仰凳翻’？”

“赵……赵璇，你……你讲的笑话，太……太好笑了。”

我当场吐血，导致休克……

为了表示对本人深深的歉意，对老师家长深深的悔意，小丽毅然挥剑斩情丝，与言情小说绝交了。

本人感到万分欣慰——不过，小丽这几天怎么总是侃柯南？

老狼与老鹿

刘嘉璐

因为班里掀起一阵“扫假近视”风波，耍小聪明而又大个子的“老狼”只得望前排座位兴叹，与同样“巨人”的我——老鹿同桌，和扫帚、垃圾箱做伴。

对于这位老狼，我早已久闻大名，与他同过桌的同学一听到他的名字，用“怒发冲冠”来形容，一点儿也不夸张。我准备小心应付。

第一回合：我们皆输

第一天，平安无事。但我坚信，暴风雨前总是宁静的。

第二天，果然不出我所料。上课时，他居然拿语文书作掩护看课外书。我看在眼里，记在心里：最好还是自扫门前雪，勿管他人事。

突然，他凑过来，嬉皮笑脸地说：“老鹿，你有没有遵从你祖先遗留下来的习惯，只吃草?”

真气人，他正好不偏不斜地戳中了我的要害。我不得不反驳他说：“你的意思是说我胖喽？我虽然不算苗条，但也不能说胖！老狼啊，你有没有狼氏血统的遗传？看你瘦的！”

老狼听了，声音提高了八度，忙着为自己辩解：“我这叫健美！”

这一辩解不要紧，被顺风耳的老师听到了。老师那 800 度的

酒瓶底似的镜片反射出来的光照得我们睁不开眼。“你们俩，放学去我办公室！”

哗……一下子，我们成了50双眼睛的焦点。

第二回合：两人双赢

一天，偶然得知老狼惧怕毛毛虫，一条妙计油然而生。次日，我拿了两条毛毛虫，问老狼喜欢哪一条，我可以把那一条作为生日礼物送他。

果然不出我的所料，老狼的脸色由红到绿，身子直往后撤。我继续打趣地说：“这条大青虫挺适合你的，对吧？那我就把它……”

还没等我说完，老狼便一溜烟地跑了。我得意地把大青虫放在他的文具盒里，想给他一个“惊喜”。

上课了，老狼在确定我没有拿毛毛虫后，才安心坐下，打开文具盒拿笔做笔记。我几乎零距离地看着老狼被吓得手塞进嘴里啃指甲，心里痛快极了。就让这只毛毛虫在他的文具盒里自由自在地散步吧！

我得意地打开我的文具盒——我的妈呀，一只硕大的蜘蛛正在我的笔上玩杂耍呢！

第三回合：伤离别

一天，老狼早早地来到学校。我开玩笑地说，太阳是不是西起东落了？

可老狼一改常态，说了一句：“我要转学了……”

我表面装作漫不经心，可心里却很不好受。突然，老狼问我属于哪一种鹿？我说我属于能对付狼的鹿。他嘿嘿地笑了。我又乘机问他属于哪一种狼？他说他属于不吃鹿的狼。

我们都笑了，笑得很开心，但也很难过。

老狼果然很快转学了。虽然我现在有了一个和我友好相处的同桌，但我却怎么也忘不了“老狼”——我的那个旧同桌。

可怜的协议书

郭慧铭　吴佳佳

我的同桌是一个特别贪玩的男生，叫胡志鹏，外号“胡萝卜”。由于他的外号比较顺嘴，所以便取代了他的真名实姓。

和胡萝卜同桌真是痛并快乐着。

快乐是因为我俩经常说话、吵架，而且，我打他，他从来不敢还手，随我处置，特好玩！痛苦的是，他爱唱歌，自己本来就五音不全吧，不仅不自卑，而且还总是扯着破锣嗓子，唱《小白菜》、《2002年的第一场雪》就算了，居然敢唱《青藏高原》和《山路十八弯》。因此，当他唱完陶醉完后，便会发现自己已经被同学扔来的书淹没了！由于经常听噪音，我的听力大大受损。

有一回，在他又准备纵情高歌时，我从书包里以光速掏出了两张纸，对他说：“歌声诚可贵，生命价更高。萝卜，为了你我都能好好地活下去，咱俩签一份协议书吧！我求你啦！你写对我的要求，我写对你的要求，然后综合起来，由我最后整理。OK?”

“OK！没问题！”

由于胡萝卜的错别字太多了，我经过了两个夜晚的奋战，终于将协议书搞定了！内容如下：

郭胡慧志铭鹏协议书

甲方：郭慧铭

乙方：胡志鹏

1. 乙方要在得到甲方允许后才能一展歌喉，而且要适当减少分贝，并发誓不做野兽派歌手，否则按“滥杀无辜”罪处罚。

2. 乙方要无条件地帮助甲方解决各种困难。比如说，若甲方忘带学习用品，乙方必须热心帮助，有求必应，否则冠以“冷血动物”的称号。

3. 甲方不准殴打、欺负乙方。要尊“老”爱“幼”，也要对乙方适当地温柔一些，以保护乙方幼小的心灵，同时保护祖国的花朵，否则按“淑女法”定罪。

4. 甲、乙两方将桌子一分为三，甲方占三分之二，乙方占三分之一，不得有误。否则，若甲方发起进攻，不管乙方死伤多么惨重，也概不负责，并由乙方承担全部责任。

5. 甲方乙方之间，有福共享，有难同当，有题共抄。

6. 以上为协议书的主要内容，若甲方不遵守的话，赔偿乙方一个冰淇淋；若乙方不遵守的话，则赔偿甲方一块汉堡包。

有效期：永远，直到不做同桌为止。

甲方艺术签名：郭慧铭（手印）

乙方艺术签名：胡志鹏（手印）

见证人：张璐（手印）

因为协议书是我一手精心策划的，所以当然是对我比较有利的，而对胡萝卜比较苛刻的，因此，他没少违反规定，吃了不少亏，呵呵。

有一天，我发现老师在找胡萝卜谈话，向同学一打听，原来，老师准备把我和胡萝卜调开，我一听，激动得差点晕过去，连忙对我旁边的同学说：“嘿，掐掐我，看我现在是不是在和周公打交道。”旁边的同学也真够朋友，该出手时就出手，狠狠地掐了我一下，让我嘎地叫了起来。

哈哈，高兴，真高兴！老师真英明，终于把胡萝卜和我调开了，呵，天真蓝啊，高兴得我见人都想来个热情的拥抱！

我激动地唱着：“啊朋友再见，啊朋友再见，再见吧，再见吧！”用期待的眼光撵胡萝卜走。

胡萝卜也挺识趣，打着“风萧萧兮易水寒，壮士一去兮不复还”的旗帜，高唱着：“流浪的人在外想念你，亲爱的冰淇淋；流浪的脚步走遍天涯，没有一个家。”

唱着唱着，班里突然传来了无数双燃烧着的怒火的眼神。胡萝卜拍拍我的肩膀，苦笑着说：“铭，我要走了，千万不要想我哦。这个萝卜头送给你，想我时看看。”

正当我高兴的时候，老师突然微笑地向我走来，温柔地说：“郭慧铭同学，考虑到身高和各方面的因素，我发现，胡志鹏和你做同桌最合适。所以，老师决定不调了，还按原座位坐吧！”

这一消息，犹如晴天霹雳。顿时，我感到天昏地暗，日月无光，55555～～～

班上的同学一点同情心也没有，张璐居然还拿我开玩笑：“哟，老同桌聚会，场面好感人哦，你不会控制不住自己，激动得痛哭流涕吧？”

“哼，找打啊，看我怎么拆你！”说着，我便满世界地 K 她去了！

唉，可怜的协议书，你又派上用场了！

同桌ABC

郑　莉

我的同桌是一个长得蛮帅的 boy，他是我们班的“吹牛站站长”。

初次见面

站长是上个学期才转入我们班的，当时我以前的同桌才转走，座位一直空着没人坐。刚好他转来，老师便让他与我做同桌。

唉！怎么是个 boy？我在心里愤愤地想。

没想到他很大方，居然主动向我打招呼：“喂，你好，我叫林俊杰，你叫什么名字？”

我正在喝水，一听他的名字竟然是我崇拜的歌星——“林俊杰”，顿时呛住了，咳个不停。

林俊杰见到我这个样子，大惑不解，奇怪的问：“你怎么啦？是不是我叫林俊杰把你给吓住了？”

不错不错，他还蛮善解人意的嘛！

过了一会儿，我感觉好多了，不太咳了，就回答他：“你好，阿杰，我叫郑莉！”

“哇！”林俊杰惊奇地大叫，“你与郑秀文一姓，好酷哦！”

“哎呀！哪里哪里，你还与歌星‘林俊杰’同名同姓呢，我只不过是一姓罢了呀！”

“彼此彼此！”

嘿，这林俊杰与我的性格挺像的嘛！

学习竞争

林俊杰与我一样，好胜心十分强，每次考试我们都不分上下，平分秋色。

一天，林俊杰突然对我说：“我们能不能让老师给我们每人在图书馆里找一本书，限制两天之后，让老师出一张试卷给我们分出个高低如何？”

我顿时大喜：“你果真比我聪明到阿拉伯了！”

“哪里哪里。”林俊杰十分谦虚，“你才是比我酷到西班牙！”

林俊杰一拍桌子，“是啊，千载难逢的好机会，走过，路过，岂能错过？”

话音刚落，我俩便一起动身，冲向办公室。我们向老师说明情况后，老师当场应允。林俊杰差点儿兴奋得晕过去，幸好我把他扶住了。

两天后，我与林俊杰一起考试，结果出乎意料：我俩居然都得了5分！

老师把垂头丧气的我俩叫到办公室里去，本以为老师会说：“二位啊，别难过了啦！下次努力了啦！还有机会啦！路还漫长啦！”谁知道老师大声说道：“幼儿园小孩都知道5分就相当于100分，你们难道连这点小道理都不知道吗？”

“哦，原来如此！”我俩顿时恍然大悟。

小小矛盾

我与林俊杰虽然性格相像，但偶尔也会闹矛盾。

记得有一次，我正在听音乐，林俊杰伸手夺走了我的耳机，自己听了起来。

我那天心情本来坏透了。一看到林俊杰这个样子，顿时火冒三丈，冲着林俊杰大声叫起来：“喂！姓林的，把我的耳机快快还回来！”

林俊杰装作没听见，继续听音乐。

我把 CD 关掉，在心里生气地想：哼！我看你怎么听！哼！哼！

只见林俊杰不慌不忙地摘掉耳机，细声慢语地说：“谁敢傲视群峰？唯我林俊杰！”

我听了不以为然，接着说道：“谁敢傲慢轻敌，唯我郑莉！”

林俊杰一时无言以对，便使出自己的看家本领“佛山无影脚”来报仇。我由于躲避不及，一下子被他踢中了。

我不服气地咬咬牙，大声说道：“哼，等着瞧，我现在就去跟老师说！”

林俊杰顿时脸色大变，连忙哀求道：“求求你，千万别说！”

“好啦，饶了你啦，不过，下不为例！”

“三八线”战役

王格格

“三八线”的公平合同

我和骆菲的桌子，有一条白色的长线，就是我们常说的“三八线”。为了公平起见，我和骆菲签了一份“三八线”合同，上面有这样两条规定：

1. 不允许超线；

2. 如超线了，就要让同桌超一个星期的线。

我和骆菲签了字后，还请了我们小组的“领导”和“无声杀手”——杨祺和陆璐当公证人。于是，我和骆菲都不敢怠慢，生怕超了线。

下集预告：有一次，我超了线，被骆菲看见了，于是……

碰脚大战

今天的第一节数学课，骆菲的肚子突然疼了起来，连忙捂着肚子去了厕所。我悄悄地将胳膊伸进骆菲的“领地”上，这样无比幸福地持续了一个多小时（看来骆菲蹲马桶的时间实在是破了纪录了）。突然，一只黄中带白的手用力地拉住了我的胳膊，我吓了一跳，回头一看，我的妈呀！竟然是骆菲这小子。我虽表面上左赔罪右赔罪，可心里却嘀咕：太不爽了，你早不来，晚不来，偏偏这个时候来，真精。

骆菲好像看出了什么破绽，猛地用脚一踢，哗，我的鞋子飞出了几米远。我气得光着脚丫，把鞋子捡回来穿上，两眼瞪着骆菲，毫不留情地踢着骆菲的脚。骆菲一个旋转，摆脱了我的脚，泪汪汪的眼睛看了我一下，又踢向了我……

“三八线”停火了

我吓得闭上了眼睛，等待着“无影脚”的来临。

“停!”我一惊，睁开眼睛，看见实习老师李老师正站在门口。我和骆菲吓得马上“滚”回座位，乖乖地听着李老师的批评。

李老师走上前来，说：“‘三八线’的事我管不了，看你们自己吧!”

我和骆菲互相望了望对方，也笑了起来。

后记：我和骆菲意识到了自己的错误，把那份合同毫不犹豫地撕了，又把那条“三八线”擦得一干二净。从此，我们每天都在互助中快乐地学习着。

同桌，冤家

褚乾咏

俗话说：冤家宜解不宜结。这不，一开学，老师就把我的死对头李明调来和我同桌。唉，真够倒霉的！

语文课上，我问："李明，'两个黄鹂鸣翠柳'，是谁的名句呀？"

他故意捉弄我，说是诸葛亮。我不信，他解释道："这首诗最后一句是'门泊东吴万里船'，你看，诸葛亮把船都停在东吴门前了，怎么不是他写的呢？"

我信以为真，正巧上课时，老师提问我这首诗的作者是谁，我便站起来高声回答："诸葛亮。"

全班同学都大笑起来，李明更是笑得前仰后合，我这才知道上了他的当，我又气又恼，发誓一定要报仇。

盼星星，盼月亮，终于等到了报仇的机会。

由于李明上课喜欢睡觉，老师便把监督李明的光荣任务交给了我。这不，美术课上，他提前完成作业后，困意袭来，便趴在桌上呼呼大睡起来。

我见时机已到，拿着彩笔，左一笔红，右一笔蓝，把他的脸画得乱七八糟，然后起身对老师说："李明上课睡觉。"

老师轻轻走下讲台，对李明说："喂，醒醒，天亮了。"

李明流着口水说："天亮了，噢，该去上学了。"说完抓起书包便走，全班爆笑。

结果李明那天被老师请到办公室“喝咖啡”，外加听了一堂生动得无法再生动的“政治课”。

像这样的故事，在我们之间发生的概率非常高。不过，正因为这样，我们才建立起深厚的友谊。

你说，我们是同桌冤家吗？

不是冤家不同桌

卢仕祺

临近毕业，我那娘娘腔的同桌老杜情绪开始不正常，整天笑嘻嘻的，时不时扯着嗓子吼上几句，在课间还大跳“桑巴舞”。

我心想：“六年抗战”胜利，是该高兴高兴。

不料老杜主动坦白说：“我高兴是因为终于摆脱了你这个女魔头的魔爪，哈哈哈!”

气死我了！哼哼，尝尝我的“九阴白骨爪”!

老杜和我是五年级开始同桌的，我们性格大不相同，他是“娘娘腔”，我是“假小子”，于是同学们把我俩的“地盘”称为“黑木崖”，不过这个称呼只有在背地里才敢说出来的。

我和老杜的桌子上没有“三八线”，这并不是说明我们和睦相处，嘿嘿，而是说整张桌子都是本人的“管辖区”，这可是我用“武力”夺来的。

老杜学习不算太好，上课又不认真听，所以我就可以借机整整他。

这天数学课，老师在布置作业，老杜却在津津有味地看漫画。等作业本发下来后，老杜挠挠头问我：“喂，写什么?”

“练习 16，4、5、6 这 3 道题。”我心里冷笑一阵，胡扯了几道题。

“不是吧。”老杜怀疑地盯着我，我耸耸肩：“不信你问其他的人。”

嘿嘿，前后左右我都打了招呼，看你怎么办。老杜一番询问后，果然上当了。

下一节课还是数学。老师在批改刚才的作业。我一边窃笑一边等着看老杜的好戏。

“杜永恒!”老师平地一声吼。

“到!”杜永恒（就是老杜）急忙跑过去。

哈哈！咚咚咚锵，隆咚隆锵！好戏开场!

“你耳朵长哪儿去了？我不是叫你们写练习 16 的 1、2、3 题吗?”老师拿着数学书直敲老杜的头。

老杜委屈地说：“卢仕祺告诉我这么写的。”

“卢仕祺？你上课干吗去了?”老师猛地拍了一下桌子，“你也上来!”

正笑得花枝乱颤的我立刻像泄了气的皮球一样，垂头丧气地走上讲台，唉，完了完了！害人反害己啊!

假期里，我报一个补习班，座位由老师安排。

“卢仕祺和杜永恒一桌!”

天！又听到了那个熟悉的名字。

“我命怎么这么苦呀!”杜永恒哭丧着脸走了过来，这个假期，老杜可有“好果子”吃了!

咱俩这“同桌冤家”真是“有缘”啊!

同桌小传

孟天宇

小学时代，同桌多多。说起来你也许不信，但在我上四年级时，就换了7位同桌。你可不要误会，这并不是俺毛病多，这是学习需要。下面，我就给介绍几位。

女　侠

刚升入四年级，第一天排座位，由于我个子高，被排到了第六排，和一位女生做同桌。这同桌叫沈铭，今年12岁。

她跟我讲话，帮我接水，等等。由于我刚从外地转来，有几个坏学生就欺负我。女侠沈铭总会帮我对付他们。我特别感激她，我管她叫女侠。

第二天，老师让抄黑板上的题。妈呀！这可苦了我这个近视眼了。哎！只好向老师打报告了，我支支吾吾好不容易把话说清楚了。老师还算仁慈，接着把我调到了第二排。可是和刚认识的同桌——女侠就这样分开了。

小小歌迷

"随风奔跑自由是方向，追逐雷和闪电的力量，把浩瀚的海洋装进我的胸膛，即使再小的帆也能远航……"

瞧！我这位新同桌又开始唱羽泉的这首《奔跑》了。我这个同桌呀！可是一低频小歌迷，会唱的歌还真不少，什么《奔跑》、

《天涯》、《朋友》等等，而且唱得非常好听，从不跑调，这不，他又拿着那个小蓝本本，不知记什么歌词呢？

我把脑袋凑过去，他连忙把小本本收起来。

“哎！我说不要这么小气么，让我看看！”

他说：“不行不行，绝对不行，这可是我的宝贝呀，不可外传！”

说完，又躲到一边抄歌词了。

鼻涕大王

哎，垃圾袋里又快装满杂物了。有没油的圆珠笔芯，有用过的透明胶，有断了的尺子等等，其实最多的，还是带着鼻涕的卫生纸。

我冲着他大声喊：“你能不能不去擦鼻涕呀？”

“你能不能不吃饭，不睡觉，不喝水呀！”他立即反驳道。

其实我这位同桌还不错，平时乐于助人，就一点不好，那就是太不讲卫生了。尤其是好擤鼻涕，所以我们叫他“鼻涕大王。”

兴奋剂

我现在的同桌是一位男生，个子不算高，学习一般般，只不过他嘴皮子特别滑，说出来的话常常令人笑上半天，我看他活像吃了兴奋剂。

“丁零零”下课铃响了，他又冲我唠叨开了：“喂，我昨天新编了一段小顺口溜，你听听。”

还没等我反应过来，他一边给我说，一边画了起来。

“一个丁老头，欠我两个球，我说三天还，他说四天还。给你个扁瓜蛋，三天就三天，四天就四天。买个大西瓜，八毛八，买串糖葫芦，六毛六。”

他说完了，一个栩栩如生的老头形象也出现在我的眼前，笑得我肚子都有点疼了。

尾　声

怎么样，看了我写的同桌小传，你一定对我的几位同桌有所了解了吧！你们给我评评，我的哪个同桌最好。

我的野蛮同桌

凌 晨

唉哟，我的命咋这么苦呀！新学期一开学，老师给我们安排座位，我和远近闻名的馋鬼＋丑鬼＋疯鬼＋野蛮“女友”——李慧敏（为防止本人被揍，故使用化名）同桌。

这下可好，是冰山对火山，水火不容，一场激烈的“世界大战”开始了。

一个星期下来，我们大吵加小吵，约二十几次，有时不止是吵，还扭打起来。

吵架大部分是由李慧敏挑起的。上课时，她偏要跟我玩什么游戏，我不干，她就来打我，于是我们就在课桌下互相来了个“飞腿”大战。

老师发现了，我们统统挨批。

下课了，我们又吵起来。

慢慢地，我败下阵来。唉，这死丫头，实在是受不了她的“严刑拷打”，于是，经过左思右想，我终于想出了一个“恶毒”的点子——和李慧敏调开座位。

第二天，我向李慧敏说了我的观点，本以为她会求之不得，点头同意，举双手赞成，没想到她却不同意，死命求我要留下，还给了我一颗奶糖，说要和我言归于好。

我想了一会儿，决定和她“约法六章”——她写三章我写三章。

李慧敏欣然同意。

这《约法六章》很快就写好了，内容如下：

约法六章

甲方：李慧敏

乙方：凌晨

甲方需遵守：

1. 不准在上课时打扰乙方。

2. 不准无缘无故打乙方，伤害乙方“幼小”的心灵！

3. 甲乙双方化敌为友。

乙方需遵守：

1. 甲方有不会做的题目，乙方要及时帮助，否则按犯《李凌法》第N条处罚。

2. 不准用恶毒的语言伤害甲方，给甲方的心灵蒙上一层“阴影”。

3. 有福同享，有难同当！

注：如违反以上6条中的一条或几条，需要在至少五个人面前向对方道歉，道歉词是：我做得不对，实在不对，违反了《约法六章》，今天，我向你道歉。语气必须委婉，要带有歉意。

甲方签名印章：李慧敏

乙方签名印章：凌晨

2005年9月6日

《约法六章》写好了，我十分满意，想：这下李慧敏可不会胡作非为了，我可以安心学习了。

果然，两天过去了，我的生活安稳多了。

可是，第三天到了，没想到那个死丫头又害到了我头上来了。

那是一节数学课，老师讲完课留了十分钟让我们写作业。我"刷刷刷"地写着，突然，李慧敏扔给我一张纸条，上书：

"我从第5题至第10题全不会，你教我。"

我回敬："想得美！"

这下可好，李慧敏说："你完了，我们的《约法六章》上有规定：甲方有不会做的题目，乙方要及时帮助，否则……你不记得了？好，下课你就看着办吧！"

我大吃一惊，没想到一时大意被李慧敏这死丫头耍了一把，还得向她道歉。我可真是"哑巴吃黄连，有苦说不出"啊！想当初……

唉，一切都晚了。

下课了，李慧敏挥着《约法六章》，得意扬扬地嘲笑我，我一气之下，夺下《约法六章》把它撕了个粉身碎骨。

李慧敏见了，"龙颜大怒"地向我吼道："死家伙，你完了！"

于是，我们又开始了一场惊心动魄的口水之战……

唉，我的野蛮同桌；唉，可怜的《约法六章》哟！

“洋葱”杨聪

陶　舒

哎呀呀呀，真是“命运悲惨”呀，也不知道老师的脑子里哪根筋搭错了，居然让我和所谓的“班费管理员”——有着“洋葱”之称的杨聪坐在同一座位上！

惨兮悲兮痛兮苦兮呀，只好听天由命了，这不，才和我“和平相处”了不到两天，洋葱就给了我两个下马威。

“三只手”的故事

上午被安排在一个讨厌的座位，下午又出了糟糕事儿——美术课忘了带彩纸，真是“破屋又逢连夜雨”呀。

没办法，我只得不耻下“求”，可怜巴巴地对洋葱说：“洋葱呀，你心地最善良了，可不可以借我一毛钱买一张彩纸呀。”

“No！No！No！不行！”没想到洋葱根本不吃这一套，坚决得如同刘胡兰面对汉奸的甜言蜜语一般。

“哟！你可真是只铁公鸡——一毛不拔呀！”我讽刺地说。

“唉！”洋葱故作深沉地叹了口气，说，“我不是不想借——我没钱呀！”

哼！我早就知道洋葱一定会装模作样地哭穷，于是我一脸坏笑，不怀好意，慢吞吞地压低了声音说：“您可是当了多年的班费管理员呀……”

洋葱双眼一瞪，耸耸肩，两手一摊，故意作“包公”状，说：“我可是两袖清风，不要乱说话！”

“哟，我可真没看出来，”我做了个鬼脸，“您要是两袖清风，我都三袖清风了！”

“三袖清风？”洋葱轻声重复了一遍，低声说了一句，“您岂不是有三只手了？”

“嗯？”我还没反应过来了，就听见洋葱一阵怪笑，“啊哈呼呼，三只手——钳工呀，嘿嘿……”

原来如此！他居然拐弯抹角地骂我是小偷，真是岂有此理，气死我也！不过还好，老天给了我一个复仇的机会……

没＋有＝没有？

第二天上午，语文老师教了《景阳冈》这一课，下课后，我问：“洋葱，你觉得历史上到底有没有武松这个人呀？”

洋葱挺干脆地回答：“我觉得呀，没这个人。”他一副满不在乎的样子。

这可把我气坏了：武松是我最崇拜的人之一！再加上我想气气他，我就说：“肯定有！”

“没！”洋葱斩钉截铁。

“有！”我不甘示弱。

“没！”他语气坚决。

“有！”我顽强抵抗。

……

真是针尖对麦芒呀，正当我们吵得不可开交的时候，他突然说：“对呀，没加有，等于没有嘛！”

天呐，没＋有＝没有？！头一次听见这样解释词语的！我晕！

“三八线”的故事

哈　田

我和同桌张子扬经常为了占桌子的事而争吵，终于有一天，在我们的课桌上出现了一条用涂改液画成的“三八线”。

为了公平，我们还请了我组的小官——余咪咪当公证人。

有一天上语文自习课，我正在认真地写作业。教室里安静极了，只能听到钢笔和作业本之间“窃窃私语”的声音。

突然，一只胳膊肘撞了我一下，我心爱的本本上出现了一条小尾巴，那条小尾巴好像在得意地笑着：“呵呵，小班长，这次作业可得不到优了吧！哈哈哈……”

我“啪”一声把钢笔放在桌子上，对张子扬说：“老张，你看，怎么办？”

同桌看了看我本子上的小尾巴，不以为然地说：“怎么了，怎么了！用胶带一贴不就行啦！”

他接着又说：“不要事事怪人不怪己，再说，是你超线了，活该！”

我一听这话，肺都气炸了，由于本班长乃暴脾气，我也就毫不留情地撞了他一下，这时，他的作业本上也出现了同样的一条“小尾巴”。

我瞟了他一眼，只见他鼻子、眼睛都换了位，我敢肯定，他这是被俺老哈气出来的。

他知道斗不过，只好败下阵来，继续写作业，这时，我露出

了胜利的微笑。从此，我俩为了防止对方入侵，时刻都在提防着对方。

直到一天数学考试……

那天，我在仔细检查试卷时，发现一道题写错了，可找遍书包、文具盒，也没找到橡皮，我想：玩完，彻底玩完，得不了100分了。

张子扬看了看我，把一块新橡皮递给我，说："用吧。"

我看他态度十分诚恳，说了一句："谢谢。"

那次考试，我得了100分，我心里很感激他，可又不好意思说，所以，我主动擦掉了那条三八线。

我想，在这一段时间里，三八线使我们失去了友谊，也失去了团结合作。我还经常在背后说张子扬的坏话，真是太不应该了。

同桌来了，看见我正在擦三八线，就知道是怎么一回事了。他拿着抹布，也跟着擦了起来。

变幻莫测的同桌

李敏丽

我们班的同桌冤家有不少，就拿王雨辰和刘柳来说吧，他们两人哪，一下子吵，一下子笑，一会儿如好友，一会儿又似仇人，变幻莫测。

某日风和日丽，我走进教室，就看见王雨辰在狂奔，边跑边叫："救命啊！救命啊！"后面刘柳在猛追，边追边喊："你站住，别跑！"

我想肯定又有战争发生了。

原来，王雨辰闲着无聊，拿刘柳开玩笑，跟别人说刘柳是从侏罗纪时期来的巨型恐龙，身上有巨刺，脚有2个篮球那么大。

刘柳肯定是受刺激了，猛地一站，把桌子一拍，大吼一声："你再说一遍！"

王雨辰看情况不好，撒腿就跑，便出现了以上的情景了……

大概是累了，刘柳停了下来，王雨辰一看也停了下来。刘柳突然跑回座位上，拿起同桌的文具盒"冷笑"着举起手来。

王雨辰远远看见了，飞似的跑回来抢救文具盒，结果，落入了"法网"，饱受了煎熬，痛苦万分哪！

唉，早知如此，何必当初。

到了第二天，两个人好像什么事也没有发生，嘻嘻哈哈的。王雨辰不知道在刘柳旁边说了什么，刘柳笑得趴在了桌上，瞧这俩人！

平静的日子很快就过去了，闹剧又发生了。

这天，王雨辰不知哪根神经出现了问题，向别人宣布：“我的同桌刘柳是美国进口霸王龙，她每天欺负我，我要告她虐待未成年人……”

“够了！”刘柳把桌子一拍，笔一下子滚到地上去了。

刘柳站起来，对着王雨辰吼道：“谁是霸王龙，你说清楚！”

王雨辰大概被吓住了，倚靠着墙，一副弱小的样子，可怜巴巴地小声说：“对……对不起，我……是霸王龙。”

可是为时已晚，王雨辰还是尝到了清朝十大酷刑之一的九阴白骨爪的滋味，可怜呀！

不过闹归闹，两个人还是蛮团结的。在学习上，王雨辰有困难，刘柳就主动帮她；刘柳有时忘带了什么东西，王雨辰都会慷慨地免费借用。

这俩人哪，真难说！

我的可爱野蛮同桌

王 桂

我是班里有名的假小子，就爱和男孩子凑在一起，可是老师偏要和我作对，把我和一个女孩子安排在一桌，而且在一起一坐就是三年。

不过，说实话，我的这个同桌长得倒挺俊俏，圆圆的脸，细细的眉，水灵灵的眼，红红的嘴，后脑勺上还扎着条长长的马尾辫。

说起我这个同桌，还真野蛮，刚开学，她就给了我一个下马威。

也不知道她什么时候把我的书包带紧紧地系在桌腿上。下课铃一响，我就收拾东西准备回家。哪知一用力，崭新的书包带断了！

我看着还系在桌腿上的书包带，不知如何是好，这时，同桌的她正站在一旁幸灾乐祸地大笑，还说什么我的书包质量太差了，把我的五脏六腑都气炸了。

更可气的还在后面呢！

每次上课，她都在我的耳边唧唧喳喳说个不停。那一次上音乐课，我们的大牛老师正在上面教歌，她却在我耳边轻轻地吟起《静夜思》：床前明月光，小偷爬上窗，打开保险箱，钞票偷精光！

我听了一边忍住笑，一边小声对她说求求你了，别说了，别说了。

可她像没听见似的，还问我：“要不要再来一个？就把那《静夜思》改成《大富硒康》好不好：床前明月光，北大富硒康，只要尝一口，全家健康康。哦，不，全家死光光！”

终于，我忍不住了，笑出了声，她也跟着笑出了声。

后来我们还是逃不了牛老师的一顿骂。

下课时，我跟她说：“请你以后不要再逗我笑，难道你不怕老师骂？”

不料她却说出这样一番话：“不怕，我脸皮厚着呢！”

令你们想不到的是，我这个任性而野蛮的同桌竟然还是个小花迷，而且还因为她爱花，使我看到了她的另一面。

记得有一次体育自由活动课上，我和同桌正在采摘校园里的桂花，忽然，一个可爱的小妹妹在我们身边摔倒了，我装没看见，因为那小姑娘也想摘花。

可我那个野蛮同桌居然跑过去，扶起那个小姑娘，拍拍小姑娘身上的尘土，后来，同桌还把她好不容易摘到的桂花送给了那个小姑娘。

我真不敢相信自己的眼睛，这家伙怎么变得这么温柔，这么善良？

哦，忘了介绍她的名字。她是羊年出生，所以叫王羊。人如其名，她长得就像一只羊，连笑都像。

和她相处了 3 年，我觉得过得还蛮自在快活的，她永远是我的可爱野蛮同桌！

爱哭的同桌

徐华鹏

自从老师把我和一个女同学安排坐在一起，我就没有一天好日子过。这个女同学不但小气，而且还特别爱哭。

刚坐到那个地方，我就发现我的桌面上比其他桌面多了一条白色的粉笔线。

同桌说这是界线，不准超过，她还挺有理由地说因为男女有别。

此外她还提出两点要求：

1. 不准超线；

2. 如果哪方超过了线，就要向同桌说 100 次对不起。

我很不情愿地答应了，谁让她是女的呢！俗话说得好，好男不跟女斗。

打这以后我经常提醒自己，唯恐超过了线，不但要说 100 次对不起，而且还要被同桌一顿好说。

虽然这样，但有时我不注意就会超过了这条该死的界线，我的衣袖都成了白色的了。

这该死的界线，我经常偷偷地用卫生纸把它擦掉，但不知道什么时候，同桌又用粉笔画上了一条白线。

为了“消灭”界线，不知浪费了我多少卫生纸！

有一次同桌不小心超过了线，我硬要让她对我说 100 次对不起。

我当时心想，平时我对你说了不知道多少个 100 次“对不起”，好不容易抓住一次机会，我是一定不放过的，要不然我平时对你说的“对不起”不是白说了吗？那该多冤啊！

同桌大概被我逼急了，一下子哭了出来，害得我又向她说了很多句“对不起”。

唉，我不但没有得到她的 100 次“对不起”，而且又向她说这么多“对不起”。

我只是怕同学们说我欺负女生，同时也怕同桌告诉老师罢了。

每当我们俩闹不愉快时，同桌就会出手打我。尽管这样，我也是不会还手的。我顶多只会说几句难听的话，可是她这样也会哭，一哭就哭到上课。每到这时我的心跳速度就会噌地一声上升到每分钟 888 次（夸张了一点），只怕老师知道了，让我在全班同学面前下不了台。

同桌，我多么希望你能改掉这小气的毛病和爱哭的习惯，让别的同学也羡慕我们这两个友好的同桌，好不好呢？

刘北和李兰

黄　勇

咱班也有一对同桌冤家，他们就是刘北大衰哥和李兰大小姐。

说起那个刘北，我就满怀同情之心，他整天动不动就被李兰扁，那个惨啊！

不过刘北也是个喜欢惹是生非的男生，经常惹李兰；可李兰并不是大事化小，小事化无那一类型的人，所以就经常对刘北动粗。

可刘北呢，挨打了竟不敢还手，还不是怕李兰哭鼻子呗！

一次，我问刘北："刘北，你怎么这么怕李兰呀？她打你你干吗不还手呢？你若是怕李兰向老师告状，你下手稍微轻一些也行啊，就是不能不还手，这样会丢我们男生的脸的！"

岂料，刘北的反应极为平静："哼，就她那个病猫能把我怎样？我平时只是懒得还手罢了。"说完，还示威似的踩了李兰的书包几脚。

"怎么样，我不怕她吧？"刘北得意扬扬。

不知什么时候，李兰已经出现在刘北背后了。她一副凶神恶煞的模样，显然已经看见了刘北的一举一动。

"啊……哦……"我一边怪叫一边头往上仰，暗示刘北看看身后。

可是刘北却没领会我的意思，还开玩笑地说："你怎么了？

是不是喉咙有问题呀?”

“我喉咙倒是没问题，只是你有大问题了。”我说。

“没错!”李兰大叫一声，如猛虎扑食般冲上来，对刘北拳打脚踢，一边打一边说，“我叫你踩我的书包，我叫你踩我的书包!”

刘北躲闪着李兰，不断发出惨叫。

刘北太可怜了!

看来，李兰已经从刘北所说的病猫进化成了老虎啦!

等到李兰打累了，这才拍了拍手，扬长而去。刘北“狼狈不堪”地从桌子底下爬出来，叹息：“唉，吹牛是不会有好结果的呀!”

刘北和李兰真是对名副其实的同桌冤家呀!咱班有了这对冤家，可就不无聊喽!

“苍蝇”神功

葛丽如

新学期刚到来，我的“安乐座”便被老师给抄了。

“苍蝇”驾到

真是“智人千虑，必有一失”。我想破脑袋，也没能料到我的新同桌竟会是大名鼎鼎、人见人烦、外号“苍蝇”的关军先生！

此人肥头大耳、四肢发达、头发乌黑、皮肤淡黄，外加九十几斤的体重，像电视剧里的“肥猫”（有点夸张）。

天啊！有没有搞错，我一个纤弱女生和关军这么胖的人同桌，真是倒霉透顶呀！

看，看，看，我没说错吧！他又超过三八线了。

没办法，为了保持本人的淑女形象，只好暂时忍一忍，正所谓“小女子能屈能伸也（本人自创名言）”。

相互试探

第二天，我的文具盒里多了一只可恶的小青虫，害得我叫破喉咙。

看到同桌笑眯眯的双眼，我已经不难猜出这是关军的杰作。次日，我便偷偷地回敬了两只可爱的蜗牛，让它们在同桌的书包里安了家。

本以为能让他吓破胆子，没想到，他却笑嘻嘻地说：“蜗牛

最怕肥苍蝇!”

真把我给气疯了。

丢钱“小传”

这位讨厌的肥苍蝇，整天眯缝着眼哈哈大笑，我真怀疑他是不是得了狂笑症。有一次，他丢了 10 元钱，坐在那大声怪笑。哇噻！那声音比周杰伦唱的《双截棍》还要高几十倍呢！说实在的，当时全班同学都以为他疯了。

大展神功

苍蝇这个家伙，武功盖世无敌，尤其是他的“废话神功”，那才叫厉害，其威力不在天魔琴之下。

上课时，关军的“废话神功”发挥得淋漓尽致。一会儿跟这个人说话，一会儿又和那个人聊天，跟苍蝇没啥两样，吵得人烦死了，怪不得他的外号叫“苍蝇”呢!

最可气的是，老师在讲台上上课，他在底下用高八度的声音唱《野人狂》，我差点被气死!

路遥知马力

“路遥知马力，日久见人心”，这话说进我心坎里。日子久了，我还真觉得苍蝇这小子并不是那么讨厌了。

他总是以笑待人，以前不爱笑的我，也变得开朗了。

再看看周围的人，在他的熏陶下，一个个都成了乐观主义者，整天嘻嘻哈哈的，这些全都归功于关军。

不过这人死性不改，废话只增不减，神功练得出神入化。但现在，他收敛了很多，只在课余时间大展神功。

“黑”同桌

孙振宇

跟我做同桌时间最长的要数那位“天下第一黑”——阿杜。

她，黑而有神的眼睛，黑而粗的眉毛，锅盖式的乌黑的发型，平时穿着黑运动服，黑牛仔裤，黑运动鞋，全身上下都是黑！最关键的一点就是黑皮肤，皮肤黑到极点，纯种非洲人！要是到了夜晚，简直看不见她。

由于她的黑，本人就给她起了不少的绰号，大家听我细细道来……

黑皮一号

这是她刚做我同桌时，我见她那么黑，灵机一动，立刻想出来的绰号。因此每次喊她，我都这样叫。一开始，她表现得满不在乎的样子，到后来，我一喊，她立刻用书本把我打得不成人形。

我只想对她说：“祝贺你！荣获世界选黑大赛第一名。”

非洲皇后

一天，在下课时间，我看《社会》书中的非洲人，个个皮肤都特别黑，由此我想她不会也是非洲人吧？99.9%可能！

我“灵机二动”，想出了第二个绰号。因为她既是女霸王，又是非洲人，所以我给她起了“非洲皇后”这个经典绰号。

黑猩猩

一次，无意之间看见她的鼻孔，她的鼻孔那么大，每次一生气，鼻孔一张一缩，真好玩！于是，我“灵机三动”，想到了一种动物——猩猩，所以就取了“黑猩猩”这个名。

她一听到我又给她取新绰号，又把我打得哭爹喊娘。救命呀！

“黑克”

你千万别认为是电脑黑客。你应当这样想：黑是皮肤黑，克是我的克星，这是我“灵机四动”，新出炉的同桌的绰号。

每次只要叫她绰号，轻者挨小拳，重者遭到死缠烂打，打得我不是哭爹喊娘，就是跪地求饶。

哎！没办法，她就是一位“巾帼英雄”！她一次又一次使出最毒的招数：九阴白骨爪，降龙十八掌，九阳神功……

而可怜的我只好也使用超级绝招——跑进男厕所，哈……这样她就无可奈何！

黑　鱼

因为要分别了，所以送她一点“纪念品”，给她起最后一个绰号，听说她十分爱吃鱼，我“灵机五动”，奉献出“黑鱼”这个名字。

她的经典外号就这些，我就这样叫了3年。每一次叫她的绰号，我都会遭受苦刑，这3年来，我是伤痕累累。

情况不妙，就此罢笔。

降"猴"记

陈　劼

说起我们班的男生，简直是一群猴，老师们都无可奈何，但吾班女生对待这一群"猴"却自有妙招。请看下面 3 对同桌冤家。

暴力型

我们班的郑智恒是猴中之王，但自从和丁梦洁同桌后，猴劲去了一半，请看：

一日，郑智恒刚来到班上就座，一不小心将丁梦洁的书包碰掉了，文具洒了一地。郑智恒立刻面如土色，他惊慌地望望四周，还好！丁梦洁不在。

正当郑智恒准备销毁"罪证"——将书包捡起来，丁梦洁竟突然来到了班上，一阵"降猴无敌拳"如雨点般落到了郑智恒的身上，班上立刻传来"我命休矣"的惨叫。

视而不见型

我们班的张衡是出了名的调皮，因此，老师将温文尔雅的吴锐安排在他的旁边，可他的猴劲毫不减退，就此，吴锐练就了"视而不见"功，请看：

一日，张衡对着吴锐唱起了《猪之歌》，要是我，一定给他一拳，可吴锐竟然笑眯眯地等他唱完了，才慢条斯理地问他：

“你唱了半天唱什么呀！累不累？我这儿还有一点水，你喝吗？”

说得张衡呆若木鸡，脸色红一阵白一阵，不好意思再胡闹了。

笑里藏刀型

真正厉害的，要数蔡姗姗，她可以不动声色地置你于“死地”，请看：

一天不知因何事，蔡姗姗与她的同桌陈瑞又争执起来，陈瑞小声嘀咕了一句：“破菜叶，不和你一般见识。”不想，竟被蔡姗姗听到了，她冷笑三声，笑得陈瑞冒了一身冷汗。

之后，蔡姗姗却像没事人一样看起书来。

原以为事情就这样过去了，可没想到，事发后的第三天，陈瑞在书包上发现了一张纸条，上面写着：“此书包的主人具有舒淇的嘴巴，韩红的身体，吴倩莲的眼睛……”

顿时一张苦瓜脸出现在了大家的面前。

如果你也有个令你无可奈何的“猴”同桌，不妨试试以上三种方法，说不定你的同桌从此也会对你心服口服。

特此说明，以上方法只适用于女生哦！

与同桌的双边关系

韩沂桓

唉，真是不幸，我和他水火不相容，可老师却让我们做同桌。我们两天一小吵，三天一大吵，这种紧张兮兮的同桌生活真是太让我苦恼了。

不信，你们来看看。

与椅子的斗争

喏，在第一大组靠墙壁的第一小组第七桌里边的那个位子，就是我的座位。

因为同桌坐在我的外侧，每次进出都要经过他这一关，所以每当他抢着帮我搬椅子时，我就倒霉了。这不，他又把我的椅子横在地上了，自己却装模作样地读书。

唉，苦恼啊，苦恼！

幸亏我后面的男生还比较善良，帮我重新搬好了。

椅子斗争的第二关

可是同桌挡在我前面没法进去啊，怎么办呢？没关系，我练就的“韩沂桓式跨栏功”（这可是本人的独门绝技）此时就能施展了。我把左脚一提，哈哈，过去了！

咦？怎么有点不太对劲？啊！我的右脚被夹住了，我知道我的同桌不会让我轻易过去。可是我也不是一盏省油的灯，我立刻

向他施展了“韩沂桓式拉耳功”（同样也是本人的独门绝技），揪住他的耳朵猛地一提，他便龇牙咧嘴地站了起来，拱手低头地说道：“韩‘大虾’，饶命啊，小的知错了！”

我听后，心里得意极了，但马上又故作镇定，假装生气说：“知道就好，以后不可再犯；如再犯，决不轻饶！”

说完我便直接坐在位子上。

与作业本的斗争

这只是我们同桌第一天的第一出闹剧，诸如此类的事还多着呢！比如，每一次做作业我都得提防着他。

呀，好疼！忽然我的手被猛一撞，笔在本子上画出一条伤心的弧线后掉到地上。不用说，这又是同桌趁我全心书写时，用力撞了一下我的手。

人若犯我，我必犯人！趁他难得不留神的 0.0000001 秒，我狠狠地踩了一下他那只受过伤的脚，他立刻杀猪般地叫了起来……

和　好

慢慢地，我感觉到这种生活太让人提心吊胆了，看着前面的那一桌，他们相处得多和睦。于是我便向前面的女同学“取经”，终于明白了林老师常说的“同桌之间要以和为贵”这一重大的指导思想。

有一天，我写作业时他又无理取闹，不停摇晃桌子。我停下笔，看着他（准确地说应该是瞪着他），他朝我做了个鬼脸，阴阳怪气地对我说：“你报复吧！”

我心想：“冤冤相报，何时才了？这不正是缓和我们之间关系的大好机会吗?”于是，我便淡淡一笑说：“我为什么要报复呢？就算我报复了，我有什么好处?”

他顿时愣住了，红红的脸上写满了问号。

这时，我的橡皮掉下桌子，一骨碌滚到了他脚下，他迟疑了一下，弯下腰捡起橡皮，并轻轻地放到我的课桌上。一瞬间，我的心头如沐春风，横在我和同桌间的厚厚“坚冰”开始融化……

友好相处

读到这儿，你一定会问，你们和好了吗？说实话，我连自己也不知道，大概和好了吧……

因为屈指算来，我们已经半个月没有“动手动脚”，甚至连“唇枪舌剑”都没发生。每天早晚见面或分别时，各自脸上都浮现出笑容，并且自然地吐出一句礼貌用语“你好”或“再见”。

也许，这对其他人来说没什么大不了的，但对我们这一对“同桌冤家”（当然是以前了）来说，已经是非常不容易了。如果可以，我真想乘飞机去上海申请吉尼斯纪录！

"马西洋"

叶可可

序 曲

毕业前夕，我们五（1）班举行了告别晚会。那一次晚会，我唯一记住的，是我同桌的笑脸。

他笑得很开心，瞧他一副傻样，保证是因为离开了我的"魔掌"才笑得那么开心。哼哼，聚会结束，有你好看的！

其实，我也没那么狠毒，是他自己没有自我保护意识罢了。还记得第一次跟他同桌的时候，我和他……唉，别提了，那事真是不能见人哪！

一年级刚开学，老师按照身高给我们排了位置，我同桌（就是刚刚那位告别晚会上还在偷偷笑的男生）的名字很好玩。他第一次告诉我的时候，是"马西洋"；后来我才发现，老师叫他"马施洋"；而且很多男生叫他"马屎羊"，他也会答应。我的天，很长一段时间，我一直认为他有点神经短路。

原来他的声音很沙哑，以至于我把"马施洋"听成了"马西洋"。平生第一次班会课，我和马施洋都错误地理解成了"玩耍课"，所以下课铃一响，我和他就一起冲出了教室。

到了操场，我们竟玩起了"老鹰捉小鸡"。你肯定不能相信，两个人能玩"老鹰捉小鸡"吗？当然一个是"老鹰"，另一个是"母鸡"吧，小鸡呢，就暂时待在母鸡肚子里好啦。

我们就这样一直玩到上课铃响。可是铃响了以后，还是不见老师和同学们的身影，我们也没管那么多，继续玩“老鹰捉小鸡”。后来玩腻了，我们才想：“怎么老师和同学们都没来？是不是他们没听见上课铃？还是他们没找到地方？”

我有点担心起来。“哎，‘马西洋’，”我拍拍“马西洋”的肩膀，问他，“这节课是不是班会课？我们会不会搞错了？”

“马西洋”以绝对自信的口吻说：“叶可可，请放心，有我在，你不会出事的。”

我的天哪，我说的不是这个啊。我说的是这节课会不会不是班会课，而不是说我会不会出事。你的脑袋是不是有问题？不过这伤人自尊心的话我还是别说出来为好。

过了好久，我越想越不对，老师不会笨到连操场也找不到了吧。于是，我建议去教室看看有没有人。“马西洋”也赞成这个主意，我们立马就往教室跑。

令我们吃惊的是，老师和同学们竟然都在教室里！我们生怕被老师批评，转身就逃，可是已经来不及了，有人发现了我们。正当我们跨出第一步的时候，教室的门开了，是陈老师（据说她是全校最凶的老师）！

这下可惨了，老师先是让我们说明旷课的理由，然后又让我们写检讨书，可是我们连写字都没学过，怎么写检讨书？老师说：“那你们旷课干吗？你们不是都会了吗？还要学啊？回去问爸爸妈妈，明天早上交！”

啊？我的妈呀，早知道不跟“马西洋”玩“老鹰捉小鸡”了。

第二天，我没交检讨书，还不是因为“马西洋”说一切都包在他身上！可是第二天他又说忘了。

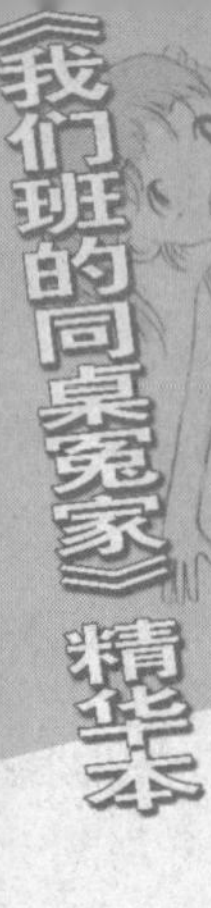

可想而知，我又免不了一次挨批。从那时起，我和“马西洋”成了名副其实的同桌冤家。

垃圾的主人

自从上一次“马西洋”把我害惨后，我和他结下了不解之“缘”。

老师让我们每人带一本草稿本，“马西洋”带来了一本超大号草稿本，可以塞满整个书包。

男孩子就是男孩子，有了纸就要拿来做点事情，好像不用它就对不起它似的。你瞧瞧，“马西洋”这小子又在撕纸了，百分之九十九是拿它来折纸飞机什么的。

他难道不知道纸是用木头做的吗？木头做的飞机也能上天吗？再说了，这可是宝贵的木材啊！也太浪费了吧。

下课十分钟，“马西洋”一直在“驾驶”他制造的“飞机”。上课铃声匆匆忙忙地赶来了，“马西洋”来不及拿着“飞机”回到座位上，就把“飞机”揉成团扔在了地上。

我发现纸团在我座位底下，想去捡，但又怕挨批，便想下课再还给“马西洋”。一整节课，我都处在紧张之中，要是老师发现我桌底下有垃圾的话，还不被骂死？于是我拼命用脚遮住“飞机”，准备下课后去教训一下“马西洋”。

下了课，我立马就去追赶“逃”出教室的“马西洋”，把捡“飞机”的事全然抛在脑后，只顾去追打“马西洋”。

中午吃饭时间到了，我正狼吞虎咽地吃着“劲爆鸡米花”，一瞥桌子下面，那架“飞机”依然停在那里，一着急，就把“飞机”踢到了“马西洋”脚下。

突然，老师咳嗽了一声，还看了我一眼。如果在平时，我一定会吓破胆子，可是现在有我心爱的“劲爆鸡米花”，我什么都不怕，我仍然以樱桃小嘴的最大爆发力开心地吃着。

吃得正欢时，老师又咳嗽了一声，还咳得特别厉害，差点没把我噎着。

“叶可可，你过来一下。”老师的声音中充满着愤怒。

妈呀，我又犯了什么错？

老师拉了拉我的衣角，把头倾斜成 45 度角，笑眯眯地看着我：“你认识到自己错了没有？”

“啊？”我一脸疑惑。

老师把我推到门口，让我站着，一声不响地回到座位上看书去了。

路过教室的老师纷纷把目光投向我，我觉得自己被冤枉了，浑身不自在，要站也要站个明白呀！

我鼓足勇气走到老师身边，以最甜美的声音“质问”老师：“老师，我犯了什么错？”

“你还问我犯了什么错？你看看马施洋脚下。”

我转过头去看“马西洋”脚底下，晕，又是那架纸飞机。破飞机，你可把我害惨了！

“这是不是你的？”

“不是，是马施洋的。”在老师面前，我只好乖乖地叫他“马施洋”。

“不管是不是，反正你把垃圾踢到马施洋脚下是不对的！”

“我……”我真是哑巴吃黄连——有苦说不出啊！

没办法，只好承认错误了。我跑到桌子边捡起纸飞机，飞快地扔到垃圾桶里，又飞快地跑回座位，整了整书包，拿起勺子继续吃饭。

在吃“劲爆鸡米花”的时候，我早已想好，等老师不在，一定要教训一下“马西洋”，否则就让我买不到“劲爆鸡米花”。

机会来了啦！老师一跨出教室，我立马放下手中的筷子，重重地捏了“马西洋”的耳朵一下。让人吃惊的是，他竟然没有感觉到。我再一次地怀疑“马西洋”是不是神经短路。

为了让“马西洋”尝到害惨我的下场，我又一次重重地捏了他一下！

“马西洋”转过身来，以绝对严厉的口气问我：“谁弄的？是不是你？”

晕，还这么自不量力，我高昂着头问他：“是又怎么样？你想干什么？”

“我……我只想问你为什么捏我耳朵？”“马西洋”有些心虚了。

“你把我害惨了，我要让你尝尝嫁祸于我的滋味！”我看起来有些凶狠，把“马西洋”吓得一惊一乍的。

这时，“马西洋”突然又不反抗了，我还奇怪呢。坐在我后面的同学还算义气，告诉我老师回来了。

啊！不会吧？我看看教室门口，一双大眼睛正死死地盯着我，是陈老师！我一定又要挨批了……

“马西洋”嫁祸于我的事就这样不了了之。

报纸风波

有一次，是快过年的时候吧，我们收到一本既是报纸又是杂志的赠刊，内容很多，也很厚。

我和“马西洋”突发奇想，把报纸换过来看，我看他的报纸，他看我的报纸。

一开始觉得很好玩很新奇，就津津有味地看了起来。正当我翻页的时候，听见“马西洋”尖叫了一声，原来是我的手碰着了他的手，害得他把报纸的一角给撕破了。

我摇摇头说：“没关系，你继续看吧。”

于是，我们又低下头去看报纸。

上课铃响了，我们把报纸收起来。现在，要物归原主了。“马西洋”把他手中的报纸还给我。我发现报纸上有一个很大的口子，便质问“马西洋”：“我的报纸怎么破了？”

“你刚刚不是说没关系的吗？”“马西洋”疑惑地摇摇头。

“把你的报纸给我，我的给你。”我央求道。

“马西洋”在这时候异常清醒：“我干吗要给你？这是我的报纸。”

“这是我的，不是你的，呜……”我竟然哭了起来，连老师进来了都不知道。

“叶可可，怎么啦？下课再说好吗？”老师和蔼地说，“好，同学们，我们开始上课！”

我擦擦眼泪，调整精神，准备下课再跟“马西洋”争报纸。

……

一节课终于熬过去了，我再一次地要求“马西洋”把报纸给我。

他不同意；我再要求，他还是不同意；我一再要求，他仍然不同意……最终我以失败告终，含着眼泪，把报纸用透明胶粘了起来。

尾　声

五年了，我和他同桌五年了。这期间有欢乐也有吵闹，使我久久不能忘怀，也希望他的笑脸能在我的心中永存……

我记得他对我说过一句话："天上的星星很多，其中最亮的那颗就是你——叶可可。"

我很感动，很感动，永远地感动着……

偶的PLMM同桌

薛玉亭

我从一年级到六年级都在全年段的“问题学生爬行榜”的榜首哪！不是分数问题，是“疯”数问题！偶的胆子比大头马大，上课和死党搞“飞鸽传书”、偷看“花衣裳”小说，不然就是和“恐龙”（“鹦语”老师雅号）拍板（别嫌啰唆，看下去）。

正因为我的不羁加暴力，我的同桌人选也是换了又换。大概是上天眷顾我这大大大……帅G（别砸我），偶的同桌无一不是MM！但她们的淑女表面下的“内涵”，有的也会令我怕怕哦～～

我的同桌有两类令我难忘：

深藏不露型

我四年级的同桌飞飞，也是借给我《同桌冤家》看的MM。她是十分非常相当的如兔子（是真的兔子）一般温柔（正常情况）。

我以前很瘦弱，是个名副其实的排骨儿童，就是风一吹就飞的那种。那时的我不暴力，不打架，最多上课时插插嘴。一个叫“咸鱼”的又高又大又暴力的男生，下课时经常把我当靶子，把我打得鼻青脸肿，衰～～

一日，天上细雨无限美好，地下帅G惨遭殴打。那日咸鱼心情不爽，把我推到雨里，用“万手归宗”把我打倒在湿漉漉的雨地里。我那只没被头发遮住的左眼迷乱地看到我同桌，她似乎向

这边走来了，处于混沌之中的我依稀听见“别欺负……什么人？他同桌！”这些话，然后只见同桌水袖一甩，喇叭裤上的丝带飘逸一转，一扫粉腿，“咚”一声，咸鱼（被迫）摆了个和我一样的 pose——趴下了！

哇噻！是真人不露相，闷雷非霹雳呀！可我不认为这是见义勇为，因为我下课被迫请她吃麦当劳。不然@#$%^&*() _+……哎～～～最后我也沦落到“月光帅 G”了。

加倍报复型

我六年级时的 PLMM 同桌——地瓜，是个短发小资 MM。我可以非常十分以及相当负责并可一定确定以及肯定地告诉 you：她是个非常暴力的人耶！

话说我在早读课上非常头疼地读着语文要点……“晕！”我刚对卷子发出一声发自内心的抱怨，地瓜就背着她那像超大号西红柿的书包很暴力地杀将进来（可爱的教室大门被她 K 了一拳）。

“母猪地瓜！脑子里灌猪油？还是对着 Jay 海报发呆了？”无聊的我对地瓜来了一阵发泄，爽！

可我遭到了报复。

“噻！你地雷吃了几吨？”地瓜在使尽全力把她的“西红柿”塞进抽屉里，对着我喷口水，“我惹你没？你这瘦干干的毛猴子，狼心狗肺猪肝牛肚驴屁股的蠢东西，大脑没几两全是水！皮包骨熬成骨头汤喂狗狗都不吃！还自以为是屁颠屁颠的……”

我￥%%……@*一……陷入重度昏迷中……

我，我，我……我要报复！

在“恐龙”的“鹦语”课后，只见地瓜把手鬼鬼祟祟伸向了无人监控的夏夏书包。但她的一举一动都在偶雪亮的双眼中。

正当她用她的“纤纤猪手”伸进夏夏书包时，我拍案而起：“哇噻！地瓜，自打盘古开天辟地，精卫填海，夸父逐日，孙悟空大闹天宫到神舟 five and six 冲上宇宙，你是我见过的最卑鄙、无耻、下流的小偷！I 鄙视蔑视轻视 you!”

“咚”，我中了她一记粉拳；“啪”，她把一个笔袋扔在我头上。啊！这笔袋……

这时，老同桌飞飞和死党烨子说说笑笑走了进来。忽然，飞飞的眼神凝固在笔袋上……

“贱!”飞飞捡起笔袋，对我甩下一句话，扬长而去。

然后，地瓜被狂扁。

又然后，我被老师狂扁。

再然后，一个电话到我妈那，她来了，我又被狂扁……

其他同桌没什么可说的（是肚子饿了），兔子们（同志们），886!

爆笑一箩筐

赵 璇

袁兄，又名野袁新之猪。

最近不知怎么了，他突然变得异常搞笑，与先前沉默寡言的他形成了鲜明对比。我思前想后，终于明白了，原来是“近朱者赤，近墨者黑”的缘故，自从话匣子——吴兄——调到他的后面后，这兄弟就没消停过，每次说话不把人笑岔气儿誓不罢休。

为了使袁兄的经典之语流传千古，永垂不朽，我曾一度强烈要求为他作传，或者编写个《袁×语录》什么的，却遭到他的强烈反对。

袁兄曰：“我不能太出名，不然有人要来杀我。”

呜呼！既然袁兄口出此言，我只好作罢，但是他的爆笑事迹不能不同读者们共享，于是我冒着被袁氏口水淹死的危险提笔写了起来（为了大我，舍弃小我，伟大吧，呵呵～～）。

袁兄的第一个特点就是写作业爱自言自语，这点我——他的同桌可是深有体会。

记得有一次自习课，我俩正在一起写作业，写着写着忽听一声“咋回事儿”，惊煞同桌人，我刚刚转过头，想问他怎么了，这哥儿们又冒出一句“原来是这么回事儿”，便又低头写了起来，我做无奈状。从此，在写作业时他再莫名其妙地冒出什么话来，我一概不理。

袁兄还有一个特点是：不鸣则已，一鸣惊人。记得有一次，某老师怒气冲冲地把两个本子摔到讲台上，大声质问道：“袁×，吴××，你们俩的答案怎么一模一样？”只听袁兄小声说道：“英雄所见略同。”周围的同学都听到了，爆笑不止，只剩下一脸迷茫的老师站在讲台上不知所云。

（“再写，再写我把你喝掉！”哎呀，糟了，袁兄已经发现我在写他了，正朝我喊呢！不行，我先换个安全的地儿……）

好了，接着说。

不知最近我们班男生怎么了，开始开创自己的“宗教”了，什么“鞋子教”、“大便教”（真恶心）……我听说了后，便饶有兴致地问袁兄他是哪个教的。问第一遍，袁兄曰：“我有权保持沉默。”第二遍再问时，他脱口而出：“我是哪个教？我是睡教（觉）的。”“对，对，看他那福态样儿，一看就知道是睡教的。”吴兄在一旁附和。“对你个毛！你觉得这样，有（注意，这里重读）意思吗？”袁兄又甩出他的经典口头禅。

（“喂，别再写了，我不是说了么？我不能太出名，有人要来害我，这孩子，怎么说话不好好听呢？”袁兄又发现了我，无奈地说。）

那……那好吧，为了袁兄的宝贵生命，我暂且停笔。欲知后事如何，且听下回分解。

和同桌一起长大

孙玉虎

老班是化学老师，她把全班的座位排成碳元素结构：六个男生包围两个女生，同时六个女生包围两个男生。

我和死胖子就被一帮麻雀一样唧唧喳喳的黄毛丫头包围着。

我的左边是死胖子，右边是我的野蛮同桌小蝴蝶。

死胖子白白嫩嫩，周身散发着婴儿奶粉的味道，两颗小虎牙尤其可爱，我喜欢捏着他肉嘟嘟的脸蛋儿叫他 baby。

不过我们同桌第一天，他架子却很大，不答理我，一句话也不说。不仅如此，他还装出和别人交谈得很开心的样子，仿佛故意气我。我于是也不用正眼瞧他，哼，我们井水不犯河水。

第二天一早，我来到学校，竟发现自己没有带铅笔盒。没有笔写字，我急得满头大汗。那时候，我还不敢和小蝴蝶说话，无奈之下，我拍拍身边的死胖子："借支笔行吗？"他看了看我，又无动于衷地低头看书了。我很气恼，心想，这人怎么这样！实在憋不住了，我大喊了一句："你倒是说句话啊！"他脸红了，打开自己的铅笔盒给我看："哎，不是不想借给你，而是我昨晚忘记收拾了，今天带了只空铅笔盒来。"

望着他空空如也的铅笔盒，我们俩都笑了。

死胖子每天上课都在纸上画很多飞机坦克，很多小人，然后用圆珠笔嗤嗤地弹出一条条"炮弹轨迹"，在纸上展开星球大战。一边弹着，他嘴里还一边发出"突突突突"、"轰"的声音，模拟

枪炮声。我常常感到纳闷，这有什么好玩的！

而我那时在疯狂收集神奇宝贝的卡片。有一次我看见他拿起我放过界的卡片瞧了瞧，翻翻眼皮扔到我的抽屉里去了。大概和我不能理解他一样，他也觉得沉迷在这种小纸片里有些不可思议吧。

《格林童话》中形容彼此酷似的兄弟或姐妹俩，常常说“他（她）们好像同一个豆荚里的两粒豌豆”。课桌椅组成的“豆荚”让我和死胖子也成了两粒越来越默契的豌豆：上课，我看漫画，他“望风”；他打游戏，我“掩护”；考试时我们更是互通有无，齐心协力与“红灯”作着艰苦卓绝的斗争。老师讲话，我们都喜欢插嘴，喜欢逗得全班哄堂大笑，从此得了“哼哈二将”的“美名”。

直到有一天课间，死胖子告诉我，他喜欢小蝴蝶，要我为他递一张条子给她。

“那么野蛮的女人你也敢喜欢！”说完，我便赶紧捂住嘴巴，朝右边瞧了瞧，幸好小蝴蝶不在。

开始的时候，小蝴蝶认为女生不能和男生牵扯上任何关系。她在课桌上画上三八线，严格控制不许我超线。有一次我书包的一角超过了三八线，她居然一把抢过我的书包说：“这个书包归我了！”

后来我们渐渐熟了，三八线也就随之消失，但是她野蛮的性格却一点点暴露出来。

小蝴蝶最厉害的一招就是抓人，我管那叫做“九阴白骨爪”。我们前后左右的男生女生都怕她。最可怜的就是我，经常被她抓破皮，疼得眼泪汪汪的。

最令人胆战心惊的是小蝴蝶酷爱恶作剧，像毛毛虫一样不小心就刺你一下。

愚人节那天，我怕遭到她的“暗算”，所以早早来到学校，可惜她比我来得更早。听见她那“温柔”一笑，我不禁毛骨悚然，赶紧检查桌子、椅子，还好，都很牢靠。可当我想再迈一步时，却发现鞋底被粘在地上了，而小蝴蝶正在对我做鬼脸。后来，我不得不用刀把胶削开，不得不拖着一鞋底厚厚的 502 胶回家。

这样野蛮的女生谁敢递纸条啊？除非活得不耐烦了。

可谁叫我和死胖子是难兄难弟，同一个豆荚里的两粒豌豆呢？我在他的死缠烂打百般央求下终于答应为他赴一趟“火海”。

结果死胖子忘了在那张纸条上署名，而上面写的正是“我喜欢你”，害得我成了替罪羊。呜呜，以后我的非人生活可就更加悲惨了。

奇怪的是，从那以后，小蝴蝶对我温柔多了：我发言的时候，她准会侧过脸小小声地提醒；我翻开铅笔盒刚说了声“啊呀”，她就知道该递上的是橡皮还是圆规；我忘记带书，她悄悄地把自己的书推到了中间。

不过到了毕业那天她还是哭了，用掉了我一整包面巾纸，我说：“行了你别哭了，我都心疼死……”

她一抬头：“啊？”

我接着说：“……我的面巾纸了。”然后她又哭又笑地向我挥起了“九阴白骨爪”。

现在毕业了，那些和同桌一起长大的日子也只能怀念了。

同桌的你

王玉琢

明天你是否会想起，昨天你写的日记，明天你是否还惦记，曾经最爱哭的你……

每逢听到这首《同桌的你》，我总会不由得想起我的同桌——刘静雅。

刘静雅是我三年级的同桌，十分倔强，简直有点不通人性，因此，我们三天一小吵，五天一大吵，闹得天翻地覆，鸡犬不宁。我也是个不甘示弱的人，当然不会作出让步，为此，我们多次向老师提出换位的要求，可都被驳回了，还给我们上了一堂思想品德课。这不但没能使战争平息，我们反倒吵得更厉害了，唉！派这么一个臭皮匠跟我做同桌，真是倒了八辈子霉！

可是发生了这么一件事，让我们从敌人变成了朋友。

那是一节英语课，刘静雅没有带课本，我嘛，自然不会轻易借给她，可看着她那可怜巴巴的样子，望着她那乞求的目光，听着她那亲切的话语，我心想：算了，豁出去，让她看好了！谁让我是个具有同情心的人呢？我还警告她："如果下次再不带课本，可别怪我不客气！"她一口一个"好"字，说得我心里美滋滋的。

天有不测风云，没想到她下一次又没带课本，这可把我气坏了，发誓再也不借她课本了。她向我乞求道："哎哟，王玉琢，你多好哇，求求你了，谢谢你了，让我看看课本吧！我保证下次带来。"

“哼，保证，保证，我都听你说过多少遍保证了，耳朵都听出茧子了！”

刘静雅觉得有些不对劲，见软的不行，便来硬的，脸色晴转多云，大骂道：“哼！谁想看你那破本儿呀！缺德！”

“你说谁缺德？”我反驳道。

“就是说你！你有课本不借我看，一点儿都不懂得乐于助人，互相帮助。”

“嘿！错都是我的，你别忘了咱们上一回是怎么说的，我警告过你，如果下次再不带课本，就……就……就把你抓进公安局！”我又说。

就这样你一言我一语，我们吵得热火朝天，谁也不肯让谁。刘静雅又说：“好！你这一次不让我看，下一次你没带课本，也不会有好果子吃的，我……”

话还没说完，英语老师叫刘静雅起来回答问题，可她没有课本怎么回答呢？

于是，她把眼神锁定在我的书上，哈哈！我早料到她有这么一招，便把文具盒、茶杯、稿纸都放在了书上，把书上的字遮得严严实实的。顿时，刘静雅两颊绯红，十分尴尬。我的心里高兴得不得了，没想到报应来得这么快。

下课后，刘静雅又嘟囔起来，不用猜，我就知道又在骂我，没关系，我不计较，只要能出出这口恶气，我就满足了。

回家后，我十分生气，心想，一定要与刘静雅大战一场，拼个你死我活。

第二天，我看见桌上有一封信，心想：这一定是刘静雅给我的挑战书，我一定要全力以赴，决不示弱。

我气呼呼地打开信，吃了一大惊，信中是这么说的：“对不

起，王玉琢，昨天是我的错，我也是个小脾气，请你不要跟我生气哟！以后我们不吵架了，好吗？”

看了信，我心里很不是滋味，想了很多很多……

有一天放学，天忽然暗了下来，好像蒙上了一层黑纱，不一会儿便下起了倾盆大雨。我没有拿伞，心想这一次一定要被淋成“落汤鸡”了。

这时，刘静雅从后面追了过来，手里拿着伞，说道：“王玉琢，忘拿伞了吧！来，用我的。”

这时，我们吵架的那一幕幕情形浮现在我的脑海中，我心里十分内疚。刘静雅似乎看出了我的心思，说道：“唉！没什么，咱俩谁跟谁呀！”

她撑开雨伞，罩在了我的头上，我们踏着泥泞，顶着风雨走向了回家的路。又过了一会儿，雨过天晴了，我才发现，刘静雅的半边身子都被雨淋湿了。此时此刻，我无法用语言来表达自己的心情，连声谢谢也没跟刘静雅说，望着她那远去的身影，我的眼泪流了下来。

啦啦啦……老师们都已想不起，猜不出问题的你，我也是偶尔翻相片，才想起同桌的你……

同桌现场

朱慧卿

主人公：同桌圆子（胖妹），鸭子，贝贝，黑皮。

过客人物：阿Q玲，小甜甜，蚊子，老师。

第一幕

“啊！不好了圆子，前方出现UFO!”我说。

“什么，在哪？啊～～～救命!”圆子大叫一声，摔倒在地。

“唉，你怎么已经被UFO袭击了呀！真不知道是谁乱扔的香蕉皮!”说完，我急忙扶圆子起来。

“特大新闻，特大新闻!”阿Q玲朝我们边跑边叫地过来了。

“什么啊，阿Q玲?”我问道。

“秋季运动会圆子要跑1500米呢!!!”

“什么——”圆子一下晕倒在我身上，幸亏阿Q玲扶住了我!

第二幕

回班级的路上，圆子一脸忧伤，我真为她担心。突然她对我说：“贝贝，我告诉你，这两天我与黄颜色有冲突，我在电脑上算命算的!”

“别相信这个，圆子，那是迷信!”我安慰她。

“不，不，可别这么说，开始我也不信，可你看，我现在不就和黄色犯冲突了吗？刚才被香蕉皮滑倒，之前还被穿黄裤子的

HAPPY

人绊倒，被迫在这充满黄色的秋天跑步……也不知道我会不会更加倒霉呢！”她无奈地看了我一眼，唉！

第三幕

由于圆子要参加长跑比赛，因此她现在每天清晨都把我拖出来陪练！

又是一天清晨，我们像往常一样在操场上跑步，突然发现操场上已经有了两个人，从背影看一高一矮。这时我听见圆子大叫一声：“贝贝，你看前面那个高个子是不是很像贝克汉姆呀！”

我正要回答，听见身后又一个声音传来：“圆子同学，早上不好好练习，在做什么！”

听这声音，严肃里带着童稚，不像是体育老师。转身一看，是鸭子和黑皮。

此时，圆子以为真的是老师，已经开始跑了起来。

我们大笑起来，圆子马上感觉自己受骗了，便回来追打鸭子。

结果我们身后又传来一声和刚才差不多的话语。圆子以为是黑皮，马上回嘴，并伸出手准备给说话的人一拳头。可谁知道这一次真的是体育老师来了，老师大吼：“丰圆圆（圆子的真名）同学，你想做什么，快练习！”圆子出了一身冷汗！真惨！

第四幕

不知不觉，到了秋季运动会那天。女子 1500 米比赛早上 10 点 20 分开始，我作为一名勤杂工跟着圆子，又作为一名小记者记录报道！

远处，我和圆子发现鸭子在七年级男子 1500 米比赛的队伍中。黑皮与蚊子正在帮他按摩。突然我明白那天早上为什么在操场上撞见黑皮和鸭子了，我和圆子互相眨了眨眼睛，准备复仇。

“圆子啊，你看那个是谁，怎么那么像鸭子？该不会他也参加1500米跑步吧，他那么弱！”我故意大声说道。

“什么？你说那是鸭子？怎么可能哦，他那么瘦弱！”圆子搭腔。

“说的是哦！”

我们一唱一和，惹得鸭子他们直跺脚。过一会儿，他们突然不气了，反而悠闲起来。我们看这计划不行，又想了个点子。

“贝贝，什么东西又肥又嫩啊？”

“鸭子！”

“什么东西黄得耀眼啊？”

“鸭子！”

这时，鸭子和黑皮终于生气了：“鸭子怎么啦，不要拿我开玩笑了行不行？”

“什么什么？贝贝，我有说鸭子他吗？我们一直说的是可以吃的鸭子呀！”圆子装作一脸无辜的样子。

“你——你！”鸭子大叫。

“唉，敬爱的鸭子爷爷，不要发火啊，对您虚弱的瘦身体不好啊！”圆子安慰道。

鸭子清了清嗓子冷静下来：“鸭子爷爷回答你，汤圆奶奶，不要乱开玩笑，小心像豆子一样笑裂肚皮啊！”

砰的一声枪响，结束了我们的激烈战斗，圆子的比赛要开始就位了！

我站一边给她加油。开始她跑得很快，跑了一半越来越慢，看得出她双腿很沉。我大喊：圆子加油，不要放弃！

此时，鸭子他们不计前嫌，与我们化敌为友，也大喊：“肥婆加油！加油！昨日是敌人，今昔是同学，不要放弃我们这些‘好友’啊！我们都在为你加油！”

鸭子和蚊子越喊越来劲：“一根筷子易断，几十根筷子却很牢固。肥婆，我们这个集体也是如此，我们送你一首歌……”

不知圆子是不是受了我们的鼓励，最后200米时，她一鼓作气，冲到终点，拿了个第四，还不错哦！

下一场，鸭子上场。不知他是经过训练还是怎么回事，特别厉害，一开始就轻松领先，可是到了最后一圈，他双手捂住了腰。我们大急，八成是鸭子跑得太急，肚子痛。

最后鸭子咬紧牙关冲到终点，得了第二！

第五幕

运动会在两天后结束了，我与圆子冲向附近的公园——包河。

“放松啦～～～”我大叫。

“终于跑完了，好开心呀！”圆子也大吼。

我们一下子躺在了草地上，仰望蓝天。突然鸭子、黑皮在我们头顶上大喝一声，原来他们也到了。结果我们四个人拿出携带的足球，又展开了激烈的战斗。

四个小伙伴，两对死党，两对冤家，两对搭档，却都爱着大卫·贝克汉姆！

我的第N个同桌

迟浩男

哇靠！你瞧，我这个同桌真是声乐细胞太发达了，对歌手无所不知，对经典流行歌曲更是如数家珍，真是一代音乐奇才！屈指一算，她可是我的第 N 个同桌，这家伙可大有来头哩——

前几个同桌和我总发生“战争”，搅得老师好不头疼，因此在我的“强烈要求”下，她成了我的新同桌。

俗话说，新开的茅房——三天香，可还没到三天，第二天同桌便和我爆发了战争。

那天下课后，阳光从窗缝溜到了教室里，我好惬意啊！可是同桌按捺不住心情，引吭高歌 S. H. E. 的《痛快》，声音的确不错，但我总觉得身上阵阵发麻，鸡皮疙瘩如雨后春笋一般迅速突起。

“别唱了，肉麻！”

“哼，我唱歌不行吗？又关你什么事？这是我的个人权利！你懂不懂音乐呀。”

同桌的嘴如扫射的机关枪对我进行了一番狂轰滥炸，我转头斜视了她一眼，用沉默向她进行无声的抗议！

说来也怪，她还真停止了个人演唱，却怏怏不乐地嘀咕：这家伙，活像小老头！

虽然声音十分小，但还是被耳尖的我听到了。

“你欠揍！”

“揍吧。”她笑嘻嘻地捣了我一下。

于是华山论拳便拉开了帷幕，你一拳，我一拳，互不相让，最后甚至用上了脚。谁知我一不小心踢到了她小腿部没有愈合的伤口上，这下不得了了！她疼得脸成了包子全鼓了起来，嘴里不停地叫，最后干脆趴在桌子上轻轻地抽泣起来了！

完了！完了！我老迟天不怕，地不怕，就怕女生哭。这一哭，急死了我！我又是忏悔，又是道歉：“对不起！对不起！千不该，万不该，我不该和你斗。我知道错了。你别哭了行吗？”

见她还趴着一动不动，我又逗她：“老戴，大家都知道，你这人是最善良的……”

可是我还没说完，这家伙居然猛地一抬头，满脸笑容，丝毫没有泪痕：“哈，唯我是慧人也！你上当了！哈哈哈!!!……”那笑声真是恐怖到家了！

但我并没有生气（谁叫我本性善良呢？再说大人不记小人过嘛），只好一耸肩：“谁让我摊上你这样一个同桌呢？”

这时，我伸出小指：“咱俩该停战了吧！OK？”

“Very good！”她那可爱的胖嘟嘟的脸上绽放了一丝笑容，也伸出了小指，“一百年也不变！”

我们都乐了。

从此，我和她形成了学习上的“战略伙伴关系”！现在，只要你留心听，就会发现她那动听的歌声里常常也有我那鸭子般的声音相伴呢！

我的同桌葛伊

杜欣宇

现在我上六年级了，这是小学最后一年，我自然想有一个好同桌，给我的小学时代留下一段美好的回忆。

在六年级之前，我以为好同桌就是女孩，因为我也是女孩，两个人说起话来会比较投机，更重要的是女孩不会捉弄女孩。而现在，我有过了女同桌，却一点儿也不开心，我彻底明白了，好同桌未必是女孩。

我的同桌葛伊，我一直认为她是个傻瓜，因为她整天呆呆的，本来长得就呆，表情也呆，连反应也很慢。但我和她坐的第二周，领教到了她整人的本领。

星期三下午，我刚进教室，葛伊就冲到我面前："杜欣宇，你好漂亮哦！"她利用漂字的发音特征，对着我的脸"下雨"。

我拿出口袋中的湿巾纸，擦着脸上的口水，其实也是为了降低脸部的温度。我可学不会她这种别出心裁的赞美，更不会像泼女子似的破口大骂。于是我向葛伊狠狠地瞪了一眼，大步走到座位上坐下。

我表现得很平静，其实，我能感觉到脸颊的热度比平时高出几倍，在场的人肯定看出来我特别生气。一下午，我没和葛伊说过一个字，可她不依不饶，用尽办法让我和她说话。

她先来软的，左一句"对不起"右一句"sorry"的，弄得我脑神经都快断了。可我的耐心很好，仍旧一言不发。

她见这招不行，就来硬的：“唉，你以为你是谁啊，切。”

我转过头看了看她的脸，心里觉得好笑。她满脸通红，看来找不到人说话急了。不过，我也感到奇怪，怎么会有这种人，刚才还是满面春风，转眼间成了凶神恶煞，这惊人的变脸速度，这丰富的表情，也可称得上一绝了。

第二天早晨，我觉得昨天做得过分了，就默默地等葛伊和我说话。终于，她忍不住了，用充满歉意的眼神望着我，接着来了一个可爱的笑容：“对不起，你现在气有没有消啊？”

“算了，你以后别再这样就行了。”

我以为这是友好相处的开始，哪料这只是暴风雨的前奏。

“你摸一摸你的脸，有没有柔软的感觉？”

“有点软。”

“对了，猪的脸是挺软的！”葛伊说完这句，还不失时机地喷了点口水，然后旁若无人地大笑。

我可受不了了，也想了方法整她。

“葛伊，以前我哪儿得罪你了，我现在向你赔礼道歉。”

在说“赔”字时，我故意把口水往外吐，然后假惺惺地拿了张餐巾纸，悄悄抹了一下桌子，再帮葛伊擦脸，把她打扮成花猫。

我去扔纸——说是扔纸，其实是跑去悄悄让别人来看。

好多同学不时回头看葛伊，看过之后是一阵嬉笑，自然引起葛伊的疑心。她跑出教室，我知道她去二楼了，那儿有一面大镜子。趁她不在，我收拾了书包，以备逃跑时了无牵挂。

不知什么时候，葛伊已站在我身后，我转身时，她的眼睛正好和我对视。瞬间沉默过后，她举起藏在身后的扫把，大叫：“杜欣宇，你竟敢捉弄我。老娘今天不给你点颜色看看，以后你岂不是会得寸进尺！”她边追边大叫。

此时，我的确怕她了。后来，若不是朋友挡着，我大概会吃一盘“皮蛋肉丝”了，不，准确地说是“芹菜肉丝”。因为芹菜与扫把怪像的，肉丝则指我的肌肤。我可不想尝这道菜。

如今，老师调座位时把我俩调开了，不知怎么回事，我心里不禁有种依依不舍的情感。我相信，我和葛伊之间虽然打闹不断，但还是有友谊的。

葛伊拿起书包走时，也看了我一眼，这回，她的目光中有些“钻石”似的液体在闪光。我也望着她，晶莹的泪水夺眶而出……

人为什么拥有时不去珍惜，直到失去，却又舍不得呢？

许许多多像我和葛伊一样的朋友，我想提醒你们：友谊是值得珍惜的。朋友之间应该互相理解，互相关心，互相宽容。

好好对待自己的朋友哦！

我那多变的同桌

王艺霖

要换座位了，这几天我的心情一直没安定过。

终于要换座位了，我的心跳得更快了。上课了，王老师拿着那张淡蓝色的座位表走进教室："今天换座位，现在念名字，念到的坐好！"（无聊，前面那么多废话，真是的。）

就这样，名字一个一个报了下去，终于，"王艺霖和……"

我瞪着王老师，两手合拢祈祷着。啊呀，王老师，全靠你了，我心中默念着。

（干咳声）"王艺霖和（千万是个女的）杨柳。"我睁开眼，脑袋 180 度转弯，哦，杨柳。杨柳从位子上走出来，和我坐在了一起。

杨柳留着一头飘逸的长发，稍瘦，哦，对了，和我一样，喜欢看《哈利 · 波特》。我对杨柳笑了笑，杨柳却不理我，她从书包里拿出一本夹子，哗啦撕下一页，在上面龙飞凤舞地写了几个字，然后递给我。浅绿色的纸上写着几个小字："纸上聊天，笔名：团团"

然后，后面还大大地写了两个字："你呢？"

我迅速写上"圆圆"递回去。

杨柳莞尔一笑，又写了几个小字递过来，我扫了一眼纸条，上面是：不许超线，你好肥。

什么？我肥？我狠狠地扫了杨柳一眼，她倒也不在乎，对我

哇

调皮地笑了笑。我俩的小动作马上被王老师的神眼捕获了（我怀疑王老师身后长了眼睛）：

“杨柳、王艺霖，给我站起来。”

我和杨柳齐刷刷地站了起来，王老师像只老虎似的向我们这两只可怜巴巴的小毛兔逼近：“什么东西呀，传来传去，拿出来。”

杨柳把拳头松开，里面躺着被汗浸湿的小纸团。王老师拿起小纸团，打开，看了看，什么也没说，回到了讲台。因此，纸团聊天也没再进行下去。

下课了，杨柳瞪我一眼：“都是你不好，我只是和你开开玩笑嘛。”

“好啦，别生气嘛。”（哼，明明是你不对，还说我。）

杨柳的爱好，前边也说过了，那就是看《哈利·波特》，一看上此书，叫她三百声也不应。记得一节阅读课，杨柳捧着那本《哈利·波特和混血王子》津津有味地读着，恰好我那天忘带书了，想找杨柳借一本，可是那个死书呆子，百叫不应，我只好气呼呼地作罢。

下课了，杨柳似乎惊醒了，抬起了头，我以为她听到了下课铃声，可她看着我，竟然“哇”的一声哭了，边哭还边口齿不清地说：“呜……邓，邓不利多死了，死前还叫着那个死斯内普的名；最后是斯内普用，阿瓦达索命，把他给……”

杨柳用手在脖子上一划，趴在我的肩上哭个不停。我拍着杨柳的背说：“不过是个故事嘛，别伤心了。”

“什么什么呀……”杨柳伤心地抽泣说，“可怜天下读者心。”

杨柳最大的缺点，就是上数学课倒头大睡，桌子为枕椅子为床，睡得“不省人事”。一次数学课，杨柳的睡劲儿上来了，先是趴着看黑板，趴着趴着便睡着了，听着杨柳舒畅的呼吸声，哎，真不想打扰她，可万一老师……

我正想着，便听陈老师一吼："杨柳，这道题怎么做?"杨柳猛抬头，结结巴巴地说："咋，咋了，地地震了?"全班哄堂大笑。

"这道题怎么做?"陈老师懒洋洋地问，一副"兔子你跑不了"的感觉。

"怎么做?"杨柳可怜地捅了我一下，我忙把书递过去。杨柳带着睡意，说了算式。

杨柳刚想坐下，陈老师的脸皱在了一起，说："错，杨柳你继续站着。"杨柳狠狠瞪了我一眼，小声说："什么嘛，连那么简单的题都做错，害我被老师罚站。"

"那是你活该，谁让你上课睡觉的……哦，你干吗?"

杨柳在桌下踩了我一脚。

终于下课了，我刚想出去透口气，就被杨柳拉住了。

"你干吗？谁叫你上课睡觉的?"我气呼呼地说。

"你做错了，还递过来干吗?"杨柳的眼睛瞪得老大。

"我又不知道，我是为你好……"

"哼，你为我好，谁相信啊?"杨柳朝我白了一眼。

我吼道："别蛮不讲理!"

"到底谁蛮不讲理，大伙清楚。"杨柳狠狠地说，扬长而去。

打那以后，杨柳很长时间没理我。哎，真是的，好心没好报，冤哪!

很快又要换同桌了。

换同桌前晚，很久没理我的杨柳竟破天荒地给我打了电话："喂，王艺霖吗？我们也算老同桌了吧?"

“嗯。”

“明天又要换同桌了，我不想和你分开。对不起，我现在想起来，以前真的太任性。”

“我也有不对的地方啊。对了，你得把上课睡觉这毛病改改，换了同桌，那人可能不会提醒你的。”

那边传来了杨柳爽朗的笑声，听她笑，我也笑了。

这就是我的同桌，时晴时雨，时哭时笑，时而任性，时而乖巧。

总之，我碰到她，算我冤到家了。

《我们班的同桌冤家》火热征稿

超级写手们，紧急集合啦！

福建少年儿童出版社、花衣裳青少年文学网（http://www.hysts.com）与全国多家少儿杂志联手举办“我们班的同桌冤家”主题征文活动。文章篇幅不限，唯一要求：能生动幽默地表现出你的校园生活。

写手们的优秀作品将刊登在有关杂志的作文专栏，或是发在“花衣裳青少年文学网”的专栏内，最终将由出版社结集出书，书名为《我们班的同桌冤家》，敬请留意！

网站投稿：请进入“我要投稿”专栏。

电子信箱投稿：tongzhuoyuanjia@126.com，文件名为“同桌征文”。

信件投稿，请寄往：230001合肥市红星路1号717信箱花衣裳出版工作室收。

注意：在文末写明学校地址、邮编及真实姓名，以免成书后无法寄样书及稿酬。

PS：为答谢广大读者的积极参与，本次征文将专设“班级同桌对对碰”专册，欢迎各班级同学以“同桌一对一”的形式相互写一写对方，届时出书将以班级为单元排版，并请老师给班级留言500字，可作为对纯真年代的永久性纪念。

参加同学以小学五年级至初中三年级为宜。书稿可由老师收集后统一寄往：230001 合肥市红星路 1 号 717 信箱花衣裳出版工作室收。若是电子版稿件则更为欢迎，请发往：tongzhuoyuanjia@126.com，文件名请标“同桌对对碰”。

阳光姐姐新书展台

《大头马的鬼马日记》

《送你一块橡皮擦》

《笨小孩的幸福饼》

《飞猪跳跳跳》

（校园幽默小说文集）

透明帅真的"美美式"幽默

清爽洒脱、自然洗练的校园轻喜剧

《同桌冤家》
《同桌冤家2阿呆摇摇摇》
《同桌冤家3惜诚涂鸦板》
《同桌冤家4阿呆笨笨日记》
《同桌冤家5兔子也疯狂》
《同桌冤家6咪咪牌魔

阳光姐姐新书展台

同桌冤家系列 第二辑

《我们班的同桌冤家1“母老虎”同桌》

《我们班的同桌冤家2“三八线”战役》

《我们班的同桌冤家3“瓜子脸”女霸王》

《我们班的同桌冤家4“母老虎”的招功》

《我们班的同桌冤家5疯小子遇到狂丫头》

同桌冤家 精华本

《同桌冤家》精华本

《我们班的同桌冤家》精华本

《最美的夏天》

《拥抱幸福的小熊》

《同桌薄荷糖女孩》

"阳光姐姐嘉年华"系列

（校园青春小说文集）

典雅清丽的文字，凝铸纯爱经典
曲折感人的故事，书写校园传奇

《兄妹学期故事留言板》

《天蓝色的阳台》

《假如给猪一对翅膀》

“阳光姐姐小书房”系列 第一辑

“阳光姐姐”伍美珍，首次与小读者零距离真情互动——从读者来信中选取素材，专为成长的烦恼度身定做的系列故事，让小读者能够重新找回快乐和自信。

《外号像颗怪味豆》

《我的同桌是班长》

《做好学生有点累》

《男生不许进》

《女生不要来》

妙趣横生的班级日志故事
超好玩超超好笑**超超超**好看

象牙塔里的**小公主**，
也不得不摘下王冠，
走向真实的沙石泥土。

阳光姐姐新书展台

"阿呆和阿瓜"系列

超好玩超超好笑超超超好看

入选"全国十大少儿精品图书"

搞笑、爱作怪的双胞胎，会有什么令人跌破眼镜的无厘头举动？透过他们的眼睛，看到的生活世界，又是怎样的风景呢？

让我们一起进入阿呆与阿瓜异想世界，去瞧一瞧吧！

阿呆和阿瓜的故事1喷嚏大王的舞蹈》

《阿呆和阿瓜的故事2游游小老师真完蛋》

《阿呆和阿瓜的故事3嘻嘻哈哈的公开课》

阿呆和阿瓜的故事4来了好吃鬼客人》

《阿呆和阿瓜的故事5把大人脑筋转糊涂》

《阿呆和阿瓜的故事6全校老师都乱套》